Botho Strauß

NIEMAND ANDERES

Carl Hanser Verlag

ISBN 3-446-14890-6

Umschlag: Klaus Detjen
Satz: Kösel, Kempten
Druck und Bindung: May + Co, Darmstadt
Printed in Germany

LANGE MOMENTE

Mädchen mit Zierkamm

Es ist Mittag, und sie sonnt sich in der kleinen Anlage vor der U-Bahnstation. Sie bückt sich nach einem Teil, einem Haarschmuck, etwas, das verloren neben der Bank am Boden liegt.
Sie selbst trägt ein stakig kurzes Punkhaar, steife Strähnen, wie in einer Alb-Nacht gezaust und zu Berge stehengeblieben. Vanilleton mit schneeweißen Streifen. Dazu ein violetter Pulli mit schlappem Schalkragen, ein sehr knapper Lederrock, schwarze Strumpfhose, schwarze abgelaufene Stiefeletten, auch die Augen in schwarz ausgemalten Höhlen. Sehr kleines Gesicht, dünne, mondbleiche Haut, so daß an der Schläfe die Ader blau hervorschimmert. Zierliche, glatte Nase, bleigrün gestrichene Lippen, ein etwas zu breiter Mund, abfallendes Kinn.
Was also anfangen mit der kleinen Schildpattharke? Sie betrachtet sie, sie wendet sie, kratzt mit dem Daumennagel am Lack. Echt oder nicht? Sie lehnt sich zurück, nimmt das hübsche Fundstück zwischen die spuchtigen Finger, spielt damit, als riefe es irgendeine Erinnerung herauf, an eine Freundin, eine Schwester vielleicht oder auch an die eigene Frisur, wie sie vor Jahren war... Dann werden die Ellbogen hochgezogen und auf die Banklehne gestützt, die Beine überkreuz, der rechte Fuß wippt angeregt. Die lasch herabhängende Hand schaukelt das Ding, zwischen Zeige- und Ringfinger geklemmt, immer noch schielt sie hin mit leicht geneigtem Kopf, hält es anhänglich im Blick. Ein denkwürdiges, ein willkommenes Ding, eine kleine Freude offenbar.

Das Ding ist keine Spange. Wie heißt es? Haarklemme. Wie sagt man genauer? Steckkamm. Die einfachsten Dinger, die man immer vergißt, verliert.

Das Mädchen ist bisher schlecht und recht mit den Menschen ausgekommen. Ihrer Meinung nach haben sie alle zuviel von ihr verlangt. Sie hat sich immer in der Lage befunden, irgend jemand anblaffen zu müssen. Sie hat ein loses Mundwerk, sagte man früher. Aber das ist es nicht. Ihr Mund hat sich zu einer kleinen schnellfeuernden Schallwaffe entwickelt. Sie läßt sich nichts gefallen, aber ihr gefällt auch von vornherein nie etwas. Alle wollen irgendwas von ihr, das sie absolut nicht will. Weil einfach nichts von ihr gewollt werden soll. Was *sie* aber will, versteht sowieso keiner.

Meistens ist sie allein am Vormittag. Aber irgendwer findet sich im Lauf des Tages, in der Spielhalle, im Café oder in den Anlagen. Irgendwer, bei dem sie dann haltlos zu quasseln beginnt. Wie eine verrückte Alte. ›Ansichtssache‹, ihr Ticwort; es schiebt sich wie das Leerklicken im Magazin zwischen die Salven gepfefferter Ansichten. Sie besitzt jede Menge Munition von diesem aufsässigen Unsinn. Zuerst muß sie sich Luft verschaffen und mit dem Mund wild in der Gegend herumballern. Aber damit ist es noch nicht vorbei. Jetzt zieht sie scharf und beginnt das gezielte Anblaffen. Die Flappe, der vorgestreckte Hals, die ausgefahrenen Lippen richten sich auf einen zufällig querstehenden Mitmenschen. So überhaupt nur, im Angriff, nimmt sie ihn wahr. Irgendetwas wird er schon gesagt haben, irgendetwas Mißverständliches, das sie in Wut versetzt. Und wenn nicht, der Wechsel von Ballern zu scharfem Schnauzen vollzieht sich von selbst, braucht keinen äußeren Anlaß.

›Unheimlich aggressiv‹ nennt sich das. Tatsächlich kann man wenig dagegen tun. Man beruhigt sie mit nichts, man kann nicht auf sie einreden. Das beste ist, man sucht schnell das Weite. Dann tut sie nichts, sie springt einem nicht in den Rücken. Wenn man außer Sicht ist, beruhigt sie sich. Früher schwer, jetzt zu gar nichts mehr erziehbar. Weiß alles, weiß auch, warum. Wer kümmert sich außerdem um eine Zwan-

zigjährige, die ihre beste Zeit hinter sich hat, herumhängt und mit niemandem zurechtkommt?
Vor vier, fünf Jahren, da waren noch eine Menge Leute wie sie. Oder sahen wenigstens so aus. Auf der Straße war noch viel los, und die Menschen waren überhaupt viel ansprechbarer. Aber es stellte sich heraus, das war auch bloß Getue, nur Modezirkus. Von denen ist keiner übriggeblieben. Kaum einer.

Schildpattkamm, Ansichtssache.

Es gäbe die Möglichkeit, wirklich die Frisur zu wechseln. Die Haare wachsen lassen, einfach ein anderer Typ sein. Sie beugt sich vor, hebt die Hand, sieht sich das Stück von nahem an. Schildkrötenpanzer.
Braungelb geflecktes Horn. Drecksding. Schildkrötenmörder. Sie stellt sich vor: wenn die Schildkröten hierzulande heilige Tiere wären wie die Kühe in Indien... Eine Schildkröte sein in ihrem uralten Panzer und ganz langsam die Fahrbahn überqueren, bis der sinnlose Verkehr zusammenbricht.
Sie stellt sich vor: ihre Mutter hätte so ein Ding im Haar getragen. Warum eigentlich nicht? Schön war sie ja. Es fällt ihr dauernd aus der Frisur, wenn sie im Kiosk bedient, und ich muß es dann aufheben. »Tritt nicht drauf!« brüllt sie. Hej, es gibt auch welche aus Plastik, die sind bedeutend billiger, du!

Das Mädchen blinzelt durch die Kammzähne in die Sonne. Es träumt nicht. Es weiß Bescheid. Die Lage kann sich stündlich verbessern. Es hängt immer alles von irgendeinem entscheidenden Knackpunkt ab. Die Welt an sich macht alles mit. Es kommt bloß darauf an, wie du dich selber fühlst. An sich: jede Menge Erleichterungen. Man kann sich nicht beklagen.

Die Möglichkeiten sind immer ihr Schönstes gewesen. Sobald jemand da ist, gibt's keine Möglichkeiten mehr. Gibt's meistens Krach.
Menschenfreundlichkeit hängt stark vom Wetter ab. Ob man draußen allein auf einer Bank sitzen kann und von allen in Ruhe gelassen wird – dann sind die Leute Möglichkeiten, mit denen man umgehen kann. Der Mund hängt halbgeöffnet, schußbereit. Herumreden ist genauso schädlich wie Rauschgift, Suff und Tabletten. Aber eben: man kann's nur schwer lassen. Schöne Haare, große Mähne. Da braucht man nicht mehr viel sagen, das wirkt von selbst. Die Leute halten Abstand. Obwohl es wahrscheinlich zu mir nicht besonders passen würde. Da muß man schon den ganzen Typ verändern.

Reden ist Suff.
Hübsche Knie. Hübsche Ohren. Was noch? Vielleicht ganz hübsches Oberteil. Jedenfalls müßten die Ohren freibleiben. Man kann sich ja auch mit dem Ding die Haare bloß an der Seite hochstecken. Aber ich habe ein viel zu kleines Gesicht für lange Haare.
Früher ja. Aber im Sommer ist es die Hölle.
Das Mädchen nimmt, was es zuerst eine Haarklemme, dann einen Steckkamm genannt hat, zwischen die Ballen der rechten und der linken Hand. Sie spreizt die Ellbogen und drückt zu. Das Horn zerbricht, sie läßt die beiden Teile zwischen ihren Beinen zu Boden fallen. Sie lehnt sich zurück, steckt den Mittelfinger in die Nase, kramt, lutscht die Kuppe ab, reibt den Finger kreuzweis auf der Strumpfhose über dem Knie, blickt sich um.
Was kommt jetzt? Dies wäre der geeignete Moment für etwas Neues.

Alles nur kurz. Und das immer wieder.
Immer dasselbe, aber nur kurz.

Es wird Frühjahr. Die ersten warmen Tage. Die Leute fangen an, sich draußen auf die Bänke zu pflanzen.
Die Schmunzelkontakte breiten sich aus. Höchste Zeit, sich anderswo umzusehen. Das Mädchen zieht den Saum seines Minirocks vor – weit entfernt, damit die Knie zu bedecken. Uralter, zweckloser Anstandsreflex. Man sieht ohnehin der Strumpfhose bis in den Zwickel. Das Mädchen steht auf. Es schlurft in den knautschigen Stiefeletten über den gepflasterten Anlagenweg. Dürre, nach innen verdrehte Beine. Kein Tag ohne Erleichterungen.

Wer weiß, weshalb einer seine Stimme erhebt. Ob es noch einen anderen Grund gibt, als sich in ein allgemeines, beruhigendes Getuschel einzumischen? Es sind die vertrauten Stimmen von nebenan, die dich ruhig schlafen lassen. Sei du für einen anderen die Stimme von nebenan, undeutlich, lebendig, nimmermüd.

Frau auf der Bettkante

Aus dem Schlaf gerissen von seiner Abwesenheit, allein im gemeinsamen Hotelzimmer, vor Morgengrauen noch, die Hände zwischen die Knie gepreßt, den Kopf leicht angehoben, den Blick zur Seite gesenkt – zur Besinnung kommen, heißt, es nicht fassen können.
Was soll ich tun? Eine Entscheidung treffen? Keine Entscheidung treffen? Warten? Handeln? Warten worauf? Handeln was? Er ist weg. Er ist wirklich abgereist! Hierbleiben, allein, auf dem Hotelzimmer?
Sein Jähzorn, Vernichtungskoller, seine unbeherrschte Bosheit. Sie mußte sich wehren, und dann konnte sie nicht mehr zurück. Unmöglich, einzulenken. Jetzt, weit weg von zuhaus, plötzlich aus heiterem Himmel, Aufbruch im Zorn, das Ende. Er ist wirklich weg! Wie wenig kann ich ihm noch bedeuten, wenn er imstande ist, tatsächlich abzureisen. Diesmal ist es ein tiefer, kalter Schnitt. Nicht wiedergutzumachen. Hin und her reißt es sie zwischen erbittertem Stolz und reumütigem Gewinsel. So kann er nicht umgehen mit einem anderen Menschen! Das muß er für immer wissen. Aber, was soll's, nur eine Episode, in Wirklichkeit nur ein kleiner fieser Zwischenfall in unserer langen, großen Geschichte. Eine Gewalttat, ja, abscheulich, aber sie zeigt doch aufs neue: nichts ist erschöpft zwischen uns, nichts gleichgültig geworden.
Was werde ich tun? Was fange ich an? Allein in dieser verdammten Stadt. Es ist noch so früh. Ich werde zu Mittag essen unten am Hafen. Genau dort, wo wir gestern waren. Ich werde ins Kino gehen. Einen Spaziergang machen im Park. Mit den alten Straßenbahnen fahren. Ich sitze in der Fremde fest. Verstehe die Sprache nicht. Alles um einen herum ist höhnische Maskerade.
Gestern noch war es gut zu ertragen. Einander die Arme um

die Hüften gelegt. Viel gesehen, viel Freude gehabt. Soviel gleiche Schritte! Was haben wir nicht alles schon hinter uns gebracht! Wie wenig bedeuten dagegen die wilden Störungen, Ausfälle, die immer wieder dazwischenfahren wie der Blitz. Letztlich gehören sie zu unserer Geschichte. Letztlich haben sie uns immer enger und kräftiger zusammengetrieben. Aber es gibt eine Grenze. Es gibt Verletzungen, die nicht mehr zu ertragen sind. Wunden, durch die auch die größte Geschichte langsam verrinnt und ausläuft. Das war exakt der falsche Zeitpunkt, mir seine Kaltblütigkeit zu beweisen. Seine angebliche Unabhängigkeit. Ort und Zeit exakt falsch gewählt. Dein erbärmlicher kleiner Stolz interessiert mich nicht, er stößt mich ab! Es ist in meinen Augen der Stolz eines zeternden Gnoms! Das bist nicht DU, und diese Brutalität, einfach davonzulaufen, diese lächerliche Strafaktion! Wozu das Ganze? Um mir eine Lehre zu erteilen? Mein Gott! Was für eine Kraftleistung an Rücksichtslosigkeit und Selbstüberschätzung! Oder gab es etwas, das ihn wirklich quälte? Nein. Der nackte Zorn. Sonst nichts.

Es kommt darauf an, den Tag einigermaßen planvoll einzuteilen. Bloß nicht hier sitzen bleiben!... Aber weg vom Telefon? Das Telefon verlassen? Ein einziger Anruf könnte die Befreiung bringen. So ungeheuerlich er auch wäre. So unversöhnlich ich auch erwidern müßte. Nein, mein Freund, mein Herz, es geht nicht mehr... Das Telefon. Es wäre zu erniedrigend, sich auch davon noch abhängig zu machen. Ich muß raus hier. Es heißt Lissabon, wo ich bin, und ich werde einfach hineingehen und sehen, sehen. Vielleicht später eine Weile vor den Bildern sitzen im Museum. Die nehmen einem etwas von der Fremde. Ein Tag, zwei Tage. Eine halbe Woche vielleicht. Ich werde ihm ganz bestimmt nicht nachreisen. Ich schreibe einen Brief. Ich schreibe keinen Brief.

Er soll sich wundern, bloß das. Oh, es ist zu schlimm. Ich

kann es nicht fassen, ich kann mich nicht rühren. Es übertrifft alles, was an Gemeinem bisher geschah. Meine Liebe braucht keinen Peitschenhieb, sie ist nicht müd! Aber, wenn ich's mir vorstelle jetzt, plötzlich käm er herein, sich anstarren und umarmen, lichterloh, alles vergeben-vergessen. Nein. Kann ich mir nicht vorstellen. Ich bin ziemlich sicher, daß ich es weder wünsche noch könnte. Diesmal ist es ein Riß, und eine Spur ist da, die zum Ausgang führt. Er wird der Verlierer sein und er wird sich wundern, wie er leiden muß. Mein Mut wird hart, ich merke es und es erleichtert mich.

Sicher ist nicht einmal, ob er heut noch bis nach Hause kommt.

Vielleicht fährt er ein paar Tage in die Schweiz. Vielleicht zum Bruder. Sicher ist nur, daß er in der Maschine nach Frankfurt sitzt. Sitzt wie? Die Zeitung liest. Whisky trinkt, den Imbiß nimmt? ... Ich bin ihn nicht los – er ist mich nicht los. Da mag er sich gediegen zurücklehnen in welchem Sessel und an welchem Ort des Himmels und der Erde auch immer.

Drüben

Hinter dem Fenster sitzt sie, es ist Sonntagnachmittag, und sie erwartet Tochter und Schwiegersohn zum Kaffee. Der Tisch ist seit langem für drei Personen gedeckt, die Obsttorte steht unter einer silbernen Glocke. Die alte Frau hat sich nach dem Mittagsschlaf umgezogen. Sie trägt jetzt ein russischgrünes Kostüm mit weißer Schluppenbluse. Sie hat ein Ohrgehänge mit Rubinen angelegt und die Fingernägel matt lackiert. Sie sitzt neben der aufgezogenen Gardine im guten Zimmer, ihrem ›Salon‹, und wartet. Seit bald vierzig Jahren lebt sie in dieser Wohnung im obersten Stockwerk eines alten, ehemaligen Badehotels. Die Zimmer sind alle niedrig und klein und liegen an einem dunklen Flur. Sie blickt durch ihr Fenster auf den Kurgarten und den lehmfarbenen Fluß, der träg durch den Ort zieht und ihn in zwei einander zugewandte Häuserzeilen teilt, in ein stilles, erwartungsloses Gegenüber von Schatten- und Sonnenseite. Auf der Straße vor dem Haus bewegt sich nur zäh der dichte Ausflugsverkehr.

Sie hält ihren Kopf aufgestützt und ein Finger liegt auf den lautlos sprechenden Lippen.

Nun wird sie doch ein wenig unruhig. Sie steht auf, rückt auf dem Tisch die Gedecke zurecht, faltet die Servietten neu, füllt die Kaffeesahne auf. Setzt sich wieder, legt die Hände lose in den Schoß. Wahrscheinlich sind sie in einen Stau geraten...

Sie kommt in Gedanken und muß sich ablenken. Aus der Truhe holt sie die Häkeldecke, setzt die Brille auf. Doch das Warten ist stärker, es fordert, daß man sich still verhält, damit nichts Schlimmes passiert ist. Sie legt die angefangene Decke beiseite und blickt wieder hinaus auf den Fluß.

Am anderen Ufer, ihr gerade gegenüber, steht eine behäbige

Gründerzeitvilla, etwas unförmig geworden durch etliche Erweiterungsbauten. In früherer Zeit der Ruhesitz eines berühmten Wagner-Sängers, stand sie lange baufällig und leer, bis vor wenigen Jahren ein Altersheim darin eingerichtet wurde.
Hier hat sie sich ein Zimmer ausgesucht, schon vorsorglich einen Platz reserviert, für später einmal.
Sie meint, von dort werde sie dann – später einmal! – auf das Haus hinübersehen, in dem sie mehr als ihr halbes Leben zugebracht hat, auf die Fenster der vierten Etage zurückblicken, in der sie mit ihrer Mutter, ihrem Mann, den aufwachsenden Kindern so lange gewohnt hat. Sie würde sich auch bemühen, die Menschen, die nach ihr dort einzögen, kennenzulernen und einen Kontakt zu ihnen zu finden. Aber das hat alles noch eine Weile Zeit. Später einmal, wenn sie die Treppen nicht mehr wird steigen können. Drüben gibt es einen Aufzug.
Vor dem Balkonzimmer, das sie sich ausgesucht hat, sind meist die Rolläden heruntergelassen. Hin und wieder tritt eine schrullige Person im Bademantel heraus und schlägt mit einem Tuch in der Luft herum. Es sieht aus, als wolle sie ein Insekt ober üblen Rauch vertreiben. Jedoch, sobald sie ins Zimmer zurücktritt und die Tür hinter sich verschlossen hat, wirft sie erst recht die Arme hoch und gebärdet sich mit Entrüstung gegen das lästige Draußen. ›Geh weg, du helle, falsche Welt!‹, so schimpfen die Arme. Früher zogen auf dem Fluß viele Lastkähne vorbei.

Sie sind jetzt über eine Stunde zu spät. Die alte Frau kann sich nicht mehr in Geduld fassen. Es könnte ihnen schließlich etwas zugestoßen sein. So weit ist der Weg doch nicht, selbst bei zähem Verkehr, sie müßten längst hier sein.

Aber sie haben sich gar nicht auf den Weg gemacht zu ihr. Die Tochter und ihr Mann haben die Einladung bei der

Mutter einfach vergessen. Sie sind unter Mittag ein Stück ins Land hinausgefahren, haben Freunde besucht und sitzen nun zusammen in einem Gartenrestaurant bei Kaffee und Kuchen. Die Freunde haben noch zu einem Umtrunk in die Wochenendhütte eingeladen, da fällt es nun doch der Tochter ein, siedend heiß, sagt man wohl, daß sie bei der Mutter erwartet werden. So wie die Stimmung aber ist hier draußen, endlich aufgeräumt und unbeschwert, und endlich Sonne!, da sträubt sich bei ihr alles, jetzt noch aufzubrechen, nach Haus zu fahren und sich zur Mutter in die stickige Wohnung zu setzen. Ihrem Mann ist es noch weniger recht, und so wird er zum Telefon geschickt, um eine Ausrede zu finden und abzusagen.

Die alte Frau sucht unterdessen in allen Zimmern nach ihrem Portemonnaie. Aus irgendeinem Grund fiel ihr plötzlich ein, daß sie der Tochter noch zwanzig Mark mitgeben muß für den Glaser. Da klingelt das Telefon. Der Schwiegersohn spricht von auswärts und entschuldigt sich. Sie seien gerade dabei, sich eine Eigentumswohnung anzusehen. Die Frau sagt ein wenig ungewiß: »Na, dann beeilt euch mal nicht.« Der Mann setzt nun vorsichtig nach und meint, sie möge nicht länger warten, es würde heute wohl nichts mehr mit dem Kaffee ... »Ach so«, sagt die Alte still, und sie verabschieden sich.
Sie steht eine Weile auf dem dunklen Flur. Sie stützt beide Arme in die Hüfte und blickt auf den Läufer. Das Portemonnaie ist noch im Einkaufsbeutel! ... Tatsächlich findet sie es dort, nimmt zwanzig Mark heraus und legt sie unter den Kristallaschenbecher auf dem Garderobentisch.
Dann geht sie langsam zurück in den ›Salon‹ und steht vor dem gedeckten Tisch. Jetzt ist es zu spät zum Kaffeetrinken. Sie räumt die Teller und Tassen, die Bestecke und Servietten zusammen und stellt sie in den Schrank. Dann setzt sie sich an den Tisch auf ihren Platz, ein wenig schräg, die Beine zur

Seite gestellt. Sie stützt den Ellbogen auf und legt wieder den Finger zwischen die flüsternden Lippen.

Die Zimmer eines Menschen abgestellt auf dem Trottoir, bevor alles für den Umzug in den Möbelwagen gepackt wird, der Lampenschirm, die Gardinenstangen, das Bügelbrett, der Kühlschrank, die Sitzecke, die Nähmaschine. Die Wohnung zerstreut am Straßenrand, ein Philosophiestudent als Transportarbeiter trägt eine hohe Chinavase. Die unbehauste Wohnung, Wohnung ohne Haus, ein loser Haufen Zeug auf offener Straße, jeder räumlichen Ordnung, jeder Intimität beraubt, halb schon Sperrgut, hinterbliebener Plunder. Von einer Einrichtung zur nächsten durchschreitet das Häusliche seine Auflassung, zeigt seinen letzten Zustand voraus: entkernter Innenraum, herzloses Gerümpel zu sein. So sehen die Dinge aus, wenn sie uns verloren haben. Trauern sie nicht in ihrer Unordnung?

Drinnen

Man sah das Portal mit freier Treppe, die zu einer zweiflügligen Glastür hinaufführte, dahinter eine weitläufige Halle, ein säulengeschmücktes Vestibül. Der städtische Geschäfts- und Wohnblock aus der Zeit der Restauration trug eine frischverputzte Fassade im klassizistischen Stil. Er füllte den engen Winkel zwischen zwei Gassen, die schräg auf die Allee vorstießen. An sie rührte das Gebäude mit seiner schmalen, einteiligen Stirnseite wie ein Schiffsbug, während die beiden Seitentrakte nach hinten, entlang der Gassen sich ausdehnten. Aus der Vorhalle oder dem Wandelgang trat eilig ein Mann und trippelte die halbe Treppe hinunter. Plötzlich hielt er an, holte ein Schriftstück aus seiner Mappe, hob sein rechtes Knie, um beides, die Mappe wie das an der oberen Ecke geheftete Papier aufzulegen, krümmte sich etwas umständlich, schlug das erste Blatt um und las auf dem zweiten. Ein anderer, etwas älterer Mann stieg nun ebenfalls die Treppe hinunter und, ohne daß seine Schritte es vorsahen, blieb er neben dem Lesenden auf gleicher Stufe stehen und sah auf den breiten Verkehr der Allee hinaus. Aus dem Nebenbei wechselten die beiden wenige Worte, die dazu führten, daß der eine seine Lektüre unterbrach, das Knie senkte, schließlich seine Tasche abstellte. Binnen kurzem waren sie in einem stillen und nachdenklichen Gespräch verflochten, so daß keiner von beiden noch eine Regung zeigte, die Treppe bis zum Ende hinabzusteigen.

Auf dem obersten, halbrunden Podest des Marmoraufgangs sah man des weiteren, unmittelbar neben der Glastür, eine Frau an der Wand lehnen, von der der Blick durch die beiden in den Vordergrund tretenden Männer bis dahin abgelenkt worden war. Sie trug einen glatten kniefreien Rock mit kurzen Seitenschlitzen und eine weite, in den

Schultern angehobene Leinenjacke. Sie hatte die Hände über dem Steiß zusammengelegt und drückte sich so an das Gemäuer, während die Beine, leicht übereinandergeschlagen, und die türkisfarbenen Halbschuhe mit den blockigen Absätzen ihr Gewicht abstützten. In dieser Stellung beugte sie zuweilen den Oberkörper vor, um durch die Glastür in den Vorraum neugierig einzublicken. Dann lehnte sie sich wieder zurück, legte den Hinterkopf an die Wand und sah seitwärts bald gleichgültig, bald versonnen zu den beiden Männern herab, die unangestrengt ihre ruhige Unterhaltung fortsetzten. Zusehends wurde sie unentschlossen, wohin sie ihre Neigung richten sollte, ob sie treppabwärts den wohltuenden Stimmen trauen oder weiterhin, sich vorbeugend, nach innen warten sollte auf etwas, das jeden Augenblick hervorkommen, plötzlich erscheinen konnte oder aber noch lange nicht.
Warum ging sie nicht hinein? Was gab es da vor der Tür zu stehen, wo ihr doch offenkundig niemand den Eintritt verwehrte? Erst tiefer in der Halle war eine Loge mit einem Livrierten zu erkennen. Vielleicht war es aber auch eher eine Garderobe als eine Pförtnerschranke. Von dort aus führte ein Lift und ein doppelter Treppenaufgang zu den höheren Stockwerken. Jedoch die meisten Menschen, die in der Halle versammelt waren, blieben auch dort und streiften immer wieder nah aneinander vorbei. Führten kurze oder längere Unterhaltungen oder riefen sich über die Köpfe hinweg etwas zu. Einer nahm etwa den anderen bei der Schulter und zog ihn aus einer größeren Runde beiseite in ein vertrauliches Gespräch. Andere wurden einander vorgestellt und begannen sich kennenzulernen, indem sie mit verlegen am Rücken oder imposant über der Brust gekreuzten Armen immer die gleichen Meter auf und ab schritten. Die doppelten Glastüren verspiegelten die Durchsicht, und der Menschenbetrieb fand in solcher Entfernung statt, daß man die Gesichter kaum erkennen konnte.

Die Frau hatte sich endlich entschlossen, ihre unstete Aufmerksamkeit vom Innenraum ab- und ganz den beiden Männern unter ihr zuzuwenden, als diese sich plötzlich auf ihrer Stufe herumdrehten und gemeinsam, ohne zu eilen, wieder emporschritten, um, wie eben angekommen, in die Halle zurückzukehren. Während der Jüngere dem Älteren die Tür öffnete und den Vortritt freimachte, grüßten beide mit einem Kopfnicken und einem gefälligen Lächeln die Frau neben der Wand, als ein Zeichen, das sie dem gemeinsamen Verweilen auf der Treppe zu schulden meinten, der vagen physischen Nachbarschaft, welche die Gedankenverlorenheit der einen mit dem Nachsinnen der beiden anderen verknüpft hatte. Die Frau aber blickte sie mit kühlem Erstaunen an, ohne jede Erwiderung, mit spontanem Befremden.

Drinnen tauchten die frisch Vertrauten in die Menge der vielstrebig bewegten Menschen ein und wurden schon bald wieder auseinandergedrängt. Die Frau indessen, plötzlich wieder allein auf der obersten Plattform des Aufgangs, spürte nur zu deutlich, daß sie längst ihre Stellung, ihr sicheres Säumen zwischen den beiden Männern einerseits und der ungefähren Erwartung, die ihr aus der Vorhalle zugemutet wurde, andererseits eingerichtet hatte. Dies Gleichgewicht war nun aufgehoben. Augenblicklich verlor sie die Geduld. Sie löste sich von der Wand und schritt die Stufen abwärts bis zum Bürgersteig. Dort stand sie unsicher und zögernd, schaute nach links aus und nach rechts, die eiligen Passanten umgingen sie. Sie steckte beide Hände in die Jackentasche und schritt geradeaus auf die Allee zu. Als sie den Fahrdamm noch nicht überquert hatte, wurde sie mitten auf dem Überweg von einem Unbekannten gegrüßt. Diesmal zögerte sie keinen Augenblick, gab ihren Weg auf und ging mit ihm in die Richtung, aus der sie gekommen war, davon.

NIEMAND ANDERES

Ihr Brief zur Hochzeit

Du, mein Mann, wirst heute eine andere zur Frau nehmen. Eingeladen kann ich nicht sein, aber einen Brief sollst du von mir bekommen. Eingeladen sind alle jene, die wir bis vor kurzem gemeinsam zu Freunden hatten, auch wenn sie mehr deine als meine Freunde waren. So werden sie zu dir kommen und werden mit euch feiern, obwohl, ich weiß es, mancher unter ihnen ist, der zögert ein wenig und will sich nicht so schnell daran gewöhnen, daß sich um dich herum so viel verändert hat.

Nein, ich will dich nicht beirren, mein einziger Freund. Ich kann nicht sagen, es ist gut so, wie es geschieht. Kann auch nicht sagen, es sollte besser nicht geschehen. Weil es mir weh tut. Aber was kümmert das noch? Es ist nicht der Tag, an dem du dich fragen sollst, ob du richtig handelst oder ob du die ›Richtige‹ gefunden hast – ich bin ganz sicher, daß es die Richtige ist. Du machst sie dazu. Ich kenne wohl die Macht deiner Einwirkungen, die Großzügigkeit deines väterlich starken Herzens – sie zieht jedes Wesen, das du liebst, groß. Nur fragen kannst du dich einmal – vorsichtig! –, ob du überhaupt jemanden gesucht hast und nicht vielmehr sofort jemanden gebraucht hast, um nicht zu stürzen...

Mich hast du nie gebeten, deine Frau zu werden. Das Geschenk der Förmlichkeiten, zu dem du neuerdings bereit bist, darf nun eine andere annehmen. Es hätte mir zuweilen auch gefallen, ein bißchen Huld, ein bißchen schönen Zierat von dir zu empfangen. Aber wahrscheinlich waren wir zu sehr Mann und Frau, sind wir zu sehr aus einer Wurzel, einem einzigen Gewächs hervorgegangen und konnten uns nicht trauen lassen. Damals, als wir uns begegnet sind, war das unter den Unruhigen auch gar nicht üblich. Damals hielt man sich viel zugute auf die nötigen ›Regelverletzungen‹. Wer hätte gedacht, daß sie sich, die Regeln, so schnell erholen würden von ihren Verletzungen!

Ich habe dich gekränkt und bin unbedacht gewesen. Du hast mir Kälte und Bosheit vorgeworfen. Jedoch, als ich diesen Mann traf, meinen Liebhaber, habe ich nicht an dich gedacht. Ich hatte keinen Zweifel, daß ich dich nicht betrog, ich wußte, daß ich dir nicht mehr angehörte, daß ich endgültig von dir geschieden war. Schließlich bin ich schlimm genug bestraft worden. Ich erkannte ihn gar nicht. Ich liebte ihn ebenso flehentlich, ebenso besitzgierig und mit der gleichen Selbstaufopferung, wie ich dich geliebt hatte. Er war vollkommen an deine Stelle getreten, und ich war blind dafür, daß es nicht du warst, sondern nur, wie sich bald herausstellte, ein Fremder, ein Vorübergehender. Ich glaube, er wollte nur mein nacktes Entsetzen sehen. Er wollte nur eine sehen, die es nicht fassen kann...

»Welche Jahre!« schreibt sie.
Nie habe ich besser verstanden, was es bedeutet hat, an deiner Seite zu leben, zu kämpfen, zu reifen, zu leiden, zu lernen, als gerade jetzt, da dies alles unwiderruflich vorüber ist. Vorüber sein muß. Dieser Einschnitt geht tief, so daß ein Teil meiner Seele für immer von mir abgetrennt bleibt, und ich kann ihn vor mich hinhalten und betrachten wie eines fremden Menschen Inneres. Ich kenne nun meinen Weg; und auch den, den ich fortan alleine gehen werde. Ich werde meine Leidenschaft, meine Irrtümer und meine Niederlagen zu ertragen wissen. Aber sie werden mich nicht mehr formen können, sie werden mich nicht mehr in die Angst und Ungewißheit, in die Schmerzen und die Hingabe hineintreiben, wie es doch geschah mit dir, als ich jeden Tag neu mich bewähren mußte, um gegen deine ernste Übermacht zu bestehen. Darunter habe ich viel gelitten. Darunter aber ist auch die Stärke herangewachsen, die es mir eines

Tages erlaubte, gebot, unabweislich machte, meinen Weg von dem deinen zu lösen.

Wenige Tage, bevor du mit deinem großen Fest unsere stolze und traurige Geschichte besiegeln wirst, sitze ich unter der Lampe und schreibe diese eiligen Worte, die dir alles freigeben und doch eine schmerzliche Revolte anzetteln gegen die Unterdrückung unserer Zeit, gegen das eiserne Verdrängen und Vergessen, das du dir verordnet hast. Es wird ein Brief sein, der nichts fordern, verurteilen, erklären oder beklagen will, sondern nur eine einzige große Verwunderung ausdrücken vor diesem *gemeinsamen* Leben, das nun überblickt wird, erkannt und gewürdigt; und schließt mit dem leisen Versprechen, dem leisen Befehl: am Ende wird es nur uns gegeben haben. Niemand anderen.
Da ist nichts, weshalb ich dich hassen müßte. Aber es gibt diese tiefe Verwunderung, einem Mann so angehört zu haben und kein Kind von ihm zu besitzen. Das wirst du nicht verstehen. Aber ich, Freund, habe dir mein Leben gegeben und habe jetzt nichts, nichts in den Armen. Ich habe kein Leben von dir bekommen, keines, das über das meine hinauswachsen würde, das sich von selbst aufrichtete und mich auf eine erfüllte Weise überflüssig machte. Es brennt jetzt zuweilen dieser ungeheuerliche Verzicht im ganzen Körper. Jetzt spür ich's als Frevel, als Verstoßensein. Es gab ja keine Zeit für ein Kind. Der Beruf, die schwierigen Anfänge, immer irgendetwas, das dagegen sprach. Die Frucht ist fleißig zwischen unseren Lippen zerredet worden. Wie konnte ich ahnen damals, in welche Ungerechtigkeit ich eingewilligt habe, da doch mein eigener, tiefster Wille dir gehörte?!... Aber ruhig, ruhig. Ein Hochzeitsbrief, kein Klaggesang. Ich werde mich schon wieder aufrichten. Warte noch ein paar Zeilen... Denn, weißt du, es ist nicht gerecht, daß ich mit dir alt geworden bin und hab nun weder dich noch ein Wesen, in dem wir vereint blieben. Es ist nicht

gerecht, daß du mit deiner strengen Klugheit mich soweit von mir selber abbringen konntest. Und daß es ein schwerer Irrtum war, dir hierin folgsam gewesen zu sein, spür ich mit aller Gewalt erst jetzt, da ich nichts sonst mehr habe als diesen ›Mann meines Lebens‹, an den ich mich rettungslos festklammere, an diesen Niemand-Anderen, den ich nicht mehr sehe und der doch mein Ein-und-Alles ist. Hab keine Angst, ich verfolg dich nicht. Ich laß dich ganz in Ruhe. Hab keine Angst, dies ist nicht der Monolog einer kranken, einsamen Frau. Dir, dir schreibe ich! Wenn ich denn auch weiß, daß du mir niemals antworten wirst... Ich aber berufe dich, ich lasse dich wiederaufleben, mit mir leben, wann immer mich danach verlangt. Ich habe die Worte gefunden – du entkommst mir nicht...

Du. Damit fange ich an. Damit fange ich an zu denken, zu fühlen, zu atmen.

Vielleicht glaubst du, dieser Brief möchte nur die endlose Ausschweifung eines kurzen Rufs sein: ›Halt ein! Ich komme! Warte! Tu's nicht!‹... Nein. Tu's. Ich komme nicht. Ich komme nicht mehr.

Vielleicht genügt es dir nicht, aber ich nenne dich jetzt am liebsten ›Gefährte‹, und was ich am meisten vermisse, ist deine Hand. Ich gehe allein und geh immer tiefer hinein in das neue fremde Land, das mir die Entfernung von dir auftut. Vielleicht ist es mein Stolz, der dir all dies Neue zeigen möchte, das ich nun ohne dich sehe und empfinde; vielleicht ist es auch der zerrissene Pakt unserer gemeinsamen Schritte, die klopfen und nachhallen, wenn ich mich auf den Weg mache; die Paarung unserer Fragen und Antworten, die nicht aufhören, in mir Generationen von Nachfolgern zu zeugen. Ich habe gewiß nie vor dir, wohl aber in dir gekniet. In deinem reichen Wesen und war eingenommen von ihm, umschlossen, erfüllt bis über den Rand der Lippen. Heute weiß ich aber, daß dies nicht Schwäche war, sondern die ganze Bereitschaft zum Tausch der Kräfte, denn auch ich habe gegeben und nicht nur genommen. Ich war der Rhythmus, du der fertige Satz. (Denn bei aller Klugheit und Wörterfülle, ist nicht zuletzt der Mann nur die Glosse oder der Radebrecher der Frau?) So trage ich doch wenigstens dein Wesen in mir und viele deiner Wörter, von denen ich nicht loskomme. Aber ich will auch nicht mehr loskommen von irgendetwas, das unbestreitbar uns beiden gehört. Ich habe das Ziel meines Loskommens erreicht und bin nun befreit von allen Befreiungen. Ich hüte, was hinter mir liegt, als einen wertvollen und kostbaren Schatz. Manchmal denke ich, ich wäre fortgegangen, bloß um mich so an dir zu bereichern. Was gäbe ich denn für deine leibliche Anwesenheit? Sicher nicht das Vermögen meiner Entbehrungen, zu dem du mir verholfen hast. Wenn du kämst, so würdest du mir die Erfüllung nehmen, in der ich jetzt lebe und auflebe – all das, was einmal war, das *Ganze* zwischen uns, dem nichts mehr hinzuzufügen ist.

Nur, nur ... ich will dir nichts verschweigen ... ich gebe zu, von Zeit zu Zeit der rohe Schmerz, das blutige, gierige, entfesselte Vermissen, das wie eine Schar wilder Vögel auf mich stürzt, mir den Schatz rauben will, meinen kostbaren Verlust, mich zerfleischen will, indem ich nur noch Fleisch bin, Leib, Haut und Bauch, und nicht Erinnerung! ... Ich liege starr hellwach die meisten Nächte, und die Hände sind kalt, ruhen neben mir wie im Grab. Alle Hitze klumpt und ballt sich um das Herz ... Wo ist er? Warum kommt er nicht? Er weiß doch, wo ich bin ... Eine Überraschung, ein kleines Wunder wär ich wohl noch wert! Unten auf der Straße müßte er sitzen vor dem Café und lachen, daß er mich so überraschen konnte! Ja, ich spreche von ihm. In diesem Fall von ihm. Wenn du verzeihst. Von ihm, der nicht den Namen des ›anderen‹ verdient. Es handelt sich, wie du weißt, um einen unwürdigen, feigen Menschen – und andererseits um die bitteren Passionen einer alleinliegenden Frau, die auch etwas Heiliges sind, wie ich meine. Du weißt ja nicht, wie schlimm es war... Die Betrunkenheit habe ich lernen müssen. Die Ausschweifung, die erbärmliche Sucht, die haltlose Erniedrigung. Ich habe gelernt, mich mit einer Kälte selbst zu verachten und mit einer Schäbigkeit selbst zu betrügen, wie ich es gegen einen anderen Menschen nie könnte. Ich habe mich angezogen und aufgeputzt wie eine Siebzehnjährige auf Spanienurlaub und rastlos das kurze Abenteuer gesucht. Ich habe mich erlebt so aus der Form gegangen, so ohne jeden Rest von Fassung, dreckig und getreten wie ein Straßenmädchen aus dem billigsten Milieu. Ich habe meine letzten Freunde beleidigt und einen gegen den anderen verraten.

Ich habe Geld verschwendet, um die Gesellschaft irgendeines lächerlichen Kraftprotzes zu erwerben. Ich habe auf Tapeten gespien und in Treppenhäuser gepißt. Ich habe mich mit Taxifahrern geprügelt und Verkäuferinnen ins Gesicht gespuckt. Ich bin durch und durch übel, verdorben und unerträglich gewesen. Häßlich und gewalttätig. Und mit alledem wollte ich mich strafen, strafen und nochmals strafen. »Ich verdiene nicht, geliebt zu werden!« schrie jede meiner abstoßenden Handlungen, »tretet und schändet mich und werft mich dann in die finstere Verlassenheit!« Doch Schleim und Geifer, soviel ich auch von mir gab, ich habe keine Beruhigung gefunden, keine Bescheidenheit.

Mein Gott, was haben wir getan? Herz, hörst du mich? Es gibt Tage, da kann ich nur schreien. Schrei ich nach dir. Das nackte Grauen würgt mich, sobald ich gewahr werde, daß ich dich nichts mehr fragen kann, nie wieder von dir angesprochen, erblickt, verführt, verstanden, verlangt, gesucht, umarmt werden soll...

Es ist zu spät. Ich habe alles verwirkt. Ich bin allein. Ich werde diesen Brief niemals abschicken. Niemals!

»Zum Glück gibt es dich«, schreibt sie, »zum Unglück mich.«

Ich bin die Magd, von den Kindern unten in der Waschküche eingesperrt. Die Traurige, Beladene, Niedergeschlagene, die noch zu allem Überfluß geärgert und gehänselt wird. Sie hat ihren großen Korb mit frisch gemangelten Bettüchern abgestellt und sich auf einen Hocker gesetzt. Die Hände im Schoß lose gefaltet, sieht sie durch das kleine Fenster ins Freie hinauf. Sie ruft schon nicht mehr oder zetert, nein, sie ist ganz still und läßt es über sich ergehen, und die Kinder oben im Garten rennen prustend über den Kies. Ich bin diese Magd, die ihre Zeit überdauert hat in der zeitlosen Sphäre der Demütigung, alles fühlend, nichts mehr erwidernd. Ein Mensch, längst aus dem Verkehr gezogen, der nur in der Form seines Leidwesens noch fortlebt und da ist. Unter ihnen, den Aufgeräumten, die keine Waschküche mehr besitzen, die keine Magd mehr gebrauchen oder sich leisten können; wohl aber ein Wesen, das alle Kümmernisse von ihnen ableitet und durch die Spitze seines Herzens ab in die Erde lenkt.

Ich bin auch die Begleiterin von Tür zu Tür in deinem neuen, großen Haus. Wer immer eintritt zu deinem Fest, ich bringe ihn von der Glastür bis zum Eingang in den Empfangsraum. Mehr bin ich nicht; nur eine sehr kurze Begleiterin. Nur eine Hilfe des untersten, vordersten Empfangs. Aber in meinem schönsten Kleid bin ich es, mit der vertrauenswürdigsten Gebärde, mit den ermunterndsten Schritten, nur mit einer einzigen freundlichen Frage ausgestattet und mit einem einzigen ins Haus weisenden Satz. Das ist alles. Das ist mein Weg. Erwarten, begrüßen, begleiten, weisen, umkehren und wieder von vorn.
Hör zu, der Schatten spricht. Warum hast du gesagt, ich sei ein schwerer Schatten für deine junge Frau? Du, der du in

Sorge für sie vergehst, wirst ihn von ihr nehmen. Warum hast du nicht gesagt, ich sei ein Schatten auf deinen Wegen? Das wäre ehrlicher gewesen. Wenn das Unsere über jemanden seinen Schatten wirft, so bist du es, nicht die Kleine, die davon nichts weiß, die noch nicht gelebt hat. Du bekommst ihn nicht los, den Schatten, und das mag sie wohl stören – aber deshalb mußt du mich nicht tadeln. Denn es ist gut so, ich bin bei dir, anders soll es nicht sein. Laß es zu. Sieh, der Schatten kriecht. Der Schatten hat Weh.

Als ich dich das letzte Mal sah, hast du noch ein Wort fallenlassen, das gerade so gut wie ein Kanaldeckel auf meine offene Wunde paßte ... »ich hoffe, daß sich unser Verhältnis irgendwann wieder normalisieren wird« ... Himmel, wie sprichst du zu mir?! Ich will dir antworten jetzt, denn ich konnte es nicht, als ich dir gegenüber saß, ich war wie gelähmt. Hör zu: ich teile deine Hoffnung nicht. Ich werde dich nicht wiedersehen in einer kalten, erloschenen Gegenwart. Dir mag es wünschenswert erscheinen und bequem, daß wir zu abgeklärten Menschen werden, die sich eines Tages wiedertreffen wie zwei Veteranen einer großen Liebesschlacht, solche, die sich gegenseitig die Ehrennadel der Tapferkeit und des Verzeihens an die Brust stecken. Zwei glücklich Davongekommene, die sich einst durch Himmel und Hölle jagten, und jetzt sitzen sie friedlich in deinem Garten, die Libelle des Rasensprengers kreist träg auf der Stelle, und ich spiele mit deinen Kindern, während du ein wenig von deinen Berufssorgen plauderst und ich mich schäme, etwas über die Nöte meiner Einsamkeit und meiner Armut beizusteuern. Deine Frau bringt uns den Tee und verschwindet diskret ... Du mußt wissen: mir ist diese Vision ein Greuel! Ich verabscheue den Gedanken, daß auch über uns die Zeit siegt, wie sie über alles und jedes hinweggeht. Warum lehnt sich auch niemand gegen sie auf? Sie ist nicht so allmächtig wie man immer glaubt und dann nichts tut und ihr das Feld kampflos überläßt. Wo ich bin, war und sein werde, soll niemals Gras drüber wachsen. Und wenn ich immer so fortschreiben müßte, um dich zu behalten, würde ich keinen Augenblick zögern, denn so bin ich dir nah, so erhalte ich uns und spreche mit dir und vergnüge mich mit meinem gutgewesenen Leben.

Sieh mir nach, daß ich dich nicht verstehe. Daß ich nicht verstehe, weshalb du nicht alles, was dich umgibt, verlassen hast und fortgegangen bist wie ich, damit du irgendwo niederhockst und ausharrst und überhaupt erst erfährst, wie dir geschehen ist. Ich begreife nicht, wie du hoffen kannst, mit anbefohlenem Glück und schnellem Feiern neue Sicherheit zu gewinnen; und wie du fast erbittert weiterliebst zum Trotze der verlorenen Liebe. Du wirst heute einem jungen Menschen ein falsches Versprechen geben! Was treibt dich zu diesem überstürzten Wort? Was treibt dich, deine Verhältnisse so rasch und blind zu ordnen? Welche Furcht, welche tiefere Beängstigung? Hältst du es nicht aus, daß wir nicht und niemals zu überwinden sind? Du mußt aber das Bleibende ertragen können! Ich staune, wie der Mann, von dem ich auch dies und soviel mehr noch gelernt habe, auf einmal nicht mehr wie mein Meister handelt, staune, wie er so plötzlich nachlassen konnte in seinem vorbildlichen Gewissen und Gefühl und sich benimmt wie ein fahriger Jüngling, der zu mir in die Schule der Erinnerung gehen muß.
Die erste Unterweisung, die ich dir geben will, ist diese: du bist nicht von mir geschieden, bloß weil du jetzt mit einem Mädchen getraut wirst. Und die zweite gleich: versuche nicht, ein anderer zu werden, als du für mich bist und immer sein wirst. Versuch nicht, mir weiszumachen, ich hätte siebzehn Jahre lang einen Feigling oder eine Hängematte geliebt. Ich weiß, wer du bist. Es klingt anmaßend, was ich sage. Doch es ist mir schwer genug gewesen, dich zu errin-

gen, mir einen Weg zu dir zu bahnen. Ich mußte dich, du Anderer, genau sehen, genau erkennen, um selbst allmählich zu jemandem zu werden. Das hat mich viel Leid und Kraft gekostet, aber es hat mir auch den Blick geschärft und mich davor bewahrt, dich mit vagen Träumereien zu verfehlen. Ich bin es, die dich ermißt, und an mir erkennst du dein sicheres Maß. Ich bin die Unabwendbare, die deine Uhr dreht, und die Stimme, die Lärm schlägt. Ich bin die Fülle des Hinnehmens und der starke Jähzorn. Ich bin die, die ich gewesen bin. Du bist glücklich und blind. Ich bin unglücklich und sehe.

Eile, eile, mein Brief!... Halt ihn, halt ihn auf, den Kirchgänger, den Bräutigam ... dein Fest unter meinem Geschrei ... geht unter ... verschlungen von der Schallwoge deines Namens, mit dem ich dich rufe ... die Glocke! Ist das deine Geliebte? Die hübsche Lügnerin dort? Ach, die bittere Wahrheit ist, daß dein Herz für niemanden schlägt, und das verträgt es schlecht. Wozu das ewige Gepump? Ja, nur zu, verabscheue mich! Sieh, ich bring dir Geschenke, ich bring dir meine glücklichsten Stunden, meine schlimmsten Erniedrigungen, meine Sorgen, meine Schmerzen und Enttäuschungen, meine Gelüste und meine Verwünschungen... Ich für dich, zur Feier des Tages... schroff – gläubig – zaudernd – keusch – hitzig – offen – verklärt – getrieben – nächtig – pflanzlich – wissend – hohl – bäuchig – fingrig – menschlich – niederträchtig – stolz – süß – still – exkremental – krötenschluckend – feuerspeiend – verzückt – verdorben – bleich – nackt – wund – stählern – wachsweich – fruchtbar – unbefruchtet – grob ... ich kann mich auf Erden nirgends mehr blicken lassen. Klug. Schön. Und Stimme. Das ist zuviel. Die Leutchen fürchten mich. Ich muß mir meinen Mann schon selber machen, der mir voranschreitet, der führt und verzeiht. Der gutmütig ist und unerschrocken.

Ah, Bräutigam, was lachst du so froh?
Du warst es doch, du warst verletzt, du hast dich auf dem Boden gewälzt, bist mir an den Hals gegangen, hast geschrien und gefleht. Ich verstehe nicht, wie jemand so schluchzen konnte und heute wieder schallend lacht – und das aus einer Kehle! Die nicht gerissen ist, bevor du dein Ja-Wort gabst. Hörst du? Deine Gäste ziehen über mich her. Sie lästern und zischeln. Sie reden schlecht über mich. Über eine, die es verdient hat, abgeschrieben und vergessen zu werden. Die betrogen und gelogen hat, die man ausmerzen muß aus seinem Gedächtnis... Was, Liebster, ist meine flüchtige Untreue verglichen mit der ungeheuerlichen Untreue deines Gedächtnisses? Was mein angeblicher Betrug mit einem Fremden gegen deinen furchtbaren Betrug des eigenen Gefühls?... Nur zu! Schimpfen und schlagen könnt ihr mich. Doch was ich sage, ist so sicher und fest wie das Dach zweier Hände im Gebet. Ich spreche im Zorn mit dir, ich rufe dich zärtlich, ich frage dich, ich verurteile dich, ich krieche zu dir, ich trete dir auf den Nacken – nichts, nichts hör ich von dir. Keine Antwort, kein Zeichen, keine Nachricht. Als gäb es dich nicht. Bin ich denn nur noch ein Stück schreiendes, lallendes, entsetztes Papier? Das sich gleich ein letztes Mal aufbäumen wird in den Flammen deines schönen Kamins – ich schreibe mir die Seele aus den Pfoten und du wirfst sie ins Feuer!

Nein, du wirst mir niemals antworten. Du wirst nicht mit mir den Stolz und das Glück teilen wollen, zu sehen wie ich, daß das Werk unserer Liebe vollendet ist und daß es gut geworden ist. Ich habe dich nicht betrogen. Es gibt kein Vergehen gegen die erfüllte Liebe – außer, sie ein zweites Mal zu suchen. Wir nahmen Abschied auf der Höhe.

»Niemand anderes«, schreibt sie, »gibt es den?«
Was sucht dies Schweigen in meinem Haus und breitet sich

aus? Erfüllt das Bett und sitzt am Tisch, dringt durch die Schränke, nimmt mir das Licht aus der Lampe. Du rückst näher, immer näher, ich seh nicht mehr dein Gesicht ... was wirst du mir tun?
Meine Kammer ist dunkel, und die Luft ist verbraucht. Ich sitze neben dem Bett auf einem Hocker. Ich starre auf das leere, zerwühlte Laken. Ich bin sicher, daß du bei mir warst in der Nacht. Was soll ich tun? Daran zweifeln? Ich kann es nicht. Also warte ich den ganzen Tag, bis du zurückkommst am Abend von deiner Arbeit, von deinem Ausgang, von unserer Unterbrechung, die mir so weh tut; unter der ich begraben liege wie unter den Balken eines eingestürzten Hauses. Die mir so endlos erscheint wie ein nordischer Winter. Gut – es wird Abend, es wird spät, und du kommst nicht. Ich gehe allein zu Bett, ich liege und danke, daß es dich gibt. Die ersten Träume kommen schnell und, gleich was sie bringen, es ist immer ein Frieden, eine Erlösung von der Starre des Tags.
Ich erwache in der Nacht, und du liegst neben mir. Ich prüfe deinen Rücken, den Mund, das Haar. Ja, du bist es. Die Augen sind ruhig unter den Lidern, die Lippen staunen oder lächeln, es ist nicht auszumachen. Der Schlaf verleiht dir die vollkommene Anwesenheit. Sprächst du zu mir oder spürte ich deinen Blick, so wär ich mir sehr viel weniger gewiß. Unantastbares Neben-Mir. Dies Endlich. Dies Nie-wieder-Weg. Diese tiefe Beruhigung, mit dir zu atmen und dich morgen früh berühren zu dürfen.

Was ist? Willst du den Brief beiseite legen? Tu's nicht! Ich bitte dich: noch ein Wort! Bevor du dich deinen Freuden hingibst, noch ein letztes vor deinem rauschenden Fest, dem Fest, auf dem unser beider Leben endgültig verrauscht, unser schweres, wunderbares *gemeinsames* Leben – noch ein Wort.
Wer immer von uns beiden der erste sein wird, der aufhört

und zu Ende geht, er wird den anderen rufen, nicht wahr? Denn nur eine, eine ist es gewesen, der du alles gesagt hast, die dein ganzes Vertrauen besitzt und bewahrt hat, und du holst deine einzige Freundin, bei allem Nahen, was dich sonst noch umgibt, nur sie; zu ihr allein richtest du dich auf, wenn auch sonst viel Gutes noch war. Eine aber, die mehr weiß; am Ende doch nur eine, die dich für immer berührt hat; eine, die zu dir eilen wird, wo immer sie sich befindet auf dieser kärglichen Erde, und der du ein letztes noch anvertrauen wirst: ›Leb wohl, meine Liebe‹, und einen Stempel des Anfangs drückst du auf ihren Mund.
Dies ist ein Versprechen auf Gegenseitigkeit. Und mit diesem Versprechen ist unsere Geschichte beschlossen. Jeder von uns wird sein Leben gut und mehr oder minder glücklich dahinbringen, aber wir werden bald erkennen, daß es von nun an eine Neigung hat, eine unaufhaltsame, hin zu jenem Wiedersehen, bei dem einer von uns dem anderen die Erscheinung allen Anfangs gewähren wird. Du wirst es sehen – ich werde es sehen: dann ist noch einmal der Tag, an dem wir *uns* erschufen, an dem wir heiter und mit hellen Gesichtern die Stadt an der grauen Felsküste hinunterliefen zum Hafen und, wie wir so abwärts schritten, der Nebel sich plötzlich verzog, als hätte unser Licht ihn geteilt …

Mein Leben, komm!

Monotropie

Sie wollte eben vorbeigehen. Nur zufällig, weil er nicht schnell genug wegsah, trafen sich ihre Blicke und zerrissen die Schleier des feinen Desinteresses, der zivilen Bemerkensscheu, die zwei fremde Menschen umgibt. ›Was ist? Wie siehst du mich an?‹ Ein Zögern nur, und das Gesicht verliert seine geschäftige Benommenheit, seine eiligen, verschlossenen Absichten. Es öffnet sich, es entblößt seine Gegenwart, seinen wehrlosen Ernst und die dunkle Frage, deren Antwort nur eine lange Geschichte geben kann, das Fragen-Entsetzen: ›Wer bist du?‹

Die Tiefenfrage aber erkundigt nicht den anderen. Sie richtet sich ungläubig an etwas Offenbares. Etwas in uns erkennt blitzschnell, ohne zu begreifen, weiß ohne Erfahrung. Man ist sich absolut sicher, doch nirgends sonst könnte Sicherheit beunruhigender sein.
Wie der Heilkundige im Auge die verborgenen Organe inspiziert, erschaut der ursprüngliche Blick das ganze Mögliche zwischen zwei Menschen.

Dabei hatte er sie schon einige Zeit angesehen und sich zu ihr in ein Verhältnis gesetzt, solange sie ihn nicht bemerkte. Wie empfindlich wünschte er, sie zu umgeben, sie zu genießen, ohne von ihr gesehen, angesprochen, ja sogar berührt zu werden! Die schöne Lethargie, in welcher ihre *Geschichte* rund um ihren Körper ruhte, dahindämmerte, sollte und durfte auf keinen Fall gestört werden. Diese Unerwecktheit, dieser öffentliche Schlafzustand ihrer Identität, ihrer Probleme und Verhältnisse war nämlich ihre sinnlichste Anmutung, und dies zur Schau gestellte Desinteresse, aus dem Schlaf des Ichs geweckt zu werden, war zugleich ihr heftigstes Signal. Eine solche vielleicht unbewußte, vielleicht höchst durchtriebene Aufzäumung von Passivität konnte ihn weitaus stärker fesseln als irgendein gefälliges Körperbewußtsein, als die üblichen Galanterien des Selbstgefühls beim fließenden Gebrauch von Händen, Haaren und Hüfte.

›Ich will ja nur wissen, wie sie fremd ganz aus der Nähe ist.‹ Die Sphäre der Intimität, wenn die Blicke jenes Betteln um Gewißheit bekommen, wäre schon nicht mehr die seine gewesen.

Sie hingegen dachte immer: Derjenige, der hinter dir für eine Sekunde sich umblickt, der war's. Nicht der ist es, der sich dir gegenüber lang und breit niederläßt. Nur in der Sekunde des Verpassens *erscheint* der Einzige.

Sie wollte schon vorbeisehen. Jetzt verschwanden sie voreinander in der Erscheinung. Groß und furchtsam sahen sie sich, dunkel und nah, kaltblütig und fromm, jetzt und vorzeiten, scheu und habsüchtig, fremd und urbekannt. Verläßlich und wild, flehend-befehlend, und das eine als das andere.

Dann fallen die Worte. Und mit ihnen wir. Der Blick enthält noch in Spuren ›Hintergrundstrahlung‹ von Urzeit und Fülle. Mit den Worten beginnt die Vertreibungsgeschichte.

Die Fremde, die Frau in der Tür, die mit ernstem, fast erbostem, nur halb aufgerichtetem Auge über die Schwelle tritt, den Blick unter der Augenhöhe des Mannes anhaltend, der ihr die Tür öffnet, unter dem Meeresspiegel des Anblicks, wie der Fernsehsprecher, der unter der Kamera Text abliest und unser Auge um quälende Haaresbreite verfehlt – an ihr, der Fremden, spricht zuerst der kurzfristig gebeugte Stolz, und mit leicht gesenktem Kopf sagt sie nichts anderes

als: eigentlich werf ich ihn in den Nacken! Da ich die Schwelle überwinden muß, und du mir den Eintritt gewährst, ist schon zuviel Macht vorgesprungen, als daß es noch ein leichtes sein könnte zwischen uns. Deine Stellung als jemand, der mich empfängt, beugt mich für einen Augenblick. Dieser flüchtige Akt einer Erlaubnis wird um so sicherer zu meinem Sieg führen. *Du* empfängst *mich* nur ein einziges Mal!
Der erste Blick ist hier einer, der nicht sieht, sondern sich zeigt. Die Welt vor dem Lächeln, dem Gruß. Alle Hoffnung liegt darin verschlungen mit bitterer Erfahrung. Wir waren bereits, sagt der gedrungene Aufblick, ich komme zurück. Jede ernste Geschichte geht hervor aus dem Nu ihres Durchlittenseins.

Sie sitzt da mit leicht geöffneten Knien unter dem zimtfarbenen Sommerkattun, beißt auf den Rücken des Zeigefingers. Sie sieht dich, weil du *ihr* Fremder bist, ingrimmig an. Mit dem Ingrimm und der Kälte des Begehrens. Wie du auch handeln wirst, *sie* handelt von nun an. Dies jedenfalls behauptet das Auge. Aber es erzählt ja die ganze Geschichte, die kommen wird. Daher schimmert in seiner Kühle auch Ende, Kränkung und Schmerz.

Ach, Blitze des Gewahrens! Der ›wahren‹ Person? Schleier trägt sie nicht über oder um sich, sondern durch und durch. Auch Haut und Herz sind Schleier. Was wir gewahren, ist nichts Bloßes, keine Rohwahrheit. Die Enthüllung selbst ist nur eine Illusion unter anderen. Der Blitz wirft ein geisterhaftes Licht über das Land oder über ein Gesicht.

Und doch ist es allein der andere, der uns erhält. Mögen wir ihn noch so sehr mit eigenen Einbildungen und Illusionen ausstopfen oder umgarnen, gerade indem wir durch ihn so viele Reflexe von uns selbst empfangen, erfahren wir doch, daß der andere zuletzt ein Unantastbarer, ein Unerweichlicher ist. Wir haben sein absolutes Gegenüber, seine unbezweifelbare Anwesenheit zu ertragen oder dürfen sie erwarten, ersehnen, ihrer gewiß sein. Um seine Ausschließlichkeit zu würdigen, nehmen wir ihm sogar die Genus-Differenz und nennen ihn oder sie: der andere. Wir abstrahieren in der Philosophie wie in der Liebe den Nächsten zum Einzigen. Sein ebenso verläßliches wie unerfindliches Gegenüber erzeugt lebenslang den Effekt der Monotropie, die eine kurze Phase des frühkindlichen Verhaltens bestimmte: das natürliche Verlangen des Säuglings, sich nur an und mit Hilfe *einer* Person zu orientieren, nur den einen anderen zu erkennen und wiederzuerkennen, gleich ob er ein väterliches oder ein mütterliches Gesicht hat. Der andere bleibt für uns die erträgliche Einübung in die schroffe, ichlose Materie der übrigen Welt. Wahrscheinlich gilt in der Liebesbegegnung die befriedigte Eigenliebe viel weniger als die Wiederaufwärmung jenes Blicks, aus dem man sein Urvertrauen gewann. Der andere ist da, unbezweifelbar gegenüber. Mag sein Eintritt in die Geschichte auch mit der Gewalt einer Epiphanie geschehen (Lévinas), so macht ihn doch erst sein Verweilen in ihr verehrungswürdig. Erst dann, und nur in der Liebe erfahren wir, was der andere auch ist: der unterste Ahnungsträger des ›Ganz Anderen‹, der kleinste Unerfindliche aus jener Sphäre, in welcher er sein Geschlecht ins Neutrum verliert, wie auch seinen Namen und sein Gesicht.

»Alle meine Überzeugungen«, schreibt er, »liegen zerschollen auf dem Grund der Monotropie. Ich sehe nur die Zugehörigkeit des einen zum anderen; oder das, was sie unterbricht, stört, gefährdet. Alles: Sehnsucht und Erinnerung, Ablehnung und Befürwortung, Leid und Glück ergeben sich aus der Erfüllung oder den Mängeln solcher Verzweiung. Deshalb heilige und übertreibe ich das Paar und hasse seine

Deformation wie eine Blasphemie, ganz besonders aber die grundsätzliche Entstellung, die ihm durch die beleidigende und grausame Tatsache zugefügt wird, daß es für die meisten Menschen viel mehr als nur *einen* anderen gibt auf der Welt. Für mich aber gibt es nur *den* anderen. Er ist mir so ursprünglich und radikal vorgesetzt wie dem großen Rousseau das gesellschaftslose Individuum.
Auf der Spitze meines Ideals dreht sich freilich ein verneinendes Absolutum: die Unfruchtbarkeit von Adam und Eva.
Meine Religion reicht nur zurück bis zum Augenblick der Erkenntnis. Ihr Anfang ist der Sündenfall. Mein Glaube beginnt mit der Hintergehung Gottes. Nur ohne Eden bin dir begegnet. Nur im Fallen, nur in der Vertreibung habe ich jene Umklammerung erfahren, die mir jeden Sinn für eine höhere, letzte Verheißung geraubt hat. Nur ohne Eden werde ich dich wiedersehen. Ich weiß wohl, daß dies eine unhaltbare und absurde Religion ist, gewiß sogar eine frevelhafte Abirrung, die darauf hinausläuft, den Sündenfall zu verherrlichen, da aus ihm erst, aus dem unaufhörlichen Sturz der Lichtfunke des Paars entsprang. Aber ich spüre doch nur zu deutlich, daß mich Glück und Fluch mit einem einzigen Bannstrahl getroffen haben.«

Dieser Mann ist ein Riese, ein Oger der Intimität. Er bannt und verschlingt sein Gegenüber. Er wird indessen zum Zwerg, wenn er sprechen soll, ohne jemanden mit beiden Augen fixieren zu können. Er ist ein Meister der Zwiesprache, doch verliert er den Faden, verwirrt sich, verstummt, sobald mehr als ein Augenpaar auf ihn gerichtet ist. Er ist unfähig zum Monolog wie zur Conférence. Nichts lähmt ihn mehr als ein Gespräch zu zweien, in dem widertönt, was allenthalben den Äther erfüllt. Sprache als soziales Geräusch. Öffentlichkeit auf den Lippen des Einzigen tut weh. Es beängstigt ihn die Magie, der unbeschränkte Einfluß und

Unterstrom der öffentlichen Subjektivität, der konformen Befindlichkeiten, die noch der Einsamste von sich gibt, eine Sprache, mit der er sich um so besser ›identifizieren‹ kann, als sie ihn sicher davor bewahrt, zu erfahren, wer er ist.
Nun ist es noch leicht, dem allgemeinen Gewäsch zu mißtrauen, sehr schwer aber, Vertrauen in die eigene Rede zu finden. Der Intimist sucht solch ein Vertrauen wiederherzustellen. Er ist davon überzeugt, daß die Sprache der allverbundenen Öffentlichkeit es verhindert, den anderen zu erkennen oder wiederzufinden. Da die Menschen jedoch kaum ihre Neigung, sich zu zweit zu begegnen und einzurichten, ändern werden, bleibt hier eine Menge zu tun.
»Ohne Du, aber auch ohne Ich marschieren die Gebündelten, die von links, die das Gedächtnis abschaffen wollen, und die von rechts, die es regulieren wollen, feindlich getrennte Scharen, in den gemeinsamen Abgrund.« (Martin Buber, Das dialogische Prinzip.)

Man redet, um einander zutunlich zu machen. Man weiß nicht, was da lauert im Schweigen. In ihrem gültigen Tausch halten Worte besser die Stille zwischen zwei Menschen als ein Schweigen, in dem der Argwohn schwillt.

Sich erkundigen. Wie geht es dir? Wo kommst du her? Was hast du erlebt? Jedes Gespräch beginnt aus Nicht-Wissen. Jeder, auch der Vertrauteste, kommt aus der Fremde zu dir. Er wird erblickt und erachtet. Er wird aus Gründen der beidseitigen Vorsicht befragt.
Das schöne Gespräch will das Gemeinsame erkunden. Es sucht nach den Quellen der gegenseitigen Bekräftigung. Das Prinzip des Wider-Worts, des fleißigen Einwands ist nur für kleine Geister belebend. Etwas freiere Köpfe unterhalten sich ornamental. Sie flechten Gespräche. Sie sind großzügig mit der Bestätigung, zurückhaltend mit dem Kontrageben. Das Zwiegespräch ist kein kunstvoller Dialog. Es

ist eine offene Komposition ohne Ziel und Absicht. Es wird von Rhythmen, Wellen, Reizen hingetragen, von nächstem Widerhall, wie sie nirgends sonst in der Geselligkeit vorkommen. Schweigen, Hören, Fragen, Sprechen. Verschiedene Arten der Stille können entstehen: das aktive Schweigen während des Zuhörens. Aber auch das gemeinsame Schweigen, eine der halsbrecherischsten Übungen, die im Gegenüber vollführt werden kann. Gewöhnlich erfahren wir das Schweigen *vor*einander – das zeitweilige Nachsinnen, die kleine Abwesenheit, die Verlegenheitspause. Das Schweigen *mit*einander hingegen wird meist gefürchtet wie ein black hole in der Menschensphäre. Alle Masseteilchen von Argwohn und Unsicherheit werden mobilisiert, die Gedanken geraten ins Schwerefeld einer geballten Befangenheit. Gefürchtet wird dabei vielleicht nicht so sehr das Ende der Kommunikation als vielmehr der Sturz ins blinde Vertrauen. Das wahrhaft gemeinsame Schweigen käme wohl der mystischen Erfahrung des anderen gleich, wäre reine Verständigung, ohne den anderen zu denken noch ihn zu fürchten oder zu kritisieren. Sich versenken auf den Grund des Ja-Worts, das man oben mit dem Lächeln, dem Auge schon gab, wenn auch auf Widerruf. Solche Stille erlaubt gerade noch, daß einer den anderen von der Seite ansieht, aber nicht mehr, daß sich ihre Blicke kreuzen. Dies würde beunruhigen. Der Anblick ist einender als das Wort, aber entgegnender als Schweigen. Geeintes Schweigen sieht nicht.

Das viele Reden, das langsam versiegt. Sie haben sich um Seele und Sehen geredet. Sie haben den ganzen Atem der Sprache ausgehaucht, sie haben ihn verbraucht. Der Hauch, gottgegeben, Menschensprache, verbraucht, verpufft, vergeudet. Nach der Beschwörung wurde das Wort Gesetz. Nach dem Gesetz wurde das Wort Gespräch. Nach dem Gespräch wurde das Wort Kommunikation. Nach der Kommunikation wurde das Wort – ausgestoßen aus der menschlichen Gemeinschaft. Sinnlos irrt es nun von Mund zu Mund und läßt uns zurück in einer unberufbaren Welt. Ewiger, armer Wanderer... Wir vergehen in Ausgesprochenheit.

›Wenn ich ihr doch zuhören dürfte eine Weile, ohne antworten zu müssen. Wenn sie doch nur nichts gegen mich vorbrächte!‹

Dieser Mann ist nicht zuhaus in seinem verschlossenen Mund. Er ist hinausgetreten in das Hören. In das freie und grenzenlose Zuhören. Fern der Entgegnung, um Lichtjahre. Im Zuhören schwindet das eigene, trotzige Verstehen, und Einverständnis, das immer nur vag ist und sein kann, nimmt zu.

›Würde sie nur sagen, wer sie sei, was sie wünsche und verlange, was ihr recht und was ihr unrecht sei und weshalb sie zu mir kam – würde sie nur lange genug sagen, was sie auf dem Herzen hat (und dieser Vorrat an Beschwernis ist rasch wieder aufgefüllt), würde sie lange genug bekunden und erklären, dann würde von mir kein Widerwort fallen, denn es wäre ihre Rede, an die ich nichts zu wenden hätte als mein Gehorchen.‹

»Warum sagst du nichts? Warum antwortest du nicht? Sag etwas! So rede doch!«

›Welche Antwort könnte dir mehr bedeuten als der stille Ausgang meines Ohrs? Ich höre dir zu. Ich senke den Kopf. Ich lege beide Hände auf meine Knie. Verstehst du mich nun?‹

»Ich bin vergeßlich«, sagt sie, »daher muß ich reden. Wahrscheinlich haben wir uns längst ausgesprochen und plaudern nur noch. Ich habe vergessen, ob wir zu einer Klärung gelangten oder nicht.«

Ihre Unbekümmertheit wandelt jeden Spiegel in ein Fenster. Sie kann kein Selbstanblick je treffen. Eher ist es reines Glas, durch das sie Ausschau hält nach ihrem anderen.

Du gehst dem nach, von dem du dich wahrgenommen fühlst. Dem du so ernst erschienen bist. Überall sonst die treulos streifenden Blicke, die knisternden Fünkchen ungenauen Hinsehens. Jedoch, wahrgenommen werden: als sanfte Erhöhung spürst du, was schon als unaufhaltsame Auszehrung, Entleerung, Ermattung deiner Person seinen Lauf genommen hat.

»Du kannst dich auf mich verlassen«, hat er gesagt. Hohes Versprechen. Charakterwort. Was darauf folgt, man weiß es, sind Studien und Varianten der Abtrünnigkeit. Hat wer noch Charakter? Oder ist jeder nur ein Zwischenmensch, ein Interaktivum, vielverwoben und durch tausend Rücksichten relativ, ein einziger umfassender Entschuldigungsgrund?

Sie wird sagen: in dir fand ich kein Vertrauen. Und noch mein geringes Selbstvertrauen wolltest du mir stehlen. Jeder fällt. Und nur zwei können gegeneinander sich halten. Du aber bist eingefallen in mich und hast mich beschwert.

Es ist alles ausgesprochen. Nehmen wir den Deckel und schließen das Gefäß unserer Rede. Du wirst sehen, wir werden unsere Schönheit wiedererlangen.

Drei Formen der Ausschließlichkeit

›Er will niemand anderen sehen‹ – der Kranke, der Misanthrop, der Liebesnarr. Der erste: niemand anderen als die wachende Vertraute. Der zweite: niemand anderen an sich. Der dritte: niemand anderen als seine Einzige.

Der Liebesnarr sagt: es gibt nur sie. Cafés und Eisenbahnen, Kaufhäuser und Kinofilme, Plätze der Menschen, sie sind alle Du geworden. Das große, runde, leere und zu erfüllende, das weltverschlingende Du.
Vereinsamung des Paars. Verzweiung. Den Saint-Simonisten galt das Paar als das eigentliche Individuum. Das unteilbare Geschöpf.
Wir retten in der Liebe das Eine vor dem maßlos Vielen. Wärest nicht Du, sagt er, müßte ich mit beliebigen anderen leben. Gäbe es nicht die Eine, so könnte ich die Welt um mich herum nicht vergessen.
Wir sehen niemanden uns gleichen und niemand anderen.

Der Menschenfeind, der alle Türen hinter sich zuwarf, der verbitterte, enttäuschte Egoist, er will niemanden mehr um sich haben. Er ist allen anderen gegenüber. Niemand anderes ist nicht ein auserwählter Einzelner, ein Du, sondern es sind alle, auf die er verzichtet. Er wendet sich seinen Studien zu und nutzt seine ganze Augenkraft für die Lektüre. Er liest mit stumm bewegtem Mund. Worte vieler Toter kommen lautlos über seine Lippen. Von großen Geistern fühlt er sich umgeben – und umschmeichelt: er ist ihr Mann im Leben. Ohne ihn würde mancher ächzen unter den Qualen gänzlicher Vergessenheit. Doch hat er unter Geistern keinen Freund und keinen liebsten Umgang. Er wählt auch hier und richtet streng, verwirft, verabscheut, wie er es früher unter Menschen tat. Was ihm nicht paßt, wird zugeklappt, endgültig wie der Sarg. Er sucht nur Nahrung für seine tiefe

Widrigkeit, die viele Kräfte kostet, sucht nach Bestätigung und positiven Beweisen, daß sein Verneinen und Verweigern richtig und gut begründet ist. Die Gefahr besteht, daß er in Kürze auch die Geister noch zu sehr als andere empfindet und verwirft, sich endlich ganz aus eigner Negation ernährt. Er wird dann gewiß den Fehler entdecken, welcher der Menschheit unterlief, als sie versuchte, die Quadratur des Zirkels zu lösen oder ein Perpetuum mobile zu bauen. Er wird die Lösung finden, indem er das Problem nicht mehr erkennt. Er wird schmal und schmaler werden, an allen Sinnen blind. Er wollte niemanden sehen. Den sieht er nun immerzu.

Der Todkranke, der nur noch die nächststehende Person um sich erträgt. Von Leiden gezeichnet, erschöpft in seiner Stimme und seinem Wesen, kriecht er zurück unter den Blick eines einzigen Menschen und endet das Leben, wie es begann, im Augenvertrauen. Eine, nur eine, die mit Blicken sicher geleitet ins Verstehen und wieder hinaus. Wenn nichts mehr zu sagen ist und der Sterbende lange durch ihr Gesicht hinaussieht auf ein unbekanntes Land. Die Wachende, der Sterbende, niemand anderes. Stille ohne jedes Warten. Frist, in der nichts mehr zu tun ist. Bleiben und Gehen in einem Raum vereint. Zwischen ihnen nichts als die Zeit, die war; sie selbst, nicht Erinnerung.

Skizze zu einem Schicksal

Es handelt sich um G., einen angesehenen Musikverleger, der binnen kurzem alles verlor, was er sich über viele Jahre hin erworben und aufgebaut hatte. Einem von Natur besonnenen und tatkräftigen Mann hatte der plötzliche Bruch der gewohnten Verhältnisse, der ohne sein Verschulden eingetreten war, das innerste Gleichgewicht beschädigt, die sichersten Befähigungen, über die er verfügte, verstört und benommen. Jeder weitere Schritt, den er von nun an tat, jede nächste Entscheidung, die er traf, waren im Grunde dazu angetan, sein Mißgeschick stetig zu vergrößern.
Angestellter eines Verlagsimperiums, eines Medienkonzerns, wie man heute wohl sagen muß, hatte er dort die Abteilung für Musik und Musikalien von ihrer Gründung her verantwortlich betreut und großgezogen. Neben der Herausgabe von Büchern, Noten, historischen Partituren galt seine Haupt- und Lieblingsbeschäftigung dem ›studio für neue musik‹, von ihm selbst ins Leben gerufen und später um ein Schallplattenlabel erweitert, das dann sogar seinen Namen trug und schnell einen guten Ruf gewann. Wirtschaftlich blieb die Unternehmung entschieden erfolglos. Je unverwechselbarer und sorgfältiger das Programm, um so stärker verlangte es Zuschuß und Sonderzuwendungen. Diese Kosten waren dann auch ausschlaggebend für die Entscheidung der Verlagsleitung, sich kurzfristig und ersatzlos von G.s Steckenpferd loszusagen, da das Haus seine Investitionen für andere Zwecke benötigte. Man einigte sich darauf, die kleine Firma, die G. schließlich für sein Lebenswerk ansah, mitsamt allen Urheberrechten und bestehenden Verträgen aus dem Konzern herauszutrennen und in sein Eigentum zu überführen. Von nun an mußte er sein ›studio‹ mit den Mitteln und den Risiken des selbständigen Unternehmers betreiben. Eine rasche Verkettung von Fehl-

entscheidungen, zu hoch geschraubte Erwartungen und andere Mißlichkeiten brachten den Betrieb jedoch schneller in Gefahr, als irgend jemand, der G.s glückliche Hand von früher kannte, hätte vermuten wollen. Es gelang ihm unterdessen nicht, die Musiker, Sänger und Autoren, die zum großen Teil durch ihn zu Erfolg gelangt waren, dahin zu bewegen, ihre Forderungen wenigstens vorübergehend zurückzustecken. Mit manch einem alten Freund zerstritt er sich, andere entzogen ihm das Vertrauen. Er übernahm sich finanziell, vermehrte hastig seine Planung und Produktion, und binnen Jahresfrist brach die Firma zusammen. Sein Name, sein Label verschwanden vom Markt, alle Verträge wurden aufgelöst, er selbst, hochverschuldet und stellungslos, war in der untersten Senke seiner Laufbahn angelangt. Da das Scheitern den einmal Geschwächten nicht wieder ausläßt, sondern mit kleinlicher, erbärmlicher Konsequenz nachstößt, verdarb nun auch in seinem privaten Haus das Leben. Über all die eifrigen Jahre hatte es nur eine untergeordnete, stützende Rolle für ihn gespielt, wenn seine Leidenschaft, die ihn immer mit vielen Menschen zugleich verband, es überhaupt zur Kenntnis genommen hatte. Seine Gefährtin verließ ihn für einen anderen, fast zum gleichen Zeitpunkt, da ihm auch die Arbeit und das Wirken zerbrochen waren.

Wie gesagt, was als Verhängnis gilt, ist eine kranke, feige Bestie, die nur den Angeschlagenen reißt. Er bekam eine Arthrose, die Fingergelenke schwollen an, er konnte nun nicht einmal als Jazzpianist, als der er in jungen Jahren begonnen hatte, seinen Lebensunterhalt verdienen. Er, eine väterlich-anführende Person, eine ordnende und sorgende Autorität, benötigte doch dringend die Gemeinschaft und Abhängigkeit von anderen, um durch sie erst seine überlegenen Fähigkeiten zum Vorschein, zur Entfaltung zu bringen. Mit sich allein gelassen, war er sehr viel ärmer und auswegloser dran als sonst irgendein vereinsamter Mensch.

Die eigne Person ohne jede Zuordnung war ihm beinah nichts, ein Abgrund, ein Unding, ein Gespenst. Er verzog sich in sein Haus, und wenn ihn jemand ansprach, so gab er ein wirres Grummeln oder unbesonnenes Gerede von sich. Ein Tatendrang im Leerlauf und vollkommene Entmutigung wechselten einander ab.

Eines Tages trat ihm eine junge Frau gegenüber, eine sehr junge sogar, beinah ein Menschenalter später geboren als er, der nun schon auf die Fünfzig zuging. Eine ungewöhnlich wache und offene, aber in vielem eben noch sehr unentschlossene Person. Er indessen, kaum daß er ihr begegnet war, hatte seinen Entschluß auch schon gefaßt. In ihr und mit ihr wollte er nun auf der Stelle sein neues ›Imperium‹ begründen, ein ganz anderes diesmal, das nur aus Liebe, Familie, Haus und freischaffendem Künstlertum bestehen sollte. Endlich der eine Mensch! Endlich der Einzige! Immer nur hatte er es mit Menschen in der Schar, in Anordnung und Abfolge zu tun gehabt, immer nur viele zugleich beachtet und gebraucht. Nie sich nur einem einzelnen mit aller Wärme und Nähe, zu der er fähig war, zugewendet. Dies tat er jetzt. Die junge Frau erwiderte seine Liebe und nahm sie sehr ernst. Doch spürte sie wohl, wieviel Unbewältigtes er in die neue Verbindung brachte, spürte seinen gepreßten Willen, es diesmal besser und ganz anders zu machen. Ein ordnendes, fast ein wenig zwanghaftes Planen und Formen von persönlicher Geschichte – mit Überdruck alles das nachzuholen, was er so lange versäumt hatte – hinderte ihn oft, ihre schöne Gegenwart froh und absichtslos zu genießen.
Ja, sie merkte es bald, daß sie beide nicht die gleichen Lebenszeiten und -mengen hatten und daß ihre Erwartungen und Erfahrungen sie immer bedenklich unterscheiden würden. Sie, die Neue, die Anfängerin, war nun für ihn an die Stelle einer zusammengestürzten Welt getreten, und

noch in seiner glücklichsten Hinneigung zu ihr vernahm sie das gewalttätige Vergessen eines tief enttäuschten Manns. Personen und Umstände aus seiner Vergangenheit, die er für schuldig an seinem Fall hielt, durften im übrigen nicht weiter erwähnt werden, so daß ihr waches Fragen und Erkundigen oft gegen harte, stumme Reste stieß.
So erwarb sie innerhalb kurzer Zeit viel Menschenkenntnis und wurde rasch klüger, vielleicht zu rasch, in der Nähe dieses verletzten Manns, der sich mit seinem ganzen Gewicht an sie gehängt hatte. Und da sie es als ein Wunder empfand, ihm begegnet zu sein, und doch fürchtete, daß er sie in Wahrheit nicht meinte, versuchte sie nun, behutsam widerstrebend, Zeit zu gewinnen und ihn in seinen übereilten Schritten aufzuhalten. Sie entzieht sich seinem Drängen nach Heirat, mißtraut seinem weichen Bedürfnis nach Herkömmlichkeit und Sitte, die womöglich nur dazu dienen sollen, die eigne innere Ordnung wiederherzustellen. Sie weigert ihm auch das Kind, das schon entsteht, und treibt ab ohne seine Zustimmung. Sie will, sie muß ihn erst dahin bringen, daß er sie klar mit allen Sinnen sieht. Wie aber soll das geschehen? Ihr Zögern, ihr Mißtrauen entmutigen, erschüttern ihn, lassen ihn vorübergehend an ihrer Aufrichtigkeit zweifeln, aber nie an seiner eigenen. Er begibt sich auf eine längere Reise – eigentlich nur, um sie aus der Ferne noch heftiger zu verklären, um sich ihr in langen Briefen mit noch viel schöneren Worten zu eröffnen, als er es Aug in Aug bisher getan hat. Unterwegs besucht er einen alten Freund, einen Saxophonspieler, für den er ein Konzertstück komponiert hat. Dieser spielt es auch und freut sich darüber. Er ist indessen nicht der Mann, der G. verheimlichte, daß er sein Talent als Komponist für beschränkter hält als seine Fähigkeit, Musik zu entdecken und zu fördern. Der Vorbehalt macht ihn traurig, trifft aber nicht tief, es war eben nur ein erster Versuch. Gerührt und überzeugt durch seine Briefe, empfängt ihn zuhaus die Freundin und sträubt sich nicht

länger, ihm anzugehören nach allen Regeln, an denen ihm gelegen ist. Die beiden heiraten, unternehmen eine lange Reise, leben dann sehr zurückgezogen in einer billigen Stadtwohnung. G. besorgt ihr bescheidenes Auskommen mit Musikkritiken und Rundfunkbeiträgen. Ein Kind kommt zur Welt, und für G. tritt nun endlich ein, was er seit dem ersten Anblick dieser jungen Frau erhofft und erstrebt hat, er steht seiner Familie vor, sorgt, pflegt, ordnet an mit der gleichen Sicherheit und Treue, mit der er früher seinen Verlag geleitet hat. Seine Rolle hier wird freilich immer anspruchsvoller. Immer weniger Aufgaben fallen an die Frau, und die versieht sie schlecht, in dem Bewußtsein nämlich, daß sie in beinah jeder Fähigkeit von ihrem Mann übertroffen wird. Dies hat zur Folge, daß ihr Selbstvertrauen ebenso wie ihr Verantwortungsgefühl nach und nach geringer werden. Es dauert nicht lange, und die junge Mutter, die allen Wünschen und Forderungen des Manns und gewissermaßen auch der Natur Genüge getan hat, fühlt sich überflüssig und unverstanden. Das Interesse an der engen, verschworenen Gemeinschaft läßt nach, Neugier, und Wachheit erschlaffen. Sie drückt es deutlich durch den Körper aus. Die Dinge des täglichen Gebrauchs gleiten ihr häufig aus der Hand, die Schlüssel, die Milchflasche, die Zigarettenschachtel, sie läßt alles fallen. Sie kränkelt, ermüdet früh und gerät außer Form. Sie nimmt das Alter einer verbrauchten Hausfrau an, als wollte sie damit, schal und stumm, ihrem Mann bedeuten, er möge sie endlich zu ihrer Jugend zurückverführen. Vielleicht aber auch, um sich in dieser Gestalt von ihm zu entfernen. Kurz bevor es zu spät ist und sie für immer unförmig und verdrossen geblieben wäre, gewinnt sie den Mut, sich um ihr eigenes Leben zu kümmern. Sie übernimmt ein Volontariat in der Anzeigenabteilung einer Zeitung, lernt andere Menschen kennen, findet Freundinnen, trifft einen jüngeren Mann, entzieht sich der Familie. Ihr Mann sieht dies alles geschehen und steht eigentlich nur hilflos und ungläubig daneben. Sie aber, draußen frei und fordernd geworden, stellt ihn zur Rede, greift ihn an, überhäuft ihn mit Vorwürfen. Ein langwieriger Streit entsteht, die verschiedenen Lebensalter klaffen unversöhnlich auseinander, bald wird das Rechten schäbig und bös.

»Du hast gelebt!« ruft sie, »du wirst nie wieder das, was du einmal warst. Ich aber will noch etwas werden, ich will noch leben!«

Der Mann muß schließlich erkennen, daß er ein weiteres Mal gescheitert ist. Seine großmütige Bestimmung, zu gründen, zu bauen, zu entwickeln und ganz allein Verantwortung zu tragen, so wie er's früher tat in seinem ›studio‹, ließ sich an einem lebendigen anderen Menschen nicht zur gleichen Wirkung bringen. An nur einem, dem Einzigen, den er so gesucht und erwählt hatte.

Es kommt zu fürchterlichen Szenen, zu qualvollen Versuchen, das Ganze doch zu retten, aber es nützt nichts mehr. Die Ehe bricht, die beiden gehen schnell auseinander.

G. verschwindet, fährt unruhig umher, verkriecht sich in ein Zimmer mit Tabletten. Nun gibt es nichts mehr, was ihn zusammenhielte. Allein, das ist für ihn fast wie Ersticken, Atemnot.

Unterdessen hat sein Freund, der Saxophonist, im kleinen damit begonnen, neuen Jazz zu produzieren, hat sich in eine Firma eingekauft und bittet eines Tags G. um Rat, eventuell auch Mitarbeit. Der tief von sich abgefallene Mann richtet sich mühsam wieder auf, er folgt dem Angebot des Freunds, findet zurück in die eingeprägten Spuren seiner Leistung, seines Könnens. Wie nicht anders zu erwarten, verbessert sich seine Lage nun recht zügig. Er wirkt am Aufbau mit, wird unverzichtbar, gewinnt die Oberhand und lebt schließlich wieder ganz im alten Sinn aus seinem unbeugsamen positiven Willen. Seine zukünftige Frau ist eine enge Mitarbeiterin, und beide sind der Musik und Produktion verbunden fast mit größerer Leidenschaft, als sie füreinander haben.

Ein Besuch bei seinem Kind beendet die Geschichte. Es stellt sich heraus, daß seine frühere Frau, anders als es zunächst scheinen mochte, keineswegs verwunden hat, was sie für die große Begegnung ihres Lebens hält. Diesen Mann, der sie so gewaltsam erfand und verkannte, hatte sie nicht schadlos überstanden. Sein schweres, reifes Alter, dieser dunkle Flügel, der sich über sie gebreitet hatte, ließ ein gedrücktes, mißtrauisches, vom Schutz zerstörtes Wesen zurück. Ihre frohe, arglose Art war einer frühreifen Bitterkeit, einem unerfahrenen Erwachsentun gewichen. Allen nur erdenklichen Einflüssen des Zeitgeschmacks hatte sie sich hingegeben, wahllos und süchtig, und hatte doch von ihm, nur von ihm dies andauernde Zittern der Entbehrung zurückbehalten.
Nun redet sie ihn an. Sie redet eine Menge törichtes Zeug, Vorwürfe und Warnungen, Bitten und Wünsche und endlose Selbsterklärungen. Aber darin kaudert und scharrt dieser Schmerz, der unaussprechlich ist. Der Mann entgegnet ihr mit wenigen kalten Worten. Er kehrt ihr den Rücken zu und hockt neben dem spielenden Kind.
»Laß mich nicht so lang allein«, befiehlt sie leise und verwirrt.
Er hört es nicht. Er sieht sie nicht einmal an, wenn er wieder geht.

Im Stock

Es gibt niemand anderen als Ihn – sagen die Enthusiasten aller Gottesreligionen. Es gibt niemand anderen als sie, sagt der Liebesnarr und fühlt sich, in der Blasphemie seines Glücks, mit dem Weltabgewandten konform und auf dem Weg zum gleichen Licht.

Ich lese die Briefe einer gescheiterten Theologin, die irgendwo in dieser geteilten Stadt in ihrer Kammer haust, sich ›klaustrophil‹ nennt und einen Neffen in der DDR hat, den sie mit frischer Westliteratur versorgt. Was hat es zu bedeuten, vom Glauben niedergerungen und geknebelt zu sein – jetzt und hier, unter den Bedingungen einer nahezu hauchdicht abgeschlossenen Weltlichkeit? Ein Glaube, der ihr offenbar keine Stärke gibt, sondern dessen Kraft dahin wirkt, ihre Seele zu sprengen. Was ist mißglückt? Wir sehen bunte Kirchentage in gefälliger Gegenwartsnähe, wir sehen die Geschäfte der Sekten blühen, hören viel von neuem religiösen Gefühl, Gott als letzte Beschleunigung des gedopten Subjekts, Beliebigkeiten, Stimmungssachen, Innerlichkeitskonsum, öffentlich-wesenlos. Es kann doch nicht gefährlich sein...

Die Klausnerin in ihrer städtischen Abgeschiedenheit erlebt es anders. Für sie ist Glaube etwas, das mit einem ringt, gewaltig, großmächtig, bis man zerbricht, oder man stiehlt sich vorher davon. Man ringt mit ihm wie Frühere mit dem Zweifel rangen. Man zieht ab mit verrenkter Hüfte, schleifendem Geist – der Glaube besiegt dich: aber du bist nicht gläubig geworden. Er war zu groß für dich.

Ich weiß aus ihren Briefen alles über den Würger, ihr Zimmer, ihre Anfälle und ihre Lektüren. Nichts über ihr gewöhnliches Leben, ihren Umgang mit anderen Menschen, ihren Alltag. Um ganz offen zu sein: ich kenne nicht einmal ihr Geschlecht. Ich weiß in Wahrheit nicht, ob *sie*

oder *er* sich hinter ›N. Fuhrmann‹ verbirgt, der Unterschrift unter den langen, innersten, geschlechtslosen Geständnissen. Norbert oder Nora. Nele oder Nils. Ich übersetze eigenmächtig mit ›sie‹. Die Windungen, die dieser Mensch anstellt, um mir sein Geschlecht zu verheimlichen, treiben seine Briefe in einen oft verquälten Stil und quälen auch mich, denn sie versuchen mich in seine intime Unbestimmtheit mit hineinzuwinden.
Ich sage daher mit aller Deutlichkeit sie und übersetze *sie*.

Der Neffe, offenbar ein fröhlicher Literaturverschlinger, von ihr reichlich unterrichtet und versorgt, tut sein Bestes, um die Tante in West-Berlin, eine Frau um Ende Vierzig, wie ich vermute, vor den schlimmsten Auswirkungen der Kümmernis und der Isolation zu bewahren. Seine Briefe, von denen mir manches mitgeteilt wird, verraten die wenig exzentrischen Vorlieben eines jungen Mannes, die nach unserem Zeitgefühl eher den Launen und der Denkart der frühen sechziger Jahre zugehören. Unverkennbar, wie er trotz ständiger Westberührung teilhat am Erbe der kritisch-frivolen Aufgeräumtheit, diesem traurigen Zerfallsprodukt der großen deutschen Ironie, das die Intelligenz in unserem anderen Staat häufig so abgelebt und unfruchtbar erscheinen läßt. Der Unterschied der Stimmung und der Befindlichkeit zwischen den beiden könnte nicht größer sein, die Bedürfnisse des Bewußtseins nicht gegensätzlicher.

(»Ich weiß nicht, was ›Verfremdung‹ heißt«, schreibt sie, »ich kenne nur Verschmelzung.«)

Unablässig sucht sie zu einem anderen Sprechen zu gelangen, zu einem unbekannten Hoheitsziel der Sprache. Unablässig mißlingt's ihr schon im Ansatz. Stets schreibt sie in stilsetzendem Stil, überapart. Benutzt Schmuckformen, die

verunstalten, versieht das herzlich Schlichte mit philiströser Zierde.
Der Junge, sorglos verliebt in die schöne Literatur, in einem Land, das ihm zur Flucht verhilft in eine leichtere Welt.
Die Frau in der Freiheit, in der bergenden, würgenden Kammer. In der zerstiebenden Sprache. Hier kann man wahllos alles sagen. Das führt dazu, daß sie mit niemandem spricht. Daß sie sich übt in ungeselliger Askese um des Wortes willen. Wo ist der Sprachmächtige, der Gebieter, wo ›Das Wort‹, wenn es nicht ist der Herr des Alten Testaments? Was für ein schmerzliches Scheitern, nicht zu der Sprache zu gelangen, in der man sich angesprochen fühlt! Der Jubel, die Stille, Frohlocken – Frohwohnen ... Ihr mit der Erde nicht abgestimmtes Temperament, von der Erfüllung einmal berührt, blieb darauf verschrumpelt, verkrüppelt zurück, unschön erschüttert. »So tiefer Sturz erfüllte sie mit Trümmern«, liest sie bei Milton. Und welche Windungen dann, welche Verrenkungen, welche Krankheit und Selbstverstümmelung in ihren engen Sätzen, die nicht hochkommen wollen, sondern sich aufbäumen wie ein getretener Wurm! Und dazu noch anschauen müssen, daß es die anderen sind, die draußen leichtlebend, unbewußt vielleicht viel eher den untersten Saum jener Wesen berühren, die Gott von Angesicht zu Angesicht sehen.
Die unkenntliche Frau will vor verborgenem Gott gleichfalls verborgen sein. Dies ihr verkehrter, vermessener Wille.

Heimlich vergleiche ich sie mit meiner nüchternen Freundin, meiner Gefährtin neben mir. Warmherzig und menschenfroh ist sie, die mich umgibt. ›Atheist‹ nennt sie sich auf behördlichen Bögen. Ein großes Wort! Und wie wenig durchlitten, durchdacht! Jedoch, mit welchem amtlichen Kürzel drücken wir ein metaphysisches Achselzucken aus? Öd und in Kälte erstarrt die andere dort, meine eheliche Fremde, mit dem Eisknirschen vor dem Sprung. Was will sie mir bedeuten? Was kündigt sich an durch sie? Ist sie die Frau, die Wissende, von der Meister Eckehart sagt, daß sie dem Beichtvater Unverständliches spricht? Oder ist sie in der gleichen krassen Lage wie viele von uns, die die Unschuld des Bewußtseins verloren haben und nun *vor* dem Glauben in tiefsten Zweifeln stehen? Ausgestoßen aus dem Schlaf der Welt –

Die Frau in ihrer Klause, die sich nicht mehr über Brücken zu gehen traut, worunter Wässer *ab*fließen; die ihre Fenster verhängt, weil ihr vor der *ab*schüssigen Straße schwindelt. Und die, am Ende, auch keine Briefe mehr schreiben wird, da sie die fliehende Schrift ängstigt. Die ausharrt durch und durch, ohne zu warten. Die den Pegel des Stillstands steigen läßt bis nah an ihr Herz.
Alles, was sie mir schreibt, verknäult-entsetzt, wirbt inständig darum, übertragen zu werden in jene Sprache, in der man ›noch‹ versteht...

»Es sollte mir einer sagen, ob ich für die Grotte geboren bin oder für die objektlose Weite. Auch der unerschütterlichste Anachoret wird von der Versuchung gepeinigt, sich nicht entscheiden zu können. Zwischen der Höhlen-Stimmung und der Säulen-Stimmung. Zwischen der Verbergung und der Entblößung. Er wird zwischen zwei feindlichen Träumen zerrieben. Zwischen zwei Geschlechtsteilen, Uterus und Phallus, zerrissen.«

»Unter den Elementen kann ich nicht die Kraft wählen. Nur die Ohnmacht. Die Stille. Das Stehen. Das Sirren. Ondulationen eines Gewichts.«

»Die Vorgänglichkeit ist meine Qual. Die Vergänglichkeit meine reinigende Quelle. Gegenwart überzieht mich wie schwerer Frost oder Schwamm.«

»Sehen Sie, wenn Sie wiederkämen, ich würde im Winter die Futterringe auf dem Balkon erneuern. So aber. Was geht mich die Menschenscheuche der Vögel an?«
(Ich war nie bei ihr. Oder ihm.)

»Die Mauer, in deren Umfassung ich nunmehr seit 22 Jahren lebe, läuft geradewegs durch mich hindurch. Als Grenze zwischen West und Ost der Weisheiten. Als Grenze zwischen Ausgesprochenheit und Unbefragbarkeit.«

»Mein Alltag wird von Löchern unterwandert. Sterngestochene Lücken. Wer also schaut Löcher in die Luft? Die Sterne starren Löcher in unseren Tag.«

»Mein Wesen ist hin und ich kann nicht mehr gegenüber sein. Schwärze will schwärzen. Da steh ich unnütz wie ein erfrorener Olivenbaum.«

»Weltfremd? Nennen Sie mich so? Gott allein ist weltfremd. Kein Sterblicher darf so genannt werden.«

»Der Andere ist mir ein Zu-Geborener. Rundum zu. Etwas, das ißt, schwitzt, glotzt. Urnenschoß und Aschgeburt.«

»Wir sind niedlich in den Augen des Sturms. Oder wenn die Apathie Gottes uns einleuchtet.«

»Mein Leben? Was wollen Sie wissen? Ich bin weg gewesen. Ich träumte über einer leeren Spur. Man hinterläßt einen leeren Weg. Sonst nichts.«

»Ich erinnere mich an eine andere, frühere Gefangenschaft. Ja, ich erinnere mich an das Zornesmassiv einer Stirn. An unser beider technisches Eifern. Und wie ich denn wohl meinte, daß ich technischer dächte als ein Kohlweißling! ...

Damals (wie auch heute) stumpften die Bäume, die Nächte ab. Die Luft war kalt. Der Nebel lag gemästet und tatenlos.«

»Warum antwortest du nicht?« fragte er.
»Es werden Tage vergehen, ehe ich meine Sprache wiedergefunden habe.«

Tage, an denen sie neben ihm sitzt, er-vergessen, und begreift...

Die Verletzung

– Was hast du getan? Was setzt du aufs Spiel?
– Du hast eine schlechte Arbeit vorgelegt, sagte er, du hast deine Sache nicht gut gemacht. Ich habe dich nicht in Schutz nehmen können.
– Du hast meinen Verächtern recht gegeben. Du hast deiner Verachtung für mich nicht einmal selber Ausdruck verliehen.

Um JNC zu packen, legte sie sich folgendes zurecht: Jahwe Nemo Caesar. Ja, das mußte es sein: Herr Niemand Kaiser. Oder weiter gedacht: Ewig Nie Zeit. Wiederum der Dreifaltige. Nach wie vor. Zufrieden mit der Lösung?

Die Abkürzung JNC hatte alle übrigen Initialen der Erde getilgt, aufgelöst, in sich einbezogen. JNC war allgegenwärtig und einzig. Wie das Markenzeichen eines allesherstellenden, alle versorgenden Universalkonzerns. Wie der Reklamesticker für eine erdumspannende Festveranstaltung. In Schwärmen, in bakteriellen Dimensionen breitete er sich aus und überdeckte alle Wände und Straßen. In diese drei Buchstaben zog sich die Schrift von der Erde zurück und

verschwand. Sie waren ihr letztes, reines, absolutes Symbol.
Jedenfalls war das ihre These.
Man kann das Ganze als einen Vorgang der höchsten Masseverdichtung beschreiben, sagte sie. Die Masse wäre in diesem Fall die Summe aller Differenzen, aller nur denkbaren Unterschiede, das Vielfältige schlechthin.
Es kam die Zeit, da er ihr die Nahrung vorenthielt und sich weigerte, für ihren Unterhalt zu sorgen. Sie war rechtlos. Sie besaß keine Ansprüche gegen ihn.
In einem Zimmer seines großen leeren Hauses hockte eine verschmutzte, halbirrsinnige, äußerst kaltblütige Frau. Er hielt die Tür vorsichtshalber verschlossen. Sie versuchte aber gar nicht, das Zimmer zu verlassen, sondern rührte sich nicht und begriff.

JNC ist die laute Schelle an der Haustür. Wenn mich jemand holen käme!

»Du hast sie verletzt«, sagte ein Freund zu ihm.
»Verletzt? Sie hat eine schwache Leistung gezeigt, und ich habe sie nicht dafür loben können. Sie hat sich blamiert. Ich habe ihr nicht darüber hinweggeholfen. Das ist alles.«
»Du hast ihr nicht geholfen? Weißt du, was du da sagst?! Ich schicke jemanden vorbei, der sie hier rausholt. Morgen kommt ein anständiger Mensch, der sie runter in die Stadt bringt. Der sich mit ihr unterhält.«
»Meinetwegen. Ich kann ihr nicht helfen.«
»Du kannst *nie* helfen. Warum nicht?«

Aber es kam niemand am nächsten Morgen. Und auch an den folgenden Tagen kam niemand. Es waren leere Versprechungen, die der Freund abgegeben hatte, und seine Entrüstung war ebenso leer. Er ließ sich nicht mehr blikken.

Eines Abends saß der Mann auf dem Bettrand. ›Himmel!‹ dachte er, ›ich habe sie eingesperrt. Ich habe sie glatt vergessen.‹

Er lief zu dem Zimmer der Frau und schloß die Tür auf. Sie saß auf einem Stuhl und rieb die Handflächen gegeneinander. Sie ließ sich willenlos hinausführen. Er wusch sie und kämmte ihr Haar. Er gab ihr zu essen und streichelte ihren Arm.

Er ging in die Küche, und sie folgte ihm wie angezogen. Sie erkannte ihn nicht. Sie sagte: »Ich habe meine Arbeit im Arbeitskreis liegengelassen. Meine Arbeit liegt unten im Arbeitskreis.«

Er dachte: ›Es wird das beste sein, wenn ich versuche, ihr ein neues Selbstvertrauen zu geben. Wir müssen ganz von vorn beginnen. Das ist sowieso das beste.‹

Er fragte, ob sie trotz allem noch bei ihm bleiben wolle. Sie antwortete, daß sie bei ihm bleiben wolle in der unermeßlichen Leere ihres Herzens.

Der Mann mußte lernen, wer JNC war. Er hatte jetzt das Gefühl, der letzte zu sein, der dieses überall verstreute Zeichen noch nicht begriffen hatte. Zwar hatte er es immer häufiger bemerkt, jedoch geglaubt, die Welt sei mit einer gewaltigen Werbekampagne für einen Artikel überschüttet worden, der ihn nicht interessierte.

HerrNiemandKaiser. Als er nach Wochen und Monaten immer noch nicht begriffen hatte, sagte er: »Ich werde zum ersten Mal geplagt von der Angst zu versagen. So etwas gibt es also wirklich. Ich spüre einen Schwindel, in dem ich mitsamt allem, was ich gemacht und geleistet habe, jählings zu verschwinden drohe. Ich gehe in der Stadt eng an den Häuserwänden und suche von ihrer Senkrechten eine Stütze zu erhalten, wie ein schwaches Gehölz, das kraftlos nach unten sinken will. Am liebsten ginge ich in den Mauern selbst, gänzlich kerzengerade und verborgen.«

»Wir sind Techniker!« rief er aus, »wir können es nicht begreifen!«
»Wir sind Techniker«, stimmte sie zu, »mit den drei Buchstaben können wir alles ermessen und verlisten, was Sinn und Zweck hat auf der Erde. So wie man mit 0 und 1 alle beliebigen Zahlen und Botschaften ausdrücken kann.«
»Du begreifst es! Ich werde es nie begreifen.«
Sie zeigte ihm alles, was man wissen mußte. Aber es prallte an seinem Schädel ab. Er saß da wie ein Schüler mit Stirnkrampf vor einem unlösbar erscheinenden Dreisatz.
Sie hatte ihn aber bisher noch nicht erkannt und wußte nicht, daß er ihr Mann war. Sie glaubte immer noch, er würde sie hier rausholen.
Der Techniker merkte das nicht und behandelte sie liebevoll wie eine wiedergewonnene Frau. Die Frau merkte das nicht und behandelte ihn wie ihren willkommenen Befreier.
»Du bist doch ein gelehrtes Haus«, sagte die Frau und legte dem brütenden Mann den Arm über die Schulter.
»Es braucht nur ein Funke überspringen«, antwortete er und vergrub seine Stirn, »und das ganze Haus steht in Flammen.«
Aber es sprang kein Funke über, und die unverrückbare Formel hielt sie lange in Unkenntnis voreinander.

*

»So. Nun kennen Sie die Geschichte. Ich muß ein lähmendes Gegenüber gewesen sein.«

»Ich sah eine Rose, die stak im rostigen Schloß eines alten Tors. Dies sollte heißen, mein Weg führt ab ins Unsichtbare. Aber ich fand nicht hinein. Ich verharrte in meiner Gefangenschaft, lag im Stock meines Deutschs, meiner verfehlten Sprache. Erreicht habe ich weder das Flüstern noch die Exklamation. Weder die Auflehnung noch den unergründlichen Gehorsam. Das Tor aufreißen konnte ich nicht; nur mit zerstoßenen Pulsen deuten, wo's leichter, freier, wärmer ist... Mein Deutsch, mein Mörder. Was man nicht verkünden kann, muß man verbluten.«

Atalante

Läuferin im grauen Trainingszeug vor weißer Mauer, erschöpft am Boden kauernd, die Beine angezogen, die Arme um die leicht gespreizten Knie gelegt, den Mittelfinger der linken mit der rechten Hand umfassend, den Kopf zur Erde gebeugt, in den Sand spuckend, den Kopf anhebend, nach hinten an die Mauer gelehnt, das Gesicht aufgerichtet, ein wenig zur Seite gewendet, hinüberblickend ausgepumpt und unbeteiligt, fort; von Anstrengung schmerzensreiche Züge, die Ekelqualkerben um den offenen Luftschlingmund. Den kalten Stein im Rücken, an dem die Lunge auf- und niedersteigt, und über ihr zum Kranz spielen Schatten von den Nußbaumzweigen auf der weißen Mauer. Drüben im Arkadengang, nicht weit entfernt, verschnauft ein Trupp ermatteter Nachzügler, die sie im Wettlauf überrundet hat, Männer und Frauen, die sich mit ausgestreckten Armen gegen Bogensäulen stützen. Ein anderer, der ›Zweiter‹ wurde, steht ein wenig abseits und blickt zwischen beiden, den Abgeschlagenen und der Gewinnerin, hin und her über hohes Keuchen, unsicher einen Bescheid erwartend.

»Das mittelste Los war auf Atalantes Seele gefallen. Sie sah die hohen Ehren, die das Leben eines Siegers in den Wettspielen bringt, vermochte nicht an ihnen vorbeizugehen und wählte dies Leben.« Platon, Staat, 10. Buch (Die spröde Jägerin und Läuferin, so wird erläutert, ist Heldin verschiedener Sagen. Die Wahl ihres künftigen Lebens soll wohl den Verzicht auf die Liebe bedeuten.)

Sie streckt die Beine aus, löst die Schnur im Hosenbund, wischt mit dem Fledermausärmel den Schweiß aus dem Gesicht. Auf dem Oberteil ist das Wappen der Universität von Virginia aufgebracht, wo sie einen Astrophysiker zum

Brieffreund hat. Es ist ein solches Sportgewand, in dem heut viele wie in schlappen Kinderschlafanzügen gehen, farblos und locker; und wie die Kinder am liebsten unangezogen bleiben den ganzen Tag, so trägt man's auch in Bibliotheken und in Supermärkten, ein Allzweckzeug, das jede Form des Körpers zwar verpludert und doch direkt auf seine Blöße weist. Auf Leibeskräfte und auf *Spaß* – in jenem alle Lebensbereiche umfassenden Wortsinn. Denn alles ist nur Spaß auf Erden – in seiner ernsten Wettkampfform.

Warum willst du immer siegen, Atalante, warum stets die bessere sein? »Oh, ich muß, ich muß!« Laufen will sie bis zur reinen Ohnmacht, laufen bis hinüber zu Visionen. »Wenn ich nicht siegen wollte, brauchte ich nicht anfangen zu laufen.« Der Wettlauf ist immer eine gute Menge überwundener Gier. Und Gier ist schädlich für den ganzen Typ; die Börse und das Herz.

Sie kann mit allen. Und keiner ist ihr wichtig. Atalante. Nur verlieren kann sie nicht. An manchem Abend liegt sie ruhlos auf den Klippen über dem Schlaf. Sie zählt die Kollegen und Bekannten, die Mitläufer und Bewerber und stößt einen nach dem anderen in den Abgrund hinunter. Bei keinem hätte sie gezögert, niemand soll ihr unverzichtbar sein.
Aber *was* ist ihr wichtig? Zu welchem Ziel drängt all ihr Ehrgeiz hin? Ein Vorausglanz steht auf ihrer Stirn und schweigt. Man möchte meinen, sie hätte Forderungen zu genügen, die nicht aus uns bekannten Wettbewerben an sie gestellt werden.
Bemerkt sie irgendeine technische Neuerung oder stößt auf einen Wissenszweig, der ihr bis dahin unbekannt geblieben ist, dann eifert sie sich ab, so lange, bis sie mit der Sache halbwegs vertraut ist, bis sie sie nicht mehr beunruhigt. »Es ist nichts in der Welt, und ich erkenne nichts ohne die Bereitschaft zu gewinnen.«

Ihre Maske ist die des klaren Blicks, des herben Merkens. Es entgeht ihr nichts, sie fragt sich durch bis in die Mitte des Problems. Sie ist weder besonders klug noch ausreichend vorgebildet. Sie ist gesichtig. Spähgesichtig. »Was können Sie denn?« so funkelt sie den Bewerber an. Und freut sich diebisch, wenn er etwas Ungewöhnliches zu bieten hat.
»Sie können Glasblasen, wirklich?«
»Ja«, erwidert der junge Mann, der gern ihr Geliebter würde. »Glauben Sie's nicht?« Er lächelt bescheiden und verschmitzt. Dann prüft sie ihn mit nachsetzenden, antreibenden Fragen. Dann lernt sie und übernimmt, was der andere weiß und kann. Und bis er überrundet ist, hat er sie nicht einmal berührt.
»Laß nur, laß mich nur machen...«, sagt sie und hält schon mit. Der Wissensbringer fällt zurück, wird weiter nicht benötigt.

Sie bringt es nicht über sich, einen anderen Menschen mit seinem Namen anzusprechen.
Ein festes Bündnis käme für sie nicht in Frage. Nichts lohnt festgehalten zu werden, sagt der Buddhist. Alles auskundschaften, nur nicht in weichen Träumen rasten!
Sie läßt sich nur von hundertprozentigen Gewißheiten bezaubern. Gefühle sind liederlich. Gefühle lassen stehen und liegen und behaupten morgen das Gegenteil.
Das Flüchtige allein versetzt sie in basses Erstaunen. »Hast du gesehen? Die unverschämte Geschwindigkeit! Die Liebe verschwand wie ein Taschendieb in der Menge. Wie ein rücksichtslos überholender Autofahrer. Wie der achtfache Knoten aus dem Seil des Gauklers!«

Beunruhige dich nicht, mein Herz, mein tägliches Bereitsein, es gibt kein Du. Still, meine Wachsamkeit, es gibt niemanden. Du bleibst grenzenlos.

Ihre Konfession lautet auf »Ich glaube nicht«-Sätze.
Ich glaube nicht an die Vergeblichkeit und Eitelkeit der Welt.
Ich glaube nicht an ihren Verfall und Untergang.
Ich glaube nicht an die Grenzen des Fortschritts.

Zweifellos gehört sie zu jener noch unbesungenen Generation der Gewinner und Entspannten, der Wohlgemuten und Aufgeräumten. Der Sorgen überdrüssig, wissen sie nur noch, was nützt und gefällt. Nichts denkbar unter den Sternen, das ihr Rechner nicht schnell wie das Licht begriffe. Und haben sie's erst im System, so spielen sie auch, zurückgelehnt, die beste aller denkbaren Lösungen heraus.
Es kommen andere Tugenden und solche, die sich ausdehnen aus erleichtertem Geist.

Es mangelt ihr an einer einzigen tieferen Überzeugung. Unschlüssig prüft sie das reiche Angebot von geordneten Überzeugungen, die zur freien Verfügung stehen. Am liebsten möchte sie überhaupt keine Überzeugung besitzen. Das ganze Programm ›Überzeugung‹ liegt ihr nicht. Was kann man ohne Überzeugungen tun? Mit Überzeugungen spielen...

»Was das kostet!« sagt sie mit ungläubigem Erschaudern. Die schöne, anmutige Geizige. So steht sie vor manchem Schaufenster, geblendet von den Preisen, weniger den Dingen. Daß sie zuviel Geld ausgeben könnte, wird zu einer Quelle unablässigen Berechnens und Taxierens. Sie hat genug, aber es widerstrebt ihr, großzügig oder gar verschwenderisch damit umzugehen. Zu schenken, Gaben auszuwählen bereitet ihr Marterqualen; Geschenke zu empfangen macht sie nur verlegen und beklommen. Sie verdient als obere Verwaltungsangestellte gar nicht schlecht. Aber die hohen Kosten fürchtet sie wie einen Frevel.

Wo ist der *angemessene* Preis? Zum Beispiel: eine Fahrt im Riesenrad auf dem Frühlingsfest erschien ihr nicht zu teuer. Vergleichsweise. Die Lektüre popularwissenschaftlicher Werke (Entstehung des Lebens, Verhaltensforschung, Astrophysik) läßt sie sich etwas kosten. Taxieren und Vergleichen von Wert und Ware betreibt sie mit gleichem Ernst wie jede andere Wettkampfform. Nur nicht verlieren! Das gilt auch für das Tauschgeschäft. Immer auf der Jagd nach dem idealen, dem unbedingt angemessenen Preis, hebt sie die Kostenfrage in den Rang von Wahrheit und von Tugendstrenge. Alles in ihr lehnt sich auf gegen das Chaos und die Müdheit des Geld-Lassens. (Was sie erspart, legt sie freilich nicht für sich zurück, sondern gibt es weiter an die jüngere Schwester, damit sie sich davon die ›eigene Existenz‹ aufbaut.) Sie stuft und stutzt, begrenzt und klärt ihre Bedürfnisse wie einen strengen Garten. Überall herrscht Ordnung und Gebärde. Der anmutige Geiz ist vom stinkenden Knausertum so weit entfernt wie die schlanke Athletin vom schwabbligen Jogger.
Man muß nichts Billiges kaufen; die Nahrung einfach, frisch und wirklich nahrhaft; vor allem wenig. Kleidung – da erreichen Stil und Passendes bei weitem mehr als Aufwand. Ein eigner Ton genügt, nebst einer Handvoll stimmiger Varianten ein und derselben Linie. Ihre Gestalt im übrigen kommt jederzeit mit Jeans und Bluse aus, um so reizvoll zu erscheinen, wie sie wirklich ist.

Nur Eisenmangel und Haarausfall machen ihr neuerdings zu schaffen. Krankheiten – auch wenn man persönlich nicht in vollem Umfang für ihre Behandlung aufkommen muß – berühren die Kostenfrage auf die empfindlichste Weise. Hier finden im Hintergrund Kostenexplosionen statt. Man weiß nie, was eine Krankheit wirklich kostet. Eine Kostenlawine rollt und droht das Prinzip des angemessenen Preises unter sich zu begraben.

Atalante, so heißt es, wollte nur den heiraten, der sie im Lauf besiegte. Aphrodite gab einem Bewerber drei goldene Äpfel, die er beim Lauf fallen lassen sollte. Er tat es, Atalante bückte sich, hob die Äpfel auf und verlor den Lauf. Melanion hieß er. Oder Hippomenes. Einmal lockte er seine Frau in einen Tempel, um dort bei ihr zu liegen. Für diese Entweihung wurden sie beide bestraft und in Löwen verwandelt, denn damals glaubte man, Löwen paarten sich nicht mit Löwen, sondern nur mit Pardern. So sollte es ihnen unmöglich sein, je wieder einander zu lieben.

Eines Tages stand vor ihr ein sonderbarer Mann, der nicht den üblichen Bewerbern glich. Er war von großem Unwillen erfüllt und bezichtigte sie der Bosheit und der bösen Zauberkünste.
»Ich bin gekommen und muß dich hassen...«

Das war der *Fremdling des Begehrens*, ein zeitverirrter Krieger, der den Geschlechterkampf wiederaufnehmen wollte.
Plötzlich, aus dunkler Ferne, tritt er neben sie, steht da, wirr und bereit, ein Deserteur, halb verwildert, der unzählige Jahre allein im Busch gelebt und vom Ende des Krieges nie etwas erfahren hatte.

»Geschlechterhaß?« fragt sie hellhörig und sehr verwundert. »Ja, da gab es mal etwas, vor langer Zeit. Ich denke nur, der Kampf ist längst entschieden.«
Ungelegen, verspätet kommt der Mann. Viele Male vergeblich frug er an, bei unerschrockenen Frauen, die nur bedauernd den Kopf schüttelten, sich eine Zigarette anzündeten und weiter in der Zeitung lasen.
Atalante aber zögert schon, sie wird gereizt, gespornt von seinem rauhen Fordern, seiner reinen Gestrigkeit. Ein Fremder, ein wahrhaft Fremder, so denkt sie, der da auf der

Schwelle steht, kaum Worte findet und nur droht. Nicht weiß, wohin mit seinem großen, unbeholfenen Verlangen, zu kämpfen –

Sie gibt ihm nach: sie stellt sich ihm entgegen. Die gutgespielte männergleiche Rolle fällt wie ein leichter Überwurf, die Jägerin wechselt ihre Waffen, wird schmelzend lügnerisch, kokett und schutzbedürftig, unstet und lasterhaft; sie lacht, verhöhnt und betet an; sie hält die derbsten Blicke aus und läßt sich ›Weib‹ nennen. Und wenn sie nun nicht mehr in hellen Fragen spricht, sondern wortlos bleibt und rätselhaft als jene fatale Verführerin, die es zuläßt, daß allein der Selbsthaß des Mannes sie erschuf, und strahlend Unglück bringt wie eh und je, dann hat sie, so verändert, dem Sinne nach die goldenen Äpfel aufgelesen und den Lauf an ihn verloren.
Verrückt, einer nach dem anderen, ineinander verrannt, werden sie schließlich in den Tempel der Hochvernunft flüchten und ihn schänden. Die Strafe bleibt nicht aus, die beiden Unversöhnten finden sich als *Partner* wieder.
Mann und Frau nach dem Kampf. Was bleibt, sind Meinungen; letzte Geplänkel. Sie haben Unstimmigkeiten, Bedürfnisdissens, kritische Punkte. Lange Aussprachen. Man selbst wie auch der andere ist ein Wesen, das der ständigen Erläuterung bedarf. Es ist nicht ganz leicht zu begreifen, was Ich und Ich voneinander wollen. Kein zwingender Grund mehr zwischen solchen beiden. Kein Grund mehr unter den Füßen, nur noch der Himmel über dem Kopf, der grenzenlose Äther der erlösten Gleichheit.
›So sollte es ihnen unmöglich sein, je wieder einander zu lieben.‹

Über Kälte

Einer wirft sie dem anderen vor. Jeder weist den Vorwurf entschieden zurück und fängt sich doch eine kleine Genugtuung ein. Kälte ist ein Attribut des Teufels. »Kälte!« anerkennt und denunziert zugleich die schaurig-enge Überlegenheit des anderen. Kaltblütig werden nicht nur gemeine Verbrechen ausgeführt; mit kühlem Blut ficht man auch Siege und Erfolge aus. Das schmeichelhafte Schimpfwort grassiert nicht von ungefähr in einem Klima, wo sich um Rücksicht und um Rücksichtslosigkeit zwei neue Klassen der Gesellschaft bilden und die Zeit sich teilt zwischen den Versäumern und Gewinnern. Zugleich gehört die »Kälte« – nicht anders als »Betroffenheit« und »angerührt« und »groß« – zum Bestand des gegenwärtigen Affekte-Deutschs; Wörter mit kleinem Schauder-impact; das flach pathetische »Unterfutter«, mit dem wir neuerdings unsere Banalitäten ausstopfen.

Man scheut sich von der Größe Goethes zu sprechen. Mit der begnadeten Macht stehen wir im verlegenen Umgang. Man bekränzt um so leichter die Zipfelmütze. Der Regierungschef beruft einen Fernsehreporter zu seinem Sprecher und nennt ihn einen ›großen Journalisten‹. Man stiehlt den Bibber bei der Glorie, der man sonst nicht traut, um damit das Unbedarfte hochzustimmen.

»Kälte!«, wie andere frisson-Vokabeln auch, muß der Empfänger säuberlich entschlüsseln. Er leugnet den sittlich-verwerflichen Anteil der Bezichtigung und kassiert zufrieden die unterschwellige Bestätigung seiner Macht. Denn offensichtlich ist derjenige, der dem anderen »Kälte!« an den Kopf wirft, eher der Erhitzte und mithin leicht auch der Unterlegene. Anders als unter streitenden Privatmenschen, wo jeder den anderen zum Egoisten erklärt und der Kälte-Anwurf beliebig die Fronten wechselt, ist die Beschuldigung nur dort noch etwas wert, wo sie nicht mit gleichem Recht oder Unrecht zurückgegeben werden kann. Die Machthaber werden ihrerseits nicht die Machtlosen der Kälte bezichtigen können, die Bürokraten die Bürger nicht, die Systemstrategen die engagierten Individuen nicht.

Wo aber residiert die Wärme?

Wahrscheinlich am wenigsten bei denen, die das Wort, das unaussprechliche Positiv, so verdächtig gern im Munde führen.

»Menschliche Wärme« wird bekanntlich nur im kleinen Kreis erzeugt. Im kollektiven Nest, in der Solidargemeinde, im Gegen- oder Außenhort zu Macht und Großstruktur. Von hier stieg auch »Kälte!« auf zur gesellschaftlichen Dissensvokabel. Auch in der kleinen Wohngruppe besitzt immer irgendwer die unglaubliche Kälte, seinen Anteil an der Telefonrechnung zu unterschlagen. Hier allerdings kann das Wörtchen durchaus ächten und verstoßen. Wo sich mehrere Mitmenschen gegen einen anderen zusammenschließen, beanspruchen sie die höhere Temperatur für sich. Wärme und Güte befinden sich selbstverständlich auf der Seite der Übereinstimmenden, während der Abweichler, der ungerührt die Regeln verletzt, kalt ist. Das hindert diesen nicht, sich seinerseits zu erhitzen und nun der Gemeinschaft, die gegen ihn mauert, ihren unmenschlichen Wärmeentzug vorzuhalten. Und so ad infinitum, bis alle voreinander zu Eis erstarren.

Weibliche Kälte? Sie weigert sich, sie will dich nicht, obgleich doch soviel für dich spricht? Aber ist sie wirklich kalt in ihrem Wesen oder bist nicht du nur überhitzt? Unter den Geschlechtern weisen Temperaturen recht verläßlich Macht und Anziehungskräfte nach. Tröste dich jedoch, auch diese scheinbar Kälteste wird eines Tages vor irgendeinem Gleichgültigen so hilflos und vergeblich glühn wie du vor ihr.

Sie zieht den anderen vor, einen unerträglichen Hohlkopf

und Aufschneider? Es wird schon seine Gründe haben, die weder sie noch du erkennen. Ein Rest von Selektion wirkt fort im erotischen Gefallen und Geschmack, trotz allem. Trotz unserer zahnlos-zahmen Ausgesprochenheit, wo alles Psyche ist und Argument, geschieht auf einmal diese unerklärlich reizgelenkte Gattenwahl wie unter Kormoranen.

Doppelrolle

In dem einen Verhältnis ist sie die Geschundene und Geschmähte. Im anderen aber ist sie die Thronende und Begehrte. Dort liegt sie zu Füßen, hier setzt sie den Fuß auf den Nacken. Dort wird sie gedemütigt, hier angebetet und verehrt.

Durch einen unglücklichen Zufall wurde er Zeuge ihrer alltäglichen, erbärmlichen Erniedrigungen. Er mußte mit ansehen, wie diese Frau, die für ihn unerreichbar schien und ihn anzog mit wunderbaren Kräften, dem andern zur billigsten Verfügung war. Wie er sie abstoßen und beleidigen durfte, wie er ihrer überdrüssig war und sie zu gar nichts gebrauchen konnte; und wie sie dennoch vor ihm kauerte, seine Knie umfaßte und darum winselte, wenigstens seine Mißhandlungen empfangen zu dürfen.

Am nächsten Morgen kam sie zu ihm. Kühl und stolz wie eh und je, als wäre nichts geschehen. »Wie kann ich dich nur befreien?!« klagte er. »Komm zu mir und laß dich nicht länger erniedrigen. Du brauchst Liebe und nicht Schande. Ich würde dich achten, denn ich kann nur einer Gleichrangigen, nein, nur einer weitaus Höhergestellten mit ganzer Leidenschaft und Hingabe begegnen.«

»Ich besuche dich«, antwortete sie, »weil ich Gefallen finde an deiner Höflichkeit und deinem erbötigen Betragen. Es tut mir gut und genügt, wenn du mir deine vielen schönen Worte schenkst. Deine Verehrung ist für mich längst ein nötiger Ausgleich geworden, um die Schmähungen des anderen mit der Kraft ertragen zu können, die ihm gebührt, auf die er ein Anrecht hat und durch die allein ich ihn halten kann. Würde ich diese Kraft nicht aus deinen sehnsüchtigen Augen, nicht aus deiner standhaften Werbung entnehmen, so wäre ich wohl endgültig verloren. Er spürte dann nicht einmal diesen geheimen Rückhalt, den du in mir aufrichtest und der ihn wohl von fern, ganz aus dem Verborgenen noch eben reizt. Ich wäre gebrochen, und er schmisse mich für immer beiseite.«

»Was verlangst du von mir?« rief der Anwärter, »du kommst zu mir als Besudelte, Verworfene, von ihm durch die gemeinsten Handlungen entstellte Person. Wie lange, glaubst du, wird meine Liebe es noch verkraften, dich täglich aufs neue reinzuwaschen, wenn du vor mir stehst, um dann doch immer unerwidert zu bleiben?«

»Darauf laß dir antworten, daß deine Geschichte mit mir erst in den vordersten Prüfungen und Anfängen steckt und daß deine Frage nicht dazu dient, mich von der gehörigen Ausdauer und Unbeirrbarkeit, die dein großes Vorhaben verlangt, zu überzeugen. Immerhin mußt du wissen, daß auch er, der jetzt alles über mich vermag, früher einmal unter ganz ähnlichen Umständen begonnen hat, sein Ziel zu erreichen.«

»Ich will keineswegs werden wie er! Und dieses Ziel, dich zu beherrschen und zu erniedrigen, ist durchaus nicht, unter gar keinen Umständen das meine.«

»Über das Ziel entscheidest nicht du und nicht ich. Darüber entscheiden ausschließlich die Gewalten, denen wir überlassen sind, wenn wir erst vollkommen allein und in auswegloser Freiheit einander gegenüberstehen.«

Seltsam, dachte er, wie ist das nur möglich? Gestern, dem anderen zu Füßen, was für ein armes, lallendes Dummchen war sie da! Und heute, wie viel herrische Klugheit legt sie vor mir an den Tag!

»Es kann sein«, sagte er schließlich, »daß du nichts anderes bezweckst, als mich auf ständig anzustellen und zu benutzen, um dir die nötigen Reserven für diese klägliche Mißbindung zu besorgen. Es kann aber auch sein, daß es so ist, wie du zuletzt gesagt hast: wir befinden uns erst im Vorhof zu einer unerhörten Begegnung, und es kommt alles darauf an, daß ich nicht frühzeitig verzage und mutlos werde. Ich stehe also vor der Wahl, anzunehmen, daß ich entweder den immergleichen *Motor* eines Unglücks mitbetreibe oder daß ich eine noch zu ungeahnten Wendungen fähige *Geschichte* in Gang bringe.«

»Nur ein blinder Skeptiker wie du«, antwortete sie lächelnd, »wird sich vor eine solch überflüssige Wahl gestellt sehen. Man merkt daran, wie weit du noch vom *Glauben* an die Liebe entfernt bist. Zu ihm mußt du allerdings noch finden, denn nirgendwo sonst könnte eine Geschichte von dir und mir ihren Anfang nehmen.«

Die Einzige und die Zweite

So muß der Betrogene sie denn trösten: auf einer Stufe zum Fluß hinunter sitzen sie beide und legt er den Arm um die schluchzende Frau, die von einem anderen den Abschied bekam.

Es geht nicht. Es geht alles nicht. So oder so nicht. Nun wird das Unglück allen drei zuteil. Dem gutmütigen Mann, der unruhigen Frau, dem innerlich zerrissenen Geliebten. Der Gute bekommt die Unruhige nicht zurück, so wenig wie der Zerrissene sich je für sie entscheiden wird. Hier endet die Geschichte zweier ineinander verschlungener Liebeskämpfe – auf einem schmalen, öden Niemandsland. Jeder aus des anderen Reich vertrieben. Das Ende ist ein

roter Kopfschmerz, ein in Tränen vergossenes Bewußtsein, ein fahler Gallenschleim am Boden. Nur Entzündung, nur erpreßtes Von-sich-Geben. Verlorene Hände auf dem Schoß, die zu kleinen Kinderfäusten schrumpfen, verkrampft um ein nasses Bällchen Tuch. Der Gute, so mitleidsvoll und so behindert in seinem Trost ohne Zuspruch und Versprechung – er würde jetzt, nur um ihr zu helfen, auch den unwürdigsten Schritt noch tun, zu diesem anderen gehen, der nicht mehr will, und sehen, ob zwischen ihm und seiner Einzigen nicht doch etwas zu schlichten oder widerrufen wär. Tiefer noch als der Betrug schmerzt ihn jetzt, daß ein Fremder ihr so weh tun konnte.
Er versteht mit keinem seiner Sinne, wie ein anderer Mann, wer auch immer, von dieser Frau sich abwenden kann, nur um der eigenen Freiheit willen. Es ist seine Frau, war es seit langer Zeit und wird es immer bleiben. Dem anderen freilich genügte sie für ein kurzes, ernstes Abenteuer. Er erfuhr ihr Schönstes binnen Wochen, weniger Monate; dasselbe Schönste, das dem Mann erst in der Dauer der Jahre zuteil ward. Wie kann eine Frau solch verschiedener Erfahrung gleich schön und gut erscheinen? Aber vielleicht wollte sie durchaus dieselbe für den anderen werden, die sie so lange war für ihn. Der aber wollte sie nicht so, wollte nur ihren Anfang sehen, ihr strahlendes Debüt. Dem Guten kommt es vor wie ein einziges gemeinsames Vergehen, dessen schwerste Schuld freilich er selber trägt: daß er nicht wegging, sondern blieb, um alles still mit anzusehen. Diese nichtstuende, hinnehmende Gewalt, an der Liebe wie Liebschaft zerbrachen.
Vom Ende gehen drei Wege aus, jeder getrennt und in verschiedene Richtung. Mehr als ein geknicktes Überleben wird es für sie und ihn nicht geben, und niemals werden ihre Kräfte mehr reichen für einen Einzigen, für jenen Niemand-Anderen. Dies Ende bringt daher auch den Zusammen-

bruch einer Liebeskindheit, mit ihrem Allbegehr und ihrem Drang, das Unbedingte zu umfassen.
Der Gute wird irgendwann eine zweite Ehe führen. Und die Unruhige früher oder später auch. Die ›zweite‹ wird dann stets auch etwas Zweites sein. Doch dieses, seltsame Macht, zerstreut das Einzige ganz sanft und unmerklich, ohne doch an seine Stelle zu treten; entrückt es allmählich, bis man darüber lächeln und sich dessen ein wenig genieren kann. Die Höhe wie der Abgrund werden beide schleierhaft und etwas unerklärlich; für das gemäßigte, gerettete Gefühl nicht mehr ermeßlich: diese Stunden, Tage einer gänzlichen Vernichtung, einer absoluten Ausweglosigkeit. Es war die Hölle!, das sagt man noch und spürt's kaum mehr.
Die tödliche Peinigung hinterläßt nun eine leise Peinlichkeit – daß man sich so vergessen konnte! Das überwundene Ende zerfällt schnell. Nur dem Zerrissenen, der niemanden richtig will, vergeht nicht das Ende, da er es stetig erneuert. Ohne die Einzige je gekannt zu haben, kommt er auch nie bei der schlichten Zweiten zur Ruh.
Er hält die immergleichen kurzen Höhen, wenn auch mit den Jahren etwas angestrengt.

Zu Besuch

Ein Heizungsmonteur, der vor acht Jahren von seiner jungen Frau geschieden worden war und seither kaum noch Verbindung zu ihr unterhielt, faßte sich endlich ein Herz und besuchte sie auf einer Reise, die ihn in den Süden Deutschlands führte, in ihrem neuen Heim. Sie hatte sich binnen kurzem wiederverheiratet und lebte nun an der Seite eines Professors für Wirtschaftsgeschichte in gänzlich veränderten Verhältnissen. Zwei Kinder im Alter von fünf und sieben Jahren umgaben sie, eine Villa mit Garten und ein Landhaus am Bodensee – insgesamt ein Lebensstil, der mit den biederen und schwierigen Gewohnheiten in ihrer ersten Ehe nicht zu vergleichen war.
Der Monteur, der seit der Trennung allein geblieben war, wurde von seiner geschiedenen Frau freundlich, aber doch nicht herzlich begrüßt und ins Haus geführt. Sie und mehr noch ihr jetziger Mann erkundigten sich eine höfliche Zeit lang nach dem Verlauf der Reise, seinem Urlaubsziel sowie seinen gegenwärtigen Eindrücken von B., der Stadt, aus der er kam und die sie seit längerem nicht besucht hatten. Die Kinder wurden vorgestellt und ein Abendbrot wurde aufgetischt. Unterdessen nahmen die sich gegenübersitzenden Eheleute, der Professor und seine bildschöne Frau, ein sachkundiges Gespräch wieder auf, das sie, wie es den Anschein machte, nur bei der Ankunft des Gastes einstweilen unterbrochen hatten. Es war ein temperamentvolles und hochinteressantes Gespräch, das tiefreichende Fragen an die Zukunft der Industrienation stellte, und es wurde von den beiden bestritten wie von sehr erfahrenen Debattanten. Einem unbefangenen Besucher wäre diese Darbietung eines regen Gedankenaustauschs gewiß befremdlich erschienen. Er hätte zweifellos den Mangel an geziemender Intimität, der zwischen den Eheleuten herrschte, sofort bemerkt

und ihn als blendende Abschirmung empfunden gegen jeden unerwünschten Einblick in den wahren Charakter ihrer Verständigung. Nun war aber der Heizungsmonteur ein äußerst befangener Gast. Zudem hatte er große Mühe, dem Stil und dem Gehalt der Erörterungen überhaupt zu folgen und konnte sie daher nicht leicht als kühlen Vorwand durchschauen. Jedesmal, wenn ihn von den Rednern ein blitzender Seitenblick traf, mit dem sie lediglich ihre Wirkung auf ihn prüften, lief es ihm kalt über den Rücken und er fühlte sich immer dringender gebeten, endlich den Mund aufzumachen und sich der weitläufigen Unterhaltung anzuschließen.

Er saß da und kam sich vor wie ein Bettler, der von dem reichen Gabentisch des Geistes, der sich vor ihm ausbreitete, so geblendet und gelähmt war, daß er nicht einmal die geringen Brocken, die für ihn abfielen, aufschnappen konnte.

Das Gefühl, daß man ihn hier auf eine provozierende Weise offenbar für klüger hielt, als er wirklich war, machte ihn erst recht unsicher und beklommen. Er gehörte nicht zu denen, die arm an Verstand sind und doch immer dazwischenplatschen, schon deshalb, weil sie klügere Leute nicht ausstehen können, und sich mit ihrer Dummheit auch noch überheblich gebärden. Das soll einmal seine Frau gewesen sein? Dieses Wunder an blühender Schönheit und müheloser Intelligenz? Hatte sie nicht alles bei ihm entbehren müssen und dazu sich nur verbraucht in Beruf und Hausarbeit, ohne irgendeinen Wert oder Sinn zu schaffen – keine Kinder, kein Garten, kein Reichtum, kein geistiger Austausch? Wie hatte sie es überhaupt so lange aushalten können bei ihm? Jetzt erst erschien ihm ihre Ehe wirklich null und nichtig. Er trank mit von dem Wein, aß von der kalten Platte und hörte von fern die klugen Worte schallen. Doch er sagte nichts und verbarg seine Traurigkeit hinter einem schwach, aber regelmäßig beipflichtenden Kopfnicken.

Das sichere und umfassende Wohlsein, zu dem seine Frau gelangt war, nachdem sie ihn verlassen hatte, schien ihrem unbilligen Entschluß nachträglich alles Recht zu geben und ihr früheres Leben zur reinen Bedeutungslosigkeit zu verurteilen. Als nun das Gespräch zwischen ihr und dem Ökonom sein natürliches (oder eingespieltes) Ende gefunden hatte, war auch der Abend schon spät, und er schämte sich seines ungeselligen Schweigens.

Da eine verlegene Pause entstand, wuchs der Druck von Raum und Mensch, der auf ihm lastete, so übermäßig, daß auf einmal, ganz ungewollt, fast unkontrolliert, wie aus einer undichten, alten Leitung, Worte aus ihm hervordrangen und er zu sprechen begann. Erst sickerte es leise heraus, schwoll dann an, sprudelte für einen Moment, um dann bald wieder zu sinken und zu verrinnen... »Wissen Sie, die Leute, ach, wenn ich schreiben könnte, Sie ahnen ja gar nicht, was ich alles mitkriege. So'n dickes Buch, aber ungelogen, so dick! Mein Gott, in was für Wohnungen hab ich schon reingesehen! Was hab ich nicht alles mitgekriegt. Die Leute nehmen ja kein Blatt vor'n Mund. Ganze Romane könnte ich erzählen. Glaubt mir ja keiner, was man da alles zu hören kriegt. Sie können sich nicht vorstellen, wie es in den meisten Wohnungen aussieht. Das ist zum Teil eine richtige Zumutung für den Monteur, sag ich Ihnen, so'ne Löcher im Parkett, ist keine Seltenheit, ich schwör's Ihnen, und da klebt die Katzenscheiße in den Ritzen, die Kinder haben ihren Dreck nicht aufgeräumt, hinter der Heizung klemmen die Käsereste, als hätten sich die Leute das Abendbrot um die Ohren gehauen, und Ungeziefer, ganze Ameisenstraßen laufen durch die Küche, Sodom und Gomorrah ist nichts dagegen. Und dann plötzlich heißt es: Scheidung! Mir nichts, dir nichts. Was für ein Geschrei! Was für ein Gewese! Scheidung. Spielen aber weiter in derselben Tippgemeinschaft –«

Bei niemandem hinterließen diese Worte eine größere Verlegenheit als bei dem Redner selbst. Er ergriff seine Serviette, die er klein und kleiner faltete, um damit die Brotkrümel vom Tisch in seine Hand zu kehren und die Hand schließlich über dem abgegessenen Teller zu leeren. Nur seine frühere Frau hatte einmal flüchtig gelächelt, fast liebevoll, als dieser unverwechselbare Ton aus vergangenen Tagen zu ihr drang. Der Professor sah auf seine Armbanduhr und mochte sich entschuldigen, denn er hielt eine Vorlesung früh am nächsten Vormittag. Somit erhoben sich alle drei vom Tisch, und die Eheleute wünschten dem Besucher eine angenehme Nachtruhe und eine erfreuliche Weiterreise. Der Heizungsmonteur überwand seine Verlegenheit und gab seiner Frau beim Abschied zwei Wangenküsse. Sie lächelte wieder und strich leicht mit dem Daumen der gegebenen Hand über einen seiner Fingerknöchel. Der Mann verließ die Villa des Wissenschaftlers und begab sich zu seinem Hotel, in dem er ein Zimmer für diese Nacht seit langem vorbestellt hatte.

Am nächsten Morgen fuhr der Monteur noch einmal vor das Haus, in dem er zu Gast gewesen war, und klingelte aufgeregt an der Eingangstür. Es war ein Schaden an seinem Wagen aufgetreten, der ihn beunruhigte, denn er hatte noch eine weite Strecke vor sich. Nach einigen Minuten erschien seine erste Frau in der Tür. Er fragte, ein wenig umstandslos, ob sie nicht eine Werkstatt wüßte, irgendetwas sei mit der Lenkung nicht in Ordnung. Jetzt, da er sie plötzlich allein vor sich sah, in ihrem halboffenen Morgenmantel nur leicht bekleidet, da er sich mit dem alten, alltäglichen Vertrauen an sie wandte, traf ihn ein Blick, wie er abweisender nicht sein konnte und beförderte ihn zurück in die kühlste Entfremdung, in das respektabelste Gegenüber, das zwei Menschen, die sich einmal geliebt hatten, überhaupt nur erreichbar war.

Die Frau mit ihrer vom Schlaf zerdrückten Frisur gähnte und schüttelte den Kopf. Sie wies zu einem nahe gelegenen Kiosk, an dem er sich erkundigen sollte, und schloß wieder die Tür.
Der Mann ging zurück zu seinem Auto. Er ärgerte sich über seinen unbesorgten Auftritt, seine verfluchte grobe Harmlosigkeit, mit der er schon soviel Schaden angerichtet hatte. Natürlich, dachte er, sie mußte ja glauben, daß das nur ein billiger Vorwand war, sie noch einmal zu sehen, allein, am frühen Morgen ... Dabei hatte er jetzt doch tatsächlich ganz andere Sorgen.

Wem seine Stimme leihen?
Dem Autoverkäufer in der Langeweile seiner Vormittage? Allein vor der gleichmäßig schaltenden Bildwerfer-Säule ... ›Woran könnte ich denken? Das habe ich mich vor zehn Jahren gefragt. Heute müßte ich mich fragen: woran könnte ich mich erinnern? Ich erinnere mich ja, aber es bedeutet mir nichts. Alles ist glatt und kühl gewesen wie eine Fensterscheibe. Unzählige Bagatellen. Waren alle ihr Geschehen wert.‹

Der großen schwangeren Frau im Wirtshausgarten? Die sich, neben einem dünnen Brillenträger von Mann, von ihrem Platz erhebt, schon vorher unruhig auf dem Stuhl ruckend, kurz einmal daneben grüßend, weil der Herr, derjenige, vor dem sie nun aufsteht, ein wichtiger Vorgesetzter zweifellos, sie nicht früh genug beachtet hat; dann aber streift sie doch sein Blick, und schon erhebt sie sich, die große Schwangere, zu der jeder und auch der allervorgesetzteste Mensch sich herabbeugen müßte, sie aber, geniert und von unschicklicher Hochachtung fehlgelenkt, gibt dem Herrn aufrecht die Hand und steht bei dem verzwungenen

Plausch. Der Herr, die Hände in den Hosentaschen, kratzt sich am Bein. Sie drückt mit der Rechten das Haar an den Kopf. Welch stumme, ängstliche Verwirrung führte zu der verkehrten Begrüßung?

Oder Wortführer sein im Namen dessen, der verschattet im Elend sitzt, von Armut und Trunksucht aufgebraucht, von jeder Hoffnung verlassen, dem kein Amt, keine Heilanstalt, kein anderer Mensch noch helfen kann, der zu Ende geht, der keine Besinnung mehr besitzt, keine Erinnerung, kein Gewissen. Der den Rest seiner Kraft benutzt zur Wiederholung, zum täglichen Löschen der Taghelle. Der nicht mehr mit anderen dröhnt, nicht mehr angibt, nicht mehr zankt. Er hebt nicht mehr den Kopf, sieht nicht hin, wenn er die Flasche greift. Er trinkt, schläft, trinkt in runder Abfolge.

Des Autors beständiger Argwohn: jeder, der draußen auf der Straße geht in der Maske des Gleichgültigen, ist längst ein wissend Verstummter. Nur er, der ahnungslose Schreiber, läßt nicht ab und klärt das stillschweigend Erklärte. Man weiß nichts von ihrer wahren Begeisterung oder wahren Verzweiflung. Wenn sie den Mund aufmachen, distanzieren sie sich von ihrem Herzen.

Frau mit Telefon

Samstagvormittag und noch kein guter Abend in Sicht. P. saß in ihrem Morgenkittel am Frühstückstisch und blätterte in ihrem Adreßbüchlein. Sie hob das Telefon auf das nackte Knie und wählte die Nummer einer Freundin, um sich eine Unterhaltung für den Abend zu sichern. Diese Frau war kaum mehr als eine gute Bekannte, mit der sie früher einmal im selben Labor gearbeitet hatte. Eine bessere Freundin hatte sie aber zur Zeit nicht. Im letzten Jahr hatte sich durch Heirat und Umzug, durch Abnutzung und Abkühlung ihr Freundeskreis empfindlich gelichtet. Während sie mit der unsicher zwischen nah und fern schwankenden Person sprach, bemerkte sie, wie ihre eigene Stimme sonderbare Wege nahm. Bald stieg sie zu einem werbenden, schöntuenden Ton auf, bald gab sie sich schlagfertig und eifrig gewitzt. Auch ihr Körper wand sich dazu geziert und verfänglich, sie warf mehrmals mit der Hand das Haar aus der Stirn, stemmte sie dann in die Hüfte und hob das Gesicht, faßte den Ausschnitt ihres Kittels zusammen oder ließ ihn tief offen, und außer dem unruhig lauschenden Auge war eigentlich alles an ihr auf einen anwesenden Menschen bezogen. Sie hatte sich bereits aufwendig in Szene gesetzt, um dann doch zu erfahren, daß die andere für den Abend schon verplant war, wie sie es nannte, und offenbar etwas vorhatte, wobei die Gesellschaft einer dritten Person nicht willkommen war. P. legte den Hörer auf und rutschte für kurz in sich zusammen. Sie beugte sich vor, kratzte mit dem Fingernagel am Lack ihrer Fußzehe und blätterte mit der anderen Hand im Adreßbüchlein. Zwei weitere Anrufe, die sie vornahm, verliefen und endeten nicht sehr viel anders. Sie bot sich von der gefälligsten Seite, verlegte ihre ganze Wachheit und Figur in die Stimme, doch die Teilnehmer am anderen Ende der Leitung blieben dafür offenbar unempfänglich. Der eine hatte Reisevorbereitungen zu treffen am Abend, die andere mußte einen Vortrag ausarbeiten. Sie wollten oder sie konnten nicht. Aber so wie sie reagierten, so besonders flau und ungespannt, und ihre Stimme gegen die anspruchsvolle der Anruferin kaum erhoben, mußte sich diese jedesmal abgewiesen und unerwünscht vorkommen. Ganz gleich, ob ein triftiger Hinderungsgrund vorlag, sich mit ihr zu verabreden oder nicht, sie hätten sich wenigstens über ihren Anruf freuen können... Nun verfiel sie in ein mißlauniges Grübeln, in eine beinah menschen- oder freundesfeindliche Stimmung. Was waren das auch für dürftige Gestalten, die es fertigbrachten, auf einen Abend mit ihr so nachlässig zu verzichten! Ich bin ihnen ganz einfach zu unbequem, dachte sie, das ist es wohl. Ich bin ihnen zu streng, zu wach, zu gefühlsbetont. Zu anstrengend. Mit einem Wort: ich bin diesen Dürftigen einfach zuviel!... Beschäftigte Menschen, mit sich und anderen beschäftigt. Kein Interesse, keine Antenne, keine Unternehmungslust. Ich habe sie angerufen, ich habe sie hervorgerufen aus ihren trüben Schalen und Gehäusen, ich habe sie offenbar gestört... Was habe ich an mir, was mache ich falsch, daß man mir so leicht, so ohne jedes Zögern die kalte Schulter zeigt? Was war denn los mit meiner Stimme, daß sie nicht einmal aufhorchen wollten, obwohl mir selbst doch schien, als hätte ich nie zuvor soviel Hinwendung, soviel Licht hineingetan? Was aber verriet dennoch meine Stimme, was verriet sie Unliebsames von mir?

Während sie nun die Frühstücksreste vom Tisch räumte und das Geschirr in den Abguß stellte, klingelte das am Boden abgesetzte Telefon. Ah, dachte sie, so ist es recht: ich habe nicht vergeblich in die Welt hinausgerufen – sie ruft schon zurück! Denn, ist es nicht so?, bevor ich den Hörer abgenommen habe, steckt hinter dem anonymen Zeichen noch die unvorstellbare Weite, die gesamte Möglichkeit aller irdischen Telefonverbindungen, das ganze Ruf*system*. Und weckt nicht dies anonyme und immer gleichtönende Zeichen zuerst die Ahnung von einem wildfremden, nie erwarteten Anrufer? Und dann, wenn sich doch, wie in den meisten Fällen, eine wohlbekannte Stimme meldet, bildet nicht jedesmal ein unhörbares ›Ach, du bist es nur...‹, eine subtile Enttäuschung, den flüchtigen Vorhalt des Gesprächs, der dann von der erhöhten Erwartung in die gemäßigte Tonart der Vertrautheit überführt?

Es meldete sich aber ein Mensch, dessen Stimme sie in der Tat nie zuvor gehört hatte, und er wünschte auch nicht, sie zu sprechen, sondern T., ihre ehemalige Mitbewohnerin, die jedoch vor einem Jahr bereits ausgezogen war.

»Ich bin der Jochen aus Goslar«, sagte der Anrufer und hatte, wie sich herausstellte, fest damit gerechnet, über das Wochenende bei T. Quartier zu finden.

Die wohnt nicht mehr hier. Nein, die neue Nummer hatte sie nicht. Keine Ahnung. P. schwieg und ließ ihn hängen. Er gab aber nicht auf und hielt nun ungerührt auf P. zu. Ob er nicht bei ihr unterkommen könnte für die zwei Nächte. »Hier wird nicht übernachtet«, beschied sie ihn. »Alles klar«, sagte der Anrufer und legte auf. Wieder war ihr die eigene Stimme sonderbar fremd und entfernt vorgekommen.

Was hatte sie dazugebracht, den Jungen so hart abzufertigen, einem Fremden das Gastrecht so kurz entschlossen zu weigern? Eben noch hatte sie selbst vergeblich versucht, sich eine Gesellschaft für den Abend zu verschaffen und war mit einer Reihe von gleichgültigen Absagen bedacht worden. ›Ich habe angerufen und mir wurde abgesagt. Ich wurde angerufen und ich habe abgesagt. Ich bin als Angerufene sofort die Überlegene, die erlaubt und gebietet. Die das Sagen hat. Aber als Anrufende bin ich immer die Bittstellerin...‹

Natürlich hatte sich in letzter Zeit manches verändert. Seitdem sie allein wohnte, war sie bedeutend empfindlicher geworden gegenüber jeder Art von lässiger Menschenberührung. Den Ton, den Jargon des allgemeinen Miteinander-Könnens, an dem sie früher niemals Anstoß genommen hatte, empfand sie jetzt als kaltschnäuzig und anmaßend. Aber war es nicht auch diese neue Unduldsamkeit, die sie nun jenen entfremdete oder nicht geheuer machte, deren größere Nähe sie erst zu gewinnen hoffte? Niemand wollte oder konnte so kindisch-streng freund zu ihr sein, wie sie es forderte und selbst erbot. Der Nächste unter Nahen, der Allernächste, der reine Nächste ließ sich ohnehin nirgendwo finden. Und es mangelte ihr vorerst an der nötigen illusionstreibenden Kraft, sich irgend jemanden vorzunehmen, ihn nach Gutdünken zu erhöhen und mit Träumen auszustopfen.

Es überkam sie wieder, sie geriet von neuem in den Sog des leeren Abends, an dem alle Welt sich finden würde, verabredet war, nach draußen ging, der nur ihr mit schauriger Ungestalt entgegendrängte. Und also griff sie ein weiteres Mal zu dem kahlen Knochen aller nur möglichen Menschenverbindungen. Sie wählte die Nummer eines »Ehemaligen«. Eines Sportmediziners. Der doch immerhin, wenn sie sich nicht täuschte, über einen gewissen männlichen Charme verfügte – oder war es das nicht, damals? Oder was war es damals eigentlich? Wieso denn ausgerechnet der? Sie fragte sich das, während sie es eine Weile tüten ließ. Sie war dann eher erleichtert, als niemand abhob. Es beförderte ihren Entschluß, endlich aufzugeben. Sie richtete sich darauf ein, den Abend alleine zu verbringen. Sie würde sich alle Mühe geben. Sie würde sich bildschön anziehen, einen Tisch in einem besseren Restaurant bestellen, anschließend vielleicht noch ein kurzer Besuch in der Spielbank. Sie begann ihre Garderobe zu mustern, legte das eine oder andere Kleid an den Körper. Der Rest des Morgens wurde für eine ausgiebige Toilette genutzt, die Haare gewaschen,

verpackt und aufgedreht, die Haut und die Nägel, die Augen und die Ohren sorgsam behandelt und geschmückt.
Am frühen Nachmittag klingelte noch einmal das Telefon. Sie blickte befremdet von ihrer Näharbeit auf und betrachtete den scheinbar lebendigen Apparat. Sie zögerte einen Moment. Wie sprechen? Wie empfangen? Wie hören? Dann nahm sie den Hörer ab und hielt ihn ans Ohr. Sie ließ ihn gleich wieder ein wenig sinken. Sie schloß die Augen. Sie sah es kommen. Das war nicht der Wildfremde und nicht der Allzubekannte, es war: der einzig Richtige. Der höchst Willkommene, der weder erwartet noch jemals unerwartet war, der aufhob die Trennung in ihrer Stimme zwischen herzunten und herzoben, zwischen Erlauben und Ersuchen. Er war es, der Rechtzeitige.

Mann mit leerem Stuhl

Plötzlich nur noch Geräusch im rauchverhangenen Wirtsraum, Stimmenbruch, dunkel dröhnende Musik, und einer sitzt allein an seinem Tisch, dem ein anderer fehlt. Nach hintenüber gekippt gegen die braune Wandtäfelung, hält er im Arm die Lehne eines Stuhls, der neben ihm leer ist. Auf dem eben noch der Freund, der Angesprochene saß, bis er aufstand mitten im Gespräch, um zum Austritt zu gehen, und der nun auf dem Rückweg hängenblieb am Tresen, wo ihn ein Bekannter in ein ganz anderes Gespräch verwickelt hat. Der Mann am Tisch, in seiner Erzählung unterbrochen, sinniert ins Leere, blickt hin und wieder verstohlen-ungeduldig hinüber zum Ausschank, ob der entbehrte Zuhörer nicht endlich wiederkommt – immer noch den unbesetzten Stuhl im Arm, die Narben und Risse der Sitzfläche, die fatale Blöße des Holzes nah und übernah vor Augen. Die unterbrochene Erzählung und ihr Andrang stehen ihm im Gesicht, in dem leicht abwesenden, leicht erhobenen, dem witternden Wartegesicht, und der angehaltene Mund benutzt die Zigarette, als wollte er die schwere Pause ganz mit Qualm auffüllen oder dringende Rauchzeichen geben.

Dieser Mann muß alles von sich geben, was ihn bewegt. Er ist ein Schwärmgeist. Vertrauensselig gegen jedermann. Vertrauenssüchtig. Folglich trifft er auf eine Welt von Reservierten. Von Beherrschten. Von Diplomaten und Politikern ihres Innenlebens, Künstlern und Händlern der Intimität. Seine Offenheit und Geständnisfreude nötigen jedes Gegenüber, sich selbst darin zurückzuhalten und lieber spröde zu erscheinen. Ihm, dem Herz und Mund zugleich übergehen, mag es sein, als vergrübe der andere vor ihm seine Wesensschätze. Jedoch, der eine gibt sich überschwenglich preis, notwendig weicht der andere zurück. Es ist der Zustand eines rücksichtslos Verliebten, der nur den Blick, den Atem und die Nähe des anderen braucht und sie verbrennt, ohne noch auf dessen Neigung und Gefühl zu achten. Es genügt das Schema eines Ohrs, einen halben Meter weit von seinem Mund, und er bekennt sofort, wird eigentlich. Er schöpft aus Wonnen einer tiefen Übereinstimmung, die er vorfühlt und doch ganz allein bei sich erzeugt. Mehr Zustimmung als des anderen erwiesene Gegenwart bedarf es nicht und würde ihn auch nicht erreichen in seiner abgeschlossenen Begeisterung. Gewiß, er fordert auf, umgarnt, benutzt das Wir, reißt mit und übernimmt, er spricht den Worten nach aus einer unlöslichen Gemeinsamkeit. In seine Augen tritt der große Schein, doch diese scheinen nur und sehen nichts.

So geht einer, seines Ichs nie entwöhnt, zwischen gedämpften Menschen um und lebt erst richtig auf in der Verkennung einer anderen Person. Jeder Anfang, jede erste Begegnung ist mit ihm, als träfe man sich mitten in einer langen gemeinsamen Geschichte. Das ist der Inhalt der Verkennung, daß sie des Kennenlernens nicht bedarf, sich diese Mühe spart.

Dieser Mann kommt mit offenen Armen auf uns zu. Aber sie halten nichts, ihnen entfiel etwas. Es ist, als lebte er aus einer einzigen Stimmung, in der ihm irgendwann etwas zerbrach, und würde unter einem Glücksschock oder Bann für immer darin festgehalten. Dieser Schwärmer, einmal zuhöchst erhoben und erschrocken, muß nun in seinem Zwange immer weiterschwärmen. Man spürt durch ihn die knechtischen Bedingungen, das unentrinnbar Gleiche, die Ringe, Kreise, Schleifen jener formgestrengen Unterwelt, die in seiner nimmermüden Runde unter Menschen ihren Vorlauf haben.

Späte Schüchternheit

Sie treffen sich zum Abendessen im chinesischen Restaurant. Sie ist eine Woche im Tessin gewesen, allein. Es gäbe eine Menge zu erzählen. Aber es fällt ihr nicht leicht. Angst in vielen Fächern. Angst, zu langweilen oder zu enttäuschen. Angst vor seinem Desinteresse, Angst, sich ungenügend auszudrücken. Angst, unter einem Erdrutsch seiner Neigung zu verschwinden.
Sie hat ein kleines Geschenk mitgebracht und schiebt es ihm unter die Serviette.
Sie ist Angestellte in einem Phonoladen, er ein Lokalreporter beim Rundfunk. Die Geschichte spielt – nein, sie hält an, steht still – nach dem Glück, nicht lange danach. Jenes Glück, mit dem er sie überrumpelt hatte, das sie für kurz in unbekannte Höhen des Selbstbewußtseins (oder der Selbsttäuschung) emporriß, um sie dann, nachdem es über sie hinweggezogen war, ratlos, doppelt unsicher, schüchtern und nur noch anhänglich zurückzulassen.
›Wieso ich?‹ – das hatte sie sich anfangs wohl gefragt. Aber wie schnell war die scheue Skepsis verflogen, wie schwach und süß hinfällig war diese Frage bald geworden und wie kurzlebig war sie, verglichen mit jener anderen jetzt: ›Wieso ich nicht mehr?‹ Eine Frage, die beharrlich offenblieb und ohne Hoffnung, je wieder von einer kreatürlichen Unbesonnenheit zerstreut zu werden.

Sie macht einen Versuch, von der Reise zu erzählen. Aber nur ein Hündchen schlüpft dabei heraus, das Hündchen mit dem scharlachroten Cape um den Leib, das sich auf einem Arkadenhof nach ihr umdrehte.
Der Mann neigt den Kopf, die Arme über der Brust gekreuzt, Kinn und Wange zwischen Daumen und aufgerichtetem Zeigefinger.

Sie kann nicht erzählen. Sie kann einfach nichts plastisch darstellen. Die Frau sitzt mit aufgestützten Ellenbogen am Tisch. Die beiden Hände sind flach ineinandergesteckt. Mal knickt sie das rechte, mal das linke Handgelenk ab. Und zuweilen legt sie das vorgeschobene Kinn auf die verflochtene Fingermatte. Sie sieht sein Gegenübersitzen und sein drohendes Zuhören. Sie sieht, wie er die Hand aus dem Gesicht nimmt und beide Arme fest um die Brust verschränkt. Gemütlich-gefaßt sieht es aus. Aber auch wehrhaft-selbstverstrickt. Herz und Brust abgeschirmt. Man umarmt sich selbst als Armierung. Und zupft mit verdeckten Fingern unter den Achselhöhlen am Pullover. Man thront, aber bloß als Selbstbeherrscher.

Sie mit ihrem Kopf voll Musik – die unzähligen Einspielungen aller Beethoven-, Liszt-, Skriabin-Sonaten unterscheidet sie kenntnisreich – diese Musik mit ihren streunenden Versprechungen, plötzlichen Erregungen, tiefen Trosten; diese Kunst, die so sehr zum anderen drängt – er hört keine Musik. Er macht sich nichts daraus. Er kommt ohne Musik aus. Er hört mit, ja, aber er hört nicht hin. Woher nimmt er bloß den Stoff für seine Leidenschaft, die er besitzt, das ist erwiesen, wenn doch Musik ihn letztlich nicht berührt? Er liest nicht viel. Er geht gern spazieren. Ein Augenmensch? Nicht unbedingt. Eher nach innen gekehrt. Er ist auch feinfühlig, aber eben unmusisch.

In dieser verdammten Nähe werfen unsere Augen Schleier über den anderen! Jedesmal, wenn sie nicht da ist und ihre Abwesenheit ihn wie eine ideale Nähe umgibt, dann reuen ihn die harten Zensuren, die er ihrer Gegenwart erteilte. Dann spürt er, daß nur Gutes von ihr kommt und sie von Grund auf gut ist. Ungenügen bereitet allein ihr leibhaftiges Gegenüber.
Man selbst ist es, man selbst ganz allein breitet den Schleier

des Wohlgefallens, des Geheimnisses, der freundlichen Fremdheit über den geliebten oder auch nur dringend benötigten Menschen. Kein Ich ertrüge die nackte Nähe eines anderen. Und jeder kennt den plötzlichen Riß im Schleier; es genügt ein querständiges Meinen, irgendeine auffällige Nachlässigkeit, und die Spitze eines umwölkten Massivs von Unverträglichkeit wird jäh erhellt – wen lieb ich mir da?

Sie traut sich nichts mehr zu. Still sieht sie ihn an, die Wange schräg auf die Handrücken gelegt, mit mutlosem Lächeln. ›Ich kann nicht gehen‹, sagt ihr Blick, ›du mußt es tun.‹

Er weicht jeder Entscheidung aus. Wirklich? Im Grunde hat er sich längst entschieden: er möchte alles so lassen, wie es ist. Obgleich das kaum gehen wird. Die Gefühle, die Erwartungen ecken überall an in diesem schrägen Verhau.

Er spricht nicht zu ihr. Schwere von Du und Raum. Sitzen, beiseite starren, immer scheuer werden. Vom Schweigen in den Schwitzkasten genommen. Verwickelt, zugeschnürt. Kein Mund, kein Wort, keine Hand. ›Ich habe dich verloren. Du antwortest nicht mehr.‹
Und all das Flüstern, Sagen, Rufen, wie es einmal zwischen ihnen war, verrauscht zu einer Meereswelle über der Frau, die schwer, gefüllt mit unsäglichen Steinen, auf den Grund sinkt. Oben, weit oben, wo die Lichtflecken schaukeln, ist Sprache, von Luft und Sonne verwöhnt; wie ein hohes Segel liegt sie am Hauch verständigter Menschen.

Es gibt keinen zwingenden Grund, es sein zu lassen. Dazu gehören Zusammenstöße, Aufbruchsstimmung. Die Ermüdung jetzt zuweilen ist – so paradox es klingt – auch eine Methode der Achtung. Es muß doch statthaft sein, daß man sich ein wenig geniert nach dem Fest begegnet. Ein wenig wieder auseinanderrückt nach diesem Vorfall von größter

Heftigkeit, von blinder Wucht. Von ihm aus könnte es in Ruhe so weitergehen. Allein der Gedanke an Abschied erzeugt in ihm einen Überschuß an Wärme und Zuwendung, der zur Zeit in ihrem Verhältnis nicht unterzubringen ist.
Er sagt ohne das mindeste Zucken des Zweifels: ›Ich bin froh, daß es dich gibt.‹ Oder: ›Ich danke dir, daß du bei mir bist.‹

Wenn sie angesprochen wird in Zuwendung, dann beginnt sie für einen Augenblick, wie erweckt, zu reden. Kurz darauf aber sinkt ihre Stimme, sie hält inne; sie spürt einem Berührtsein nach, so wie ein junges Mädchen früher die Augen niederschlug. Aber es ist auch, als befiele sie eine leichte Trauer, eine mélancolie dévote im Angesprochenwerden.

In Ascona beim Bunten Abend, der Conférencier, der sie auf die Bühne holte, obwohl sie sich nicht gemeldet hatte, und der zu ihr sagte: ›Bitte ziehen Sie Ihre Schnürsenkel aus‹ –

Unvorstellbar jetzt, wie aus diesem zersetzenden Gegenüber, aus diesem zersetzenden physischen Bemerken je ein Weg hinausführen könnte in die freie Dunkelheit der Umarmung, mit der notwendigerweise auch dieser Abend schließen wird. Ihm unvorstellbar jetzt: sie mit weiter Pupille, flehmender Lippe, sie mit den rauhen, jähen Erhebungen, die den Körperschlägen eines gefangenen Fischs gleichen. Sie – die Einsame dort vor ihm, *seine* Einsame, die er jetzt niemals umarmen könnte. Sie über den Teller gebeugt beim Essen, die langen, frisch gewaschenen Haare, die auf die Mahlzeit zu fallen drohen, mit der rechten Hand zusammenfassend, nach hinten und oben zurückwerfend, die leicht ordinär verzerrten Mundwinkel, wenn sie das Fritierte mit den Zähnen zerknackt, ihre dünnen, um nicht zu sagen spillrigen Finger, bei denen das vorderste Glied auffallend stark abknickt, wenn sie die Stäbchen in den Reis drückt...

Wir haben uns aufeinander vermindert bis auf den Knoten des Glücks. Den soll er mir erst einmal lösen! Es ist dann in den Nächten doch immer wieder ein Wunder, trotz soviel Stau und Stocken vorher. Ich fühle dich, ich rieche dich, ich schmecke dich...

Auffallend übrigens ihre Hemmung gegenüber Kellnern und Taxifahrern. Sie kann allgemein schwer danke sagen. Besonders aber bei Dienstleistungen, für die man bezahlen muß. Es würde ihm leichter fallen, das Wort an sie zu richten, wenn endlich das schief-wissende Lächeln von ihrem Gesicht verschwände, mit dem sie so notdürftig ihre Unsicherheit maskiert. Glimmt da nicht im ängstlichen Auge dauernd ein Nebenlicht von Spott? Der stünde ihr schlecht zu Gemüt! Und will sie nicht die Zähne zeigen, wenn sie die Brotkrümel zwischen die Schneiden steckt?

Es wird immer etwas geben, über das man nur schwer hinwegkommt. So wie ihr letztlich unverständlich bleibt, daß einem Menschen, dem sie nahesteht, eine bestimmte Melodie, die sie über alles liebt, nicht das gleiche sagt wie ihr. Sie wird es hinnehmen müssen, daß er Musik, die sie erhebt und entspannt, die sie braucht, um überhaupt einen anderen Menschen fühlen, berühren zu können, daß er Musik im Grunde nicht bemerkt, daß sie ihn kalt läßt.

Stärker als alle getrost zupackenden Hände, die je an seine Haut gelangten, wird ihm ihre gehemmte, notleidende Hand in Erinnerung bleiben. Die nicht fassen, nicht greifen, nicht einmal streicheln konnte, sondern nur immer dies periphere, verwischende Reiben über sich brachte. Ein

Liebkosen, das Gänsehaut erregen konnte. Darf man überhaupt, wenn man an solcher Behinderung krankt, einen anderen zu sich bitten? Wie sehr hat er darunter gefröstelt und es doch erduldet, sich damit abgefunden schließlich, weil sonst nur Gutes von ihr kam, vor allem ihre ernste, unbeholfene Körperkraft, die ihn noch immer fesselt!... Nur dieses trockne Schürfen, das seine Haut für Augenblicke zu Pergament erstarren läßt, zu einem toten Gewebe, zu einem Kopfkissenbezug –

Er sieht mich wohl nicht mehr. Dieser Mensch, der neben meiner Hand beginnt, verliert mich aus den Augen. Bei halber Nacht, in der Dämmerung, auf unserem langen Weg.
Was bleibt übrig, wenn wir alle Stummheit und alle Enttäuschung einmal abziehen? Immer noch ein Wunder. Immer noch etwas Wunderbares.

Der arme Angeber

Er ist ein Aufschneider und Phantast. Ein Großsprecher und ein Spinner. Ein Windmacher. Mein Lieblingstyp, heimlicher Genosse: der arme Angeber. Seine Ahnen sind der Hochstapler, der Heiratsschwindler, der Scharlatan, der Prahlhans und der Mythomane. Er ist der bunte Unglückliche, der die Frauen anzieht. Unzuverlässig und ruhlos. Einsamer Spieler, der über niemanden gewinnt, mit niemandem im Streit. Hoch auffliegend und abgrundtief stürzend, und noch von ganz unten hört man seine Rodomontaden der Verzweiflung und der Selbstanklage.

Beim Frisör sitzt er und muß stillhalten im Sessel. Dem Mädchen, das ihm die Haare schneidet, läuft's aus Augen und Nase. »Schon der vierte Schnupfen in zwei Monaten!« Er macht sie leis verrückt mit Komplimenten und tiefen Blicken in ihr Spiegelbild. Sie lächelt, sie kichert, sie hustet und lacht. Er lobt die Gehilfin vor ihrem Chef mit ausgesuchten Worten. »Was für ein Spinner!« sagt die Kleine, als er fort ist, doch ihre vertrieften Augen strahlen. »Redet der einen Stuß!«
»Aber charmant war er«, sagt anerkennend und etwas altmodisch der Chef.
»Er hat mich heut abend zum Essen eingeladen.«
»Und? Gehst du hin?«
»Mal sehen. Möchte mal wissen, ob das nicht bloß leere Versprechungen waren.«
Natürlich erscheint er nicht. Jede Durchführung langweilt ihn, nur die Eröffnung zählt. In ihr erschöpft sich sein Interesse und sein Überschwang. Stattdessen finden wir ihn abends in einer U-Bahn, weit draußen in einer Vorstadtsiedlung, wo er eigentlich nichts verloren hat. Aber er bleibt in der Linie sitzen und verklärt eine beleibte Blonde, eine

stattliche Mama; entfaltet ihre verschlossenen Gesichtszüge, modelliert mit seinen Worten ein schönes Lächeln, ein belustigtes Auge. Er will keineswegs verführen – er flieht die Handlung. Er ist ein Schwätzer. Ein Vagabund der Conférence. Manch einem, der nicht genauer zuhört, möchte es wohl scheinen, als liefe da jemand mit einem schweren Talkshow-Tick durch die gehemmte reale Mitwelt. Aber wie er's macht, ist es viel seltsamer und unbekannt und stimmt die meisten Angesprochenen heiter, bringt sie auf leichtere Gedanken, und sie genießen halb erstaunt, halb verlegen die Wohltat eines Unsinns, der belebt.

In der Regel unterscheidet er mit sicherem Instinkt die ansprechbaren Menschen von den allzufest versiegelten. Fast immer sind es Frauen, bei denen noch am längsten der Funke einer ziellosen Erwartung glimmt und das uns angestammte Neugierde-Verhalten nicht restlos verkümmert ist. Frauen, allein unterwegs oder gern auch mit einer Freundin, da sind sie sogar noch leichter zu unterhalten.

»Hätte ich nicht einen Aufschrei gehört, wäre ich nicht zu Ihnen gekommen. Den Aufschrei Ihres ganzen Wesens... Man muß sich etwas zutrauen, man muß mutiger sein, viel mutiger. Sehen Sie, ich komme viel herum. Seit vier Jahren bin ich Trainer der deutschen Tischtennisnationalmannschaft, da lernen Sie sich durchzusetzen...«

Einmal allerdings versieht er sich, gerät an eine Rundfunkreporterin, die dann sofort zurückschnappt, ihn nicht mehr ausläßt. Er entwischt verschreckt, sie setzt ihm nach. Der Mann ist ihr kurios genug, ein ausgefallener Zeitgenosse, er muß vors Mikrofon. Er befiehlt sie dem Teufel und wehrt sich rabiat, ganz ohne Schmelz und Witz. Er fühlt sich in seinem geheimen Umtrieb aufgestört und bloßgestellt. Zuhaus ist er in einem Dreckloch von Dreizimmerwohnung. Seine Frau, alkoholkrank, verlor die Arbeit. Er sorgt nach besten Kräften für sie. Er hängt sehr an ihr. Bis vor kurzem

war sie angestellt als Modezeichnerin, hat es dann aber nicht mehr geschafft. Er selbst hatte nie einen ordentlichen Beruf. Nach dem abgebrochenen Studium der Volkswirtschaft wurde er Mitinhaber einer Leasing-Firma. Die Sache ging schief, er saß auf der Straße. Dreimal die Woche fährt er jetzt Wäsche aus. Er las immer viel, mit Vorliebe historische Romane. Aber auch handlungsstarke Dramen. Er weiß nicht, was er tut, wenn er ausgeht und Menschen anspricht. Er tut es mit blindem Gespür; halb Laster, halb Mission, als gelte es, dem einzelnen eine frohe Botschaft vom anderen einzelnen zu überbringen.
Immer wieder auch bricht er zusammen, verfällt dem schweren Trübsinn. Entweder verstummt er dann vollkommen oder klagt aufwendig und endlos über die Nichtswürdigkeit seines Daseins. Die Frau, die sich selbst kaum auf den Beinen halten kann, versucht ihn zu trösten und wieder aufzurichten. Sie träumt nur noch vom Auswandern und einem Farmerleben bei ihrer Schwester in Bolivien.

Eines Tages verliebt er sich wirklich. Das Spiel ist aus, die Tragödie beginnt. Sie ist Einkäuferin für Schmuckwaren. Sie wurde Zeuge einer groß angelegten Szene, in der der Schwätzer einen verklemmten Jüngling anwarb für den gemischten Chor der Innungskrankenkasse. Sie mußte sofort über ihn lachen. Als er sie ansieht, kann er nicht mehr davonlaufen. Er geht mit ihr, wird ihr Liebhaber. Ihre Überlegenheit ist offenkundig, er ist ihr ganz ergeben. Er verliert jedes Interesse an anderen, beiläufigen Menschen. Er verstumpft als Aufschneider, erschlafft als Windmacher. Er verrät seine Frau – er betrügt sie nicht nur, sondern verleugnet sie.
Eines Abends wartet sie vor dem Hotel, in dem die beiden Verliebten sich aufhalten und zu Abend essen. Als sie herauskommen, tritt sie auf ihren Mann zu und bittet, seiner Begleiterin vorgestellt zu werden. Der Mann drängt sie

schroff beiseite wie eine halbverrückte, lästige Person. Er steigt in ein Taxi mit der Schönen und fährt davon. Er begleitet die Händlerin auf einer ihrer ›Tourneen‹. Krankhafte Eifersucht befällt ihn, da er ertragen muß, daß sie fast regelmäßig die Abende mit ihren Geschäftspartnern verbringt. Er wird unausstehlich. Der ausgediente Phantast, der kleinlaute Großsprecher, der jeden Charme der Prahlerei eingebüßt hat, wirkt nun doppelt banal, wesenlos; und so wie er sich kläglich an sie klammert, sie mit Vorwürfen traktiert, möchte sie ihn schleunigst wieder loswerden. »Was bildest du dir ein? Welche Ansprüche stellst du? Wer bist du überhaupt?« Er wird vor die Tür gesetzt und muß bitter leiden.

Schließlich kehrt er nach Hause zurück, findet dort aber seine Frau nicht mehr. Ein Freund erzählt, wie schlimm es ihr ergangen sei. Am Ende habe sie in die Klinik gemußt. Nein, nicht in der Stadt, sondern irgendwo in der Nähe von Stuttgart. Er reist also dorthin und will sie aus dem Sanatorium holen. Die Ärzte halten ihn zurück und beschwichtigen ihn. Sie liegt gerade in einem Heilschlaf und sollte weitere drei Monate verschont bleiben mit allem, was sie belasten oder beunruhigen könnte. Er darf sie im Schlaf sehen und ein paar Blumen hinstellen. Sie wird nicht einmal erfahren, daß sie von ihm sind.

»Wir wollen sie gesund machen«, sagt der Arzt, »es gibt Chancen, aber man kann sie schnell verspielen.«

»Aber es könnte ihr doch helfen, wenn sie wüßte, daß ich wieder an ihrer Seite bin.«

»Warten. Ruhe. Lange Zeit.«

Er wartet lange, doch sie kommt nicht zurück. Er erkundigt sich in der Klinik, dort heißt es, sie sei vor ein paar Wochen entlassen worden. Sie ist nicht wieder nach Hause gekommen. Eine Zeitlang treibt es ihn, kreuz und quer in der Stadt nach ihr zu suchen. Es fällt ihm schwer, er bringt es kaum

noch über sich, fremde Menschen anzusprechen. Er fährt jetzt öfter Wäsche aus. Er liest viel.
Später, über ein Jahr später sieht er sie zufällig im Park am Arm eines kleinen, älteren Mannes, der einen schwarzen Hut trägt. Er ruft ihren Namen. Sie reagiert nicht. Er läuft hinter ihr her. Da dreht sie sich um. Er bleibt wie erstarrt stehen. Er ruft sie noch einmal. Sie schüttelt den Kopf. Nein, sie ist es nicht. Das Paar geht weiter. Er hat sich nicht getäuscht: sie ist eine Fremde geworden.

Tag und Nacht

Jener Mann, der sich im Winter eine kurze Erholung gönnt in einem kleinen Hotel an der belgischen Küste, bekommt das Zimmer neben einem Paar, das sich Nacht für Nacht aneinander erfreut. Aber wenn er die beiden am Morgen beim Frühstück sieht, versteht er es nicht: sie, die Essensreste mit dem langen Fingernagel aus den Zahnlücken kratzt; er, der über dem Kaffee die Zeitung liest. Kein Wort zwischen den beiden, nur bleierne Gleichgültigkeit. Nachts aber stets die hochgegriffenen Laute, ein Jubel nebenan, als würden zwei Wundertätige sich loben.

Diese beiden Menschen in ihrer vollendeten Stummheit tags, in der Wahrheit des Nichtssagenden, scheinen ihren Mund nur aufzutun, um sich zu rufen in der Nacht. Ihre Liebe wirkt vom Morgen an äußerst verbrüchlich, und wenn sie nachts so unersättlich ist, dann deshalb auch, weil sie unter der Glut, die sie schmieden soll, jedesmal schmilzt. Diese Sisyphos-Freude hat ihnen alles sonst verschlagen oder benommen, das Interesse füreinander, die Wachheit, die Schönheit selbst. Sie sind die Trottel des Tags, die Begeisterten der Nacht.
Es stellt sich indessen heraus...
Eines Morgens kommen der Gast aus dem Einzelzimmer und die Frau von nebenan miteinander ins Gespräch. Man tauscht Belanglosigkeiten aus, hält sich auf über die mangelhafte Bedienung in dem winterlich öden Badehotel. Er wird auch bekannt mit dem Mann, an dem nun einfach ›nichts dran‹ ist. Eines weiteren Morgens sitzt dieser nicht mehr mit am Frühstückstisch. Es ist nicht mehr für ihn gedeckt. Die Frau allein auf ihrem gleichen Stuhl, dem Fremden am Nebentisch nun unflankiert und unverdeckt gegenüber, keine Spur von der letzten Nacht auf ihrem

Gesicht. »Nun? Was haben Sie sich für heute alles vorgenommen?« fragt der übermüdete Einzelgast, dem inzwischen die Ruhestörungen deutlicher anzusehen sind als ihren Verursachern. (Wie denn und bei wem hätte er sich wohl über diese Störungen, die er selbst für heiliger empfand als seine mürbe Ruhe, beschweren sollen?)
»Ach, ich habe ein paar Einkäufe zu erledigen in der Stadt. Und nachmittags – werde ich auch irgendetwas tun.«
»Ist etwa Ihr Mann abgereist?«
»Ja. Ist er.«
»Er hat wohl geschäftlich zu tun? Er erzählte von seinem Pech mit den Brüssler Behörden ...«
»Keine Ahnung. Wir haben uns zufällig auf der Herfahrt kennengelernt.«
Was hat das zu bedeuten? Dem Einzelreisenden läuft es heiß und kalt über den Rücken. Ein Abenteuer, zum Greifen nah, macht ihm rote Ohren.
Qualvolle Ruhe in der darauffolgenden Nacht nebenan. Totenstille.
Schläft sie oder wacht sie? Wartet sie gar?
Am nächsten Morgen macht er den Vorschlag, gemeinsam einen Ausflug zu unternehmen. Sie besuchen in Brügge das Memling-Haus. Die Frau scheint sich zu langweilen vor den Meisterwerken, sie wirkt abwesend und gleichgültig, er bemerkt es nicht. Er ist vom Vorgefühl ihres Körpers, der an seiner Seite tagbrav einhergeht, umschlungen und spürt schon, wie er für ihn schlägt, hört, wie sie ihn ruft. Er sieht sich schon nach nebenan gelangt.
Jedoch, bis dahin kommt er nicht. Sie denkt nicht daran. Sie denkt nicht im Traum an ihn. Und so bleibt es auch. Bei ihm nur Gedanken an sie, bei ihr nicht ein einziger an ihn. So gehen sie aus, so schlafen sie ein, jeder nebenan.
›Daß mir aber auch alles zur Qual werden muß!‹ denkt er.
Dabei verhält sie sich am Tag zu ihm ganz genauso wie zu dem anderen. Kein Unterschied, von außen betrachtet. Sie

macht keine Anstalten abzureisen. Sie macht keine Anstalten, die täglichen Verabredungen, die sie treffen, zu umgehen, die belanglose Gesellschaft, die sie einander bieten, aufzuheben. ›Genausogut hätte der Jubel zwischen sie und mich fahren können!‹ Aber er war wieder einmal zu spät dran für den Zufall.
Sie sitzen morgens beim Frühstück. Er liest die Zeitung. Sie stochert in den Zähnen. Sie sitzen nun auch am selben Tisch.

Frau am Bahnhofszaun

Manche Menschen werden zu Wolfskindern erst durch das Leben mit anderen; verwildern zu störrischen Waisen im Schoß der Familie. Meine Wilde, die unansprechbare Frau steht unweit des Bahnhofs täglich und lehnt alleine am Lattenzaun. Einen dünnen Ringelpulli trägt sie und eine hellrote Hose. Ihr Haar ist grell, fast buttergelb gefärbt und zum Pferdeschwanz aufgebunden. Das natürliche Blond dunkelt hervor im Ansatz neben dem Scheitel. Sie lehnt mit der linken Schulter an, das Gesicht zum Bahnhof gewendet. Sie raucht mit einer leicht zitternden Hand. Ihre Augen bedeckt eine etwas affige Sonnenbrille in Schmetterlingsform. Ihre Gesichtshaut ist rotfleckig und rauh. So steht sie auffällig und unwirklich zugleich, beinah wie ein Ausstellungsstück aus den Tagen des Wirtschaftswunders; wie eine ältliche, in die Jahre gekommene Halbstarke oder, wenn es der Einbildung gefällt, sogar wie eine Darstellerin aus jenen frühen unschuldigen Filmen, ein Kinostar, eine Helga oder Marion, die einmal zur Vorführung ihres Streifens die Kleinstadt L. besuchte, ihren Ruhm eine Nacht lang gefeiert und ausgelebt hat und dann nie wieder von hier wegkam. Nie wieder den Anschluß gefunden hat. In Wahrheit jedoch ist ihr Schicksal durch vierzig Jahre deutscher Stimmungsgeschichte – denn was haben wir ernstlich anderes erlebt als wechselnde Stimmungen? – weit entfernt von Melodram und Kino verlaufen, hat es weder Glanz noch den verblaßten Glanz gekannt.

Die Alleinstehende dort ist ein Opfer ihrer Wortkargheit, ihres unversöhnlichen Schweigens geworden. Als dieses noch nicht ganz so anstößig und schlimm war, hat sie als Sekretärin bei der Stadtverwaltung gearbeitet; später, schon ungehörig stumm, war sie Packerin im Versand einer Arzneimittelfabrik. Einige Jahre war sie verheiratet mit einem

Eisenbahner, von dem sie zwei Kinder hat. Aber nach der Scheidung wurden sie ihr weggenommen, da sie auch zu ihnen hin keine Bereitschaft zeigte, über das allernötigste hinaus Worte zu gebrauchen; wenngleich sie im übrigen zuverlässig für sie sorgte.

Sie selbst, als uneheliches Kind zur Welt gebracht, wuchs bei ihren Großeltern auf, wurde später in Heime und Sonderschulen gesteckt und hatte schon früh gelernt, wie bei solcher Jugend nicht anders zu erwarten, Unduldsamkeit und störrische Verweigerung als Schutz und Waffe zu gebrauchen. Und in diese frühe Zeit ist sie nun, nachdem alles sonst schiefging, in gewisser Weise zurückgekehrt; jedenfalls verschanzt sie sich nicht nur der äußeren Aufmachung nach hinter der Maske der unerziehbaren Einzelgängerin. Inzwischen scheut sie jeden näheren Umgang mit anderen Menschen; selbst bei den einfachsten, unvermeidlichen Kontakten in der Nachbarschaft weigert sie den Gruß sowie jeden unnötigen Wortwechsel. Menschliche Gesellschaft an sich, dies herumlaufende, beeilte, lose Gewese, ist ihr, die beharrlich steht und lehnt, zu einem entfernten Gegenüber geworden, zu etwas, mit dem sie selbst nichts mehr zu tun hat, außer ihr zu trotzen. Denn immerhin, sie verbirgt sich ja nicht, sondern stellt sich neben den Bahnhof gerade hin, auf die offene Straße, wenn auch ein wenig abseits, jeden Tag für einige Stunden und in der Haltung einer pünktlichen Person, die jemanden zu erwarten scheint, der Zug um Zug nicht ankommt.

Dabei hatte es durchaus nicht immer so ausgesehen, als wäre das Mißglücken unausweichlich in ihr begründet. Es gab zum Beispiel eine Zeit, zwischen 18 und 25, einige Jahre vor und während ihrer Ehe, in denen sich ihr Wesen plötzlich aufhellte. Sie wurde Frau, und für eine kurze Weile sorgte ein Schub Naturbestimmung auch dafür, daß sie gesprächig wurde, bloß um einen Mann zu finden und eine Familie zu gründen. Damals konnte sie willfährig und geschmeidig, aufmerksam und selbstlos sein. Es war denn wohl auch ihre schönste Zeit, sie selbst empfand es so. Mit der Geburt der Kinder hatte ihr Glück seinen obersten Pegel erreicht und ritzte ein unauslöschliches Maß für das folgende Sinken, die Entfernung nach unten. Ihre Lage verschlechterte sich, als ihr Mann zum Inspektor befördert und zur Hauptverwaltung in die Kreisstadt versetzt wurde. Jetzt, da sie häufig die Woche über allein war, begann zügig und unaufhaltsam die Rückverwandlung, brachen die kleinen Depots mit Giften und Abwehrstoffen ihrer Jugend wieder auf und stiegen ins Blut; das schroffe Weigern und Schweigen kam zurück, ihre Herkunft nahm wieder Besitz von der erwachsenen Frau. Inzwischen, so scheint es, ist ihr Leben in seiner Mitte bereits in ein langes Enden eingelaufen und dreht Runde für Runde in der gleichen Spur. Unabänderlich und ausweglos. Mit trivialer und grausamer Folgerichtigkeit.

Äußerlich eine ungebeugte Gestalt, wenn sie dort am Zaun lehnt, müßig und abweisend, und doch auf den ersten Blick anziehend, trotz ihres sonderbar altjugendlichen Aufzugs (wenngleich ihr ›echtes‹ Fünfziger-Jahre-Kostüm, ihr lebenslanges, kaum auffällt unter lauter nachempfundenen), ein schlanker, fester Körper, an dem nichts verformt, entkräftet scheint, nur daß beim Rauchen die Hand leicht zittert und ihr manchmal etwas schwindlig wird vom langen Stehen – so wirkt sie in der Tat auf eine Weise ansprechend, die von ihrer wahren Stummheit nichts ahnen läßt. Und diese Wirkung nutzt sie auch als Falle; denn jeder, der sich munter an sie wendet, wird gleich von ihrer geister- oder götzenhaften Unansprechbarkeit gestraft und abgeschreckt. Doch solche Neugierigen braucht sie immerhin von Zeit zu Zeit, um ihre Feindschaft gegen jedermann an ihnen zu genießen und aufzufrischen.

Selten sieht man sie anderswo in der Stadt als auf ihrem Posten nah dem Bahnhof, in einiger Entfernung von den Türken und anderen ausländischen Arbeitern, die sich in kleinen Gruppen vor und in der Eingangshalle treffen. Ein paar von ihnen hatten anfangs ihren Irrtum zu bereuen, sie für ein Straßenmädchen zu halten, doch inzwischen beachtet sie keiner mehr. Im Gegenteil, sie meiden sie gelassen, denn diese Fremden mit ihrem braven Ordnungssinn stört die noch weitere Außenseiterin, die Fremde jenseits aller Fremden.

Sie steht also da und ihre Augen sind nicht zu sehen hinter der dunklen Schmetterlingsbrille und ihre Haare sind bis auf den Ansatz gefärbt und ihre Haut ist rauh, ihre Zunge bewegt sich nur, um Rauch zu schlingen, für niemand zu sprechen, für niemand berührbar, und steht doch da, um sich zu zeigen, um irgendetwas in aller Öffentlichkeit darzustellen. Die Ausländer kommen zum Bahnhof, weil dort zwei Gleise in die Heimat führen. Sie aber kommt und lehnt immer an derselben Stelle, an der sie so viele Male auf den Feierabend ihres Mannes gewartet hat, um ihn auf dem Heimweg zu begleiten. Damals in ihren ersten Jahren, als sie beinahe eine andere geworden wäre. Aber davon weiß in der kleinen Stadt niemand mehr und keiner erinnert sich noch daran, sie an der Seite ihres Manns gesehen zu haben. Was aber würde geschehen, wenn er eines Tages endlich aus dem Bahnhof schritte, vor sie hinträte, einfach weil er mal wieder vorbeischauen wollte ...? Würde sie dennoch – oder erst recht – die Unansprechbare bleiben, nicht zu berühren, nicht zu erblicken?

Die Symbole, mit denen der Alltag des Verlusts sein Revier absteckt, sind einfältig und plump. Was aber daran am meisten schmerzt, verspürt vielleicht nicht einmal der Betroffene selbst, sondern eher noch der, der hier vorübergehend Anteil nimmt, der unter Einfühl-Zwang gerät, unter eine Art krankhafter Empathie, und dann zum Schluß auch noch *begreifen* muß, was die Melancholie der Verallgemeinerung dazutut: daß unsere Lebenszeit an sich verläuft als Abbau und Verödung eines Traums; und selbst Erinnerung nichts anderes ist als der täglich vergebliche Gang der Erwartung.

Die Frage

Jene junge Frau mit der kantigen Frisur, violettbraunem Haar, im Ton der Rotbuche, hochkurzgeschnitten im Nakken, mit großer Stirnlocke, in einem alten Mantel mit Fischgrätenmuster, die langen Beine in abgetragenen geschlitzten Röhrenhosen, smaragdgrüne Schuhe mit halbhohen Absätzen, den Mantel mit den Händen in den Taschen über dem Bauch zusammendrückend... »Was ist?« fragt sie launig den Mann, der die Eintretende ungläubig anstarrt, er, zu dem sie nach so langer Zeit aus heiterem Himmel zurückgekehrt ist.

Ausgang

Eben noch schritt er, ein wenig vorgeneigt, fast gekrümmt hinter ihr, den Blick höflich erniedrigt, den Arm, ohne sie zu berühren, auf der Höhe ihrer Taille ausgestreckt, die Begleiterin dem Vortritt zuführend in eine Drehtür hinein, um dann selbst, Herr im beigen Kaschmirmantel, den nächsten Schlag zu nehmen, während sie im Viertel der Drehung sich eines Besseren besinnt und in ihrem Schlag bleibt, bis sie in die Hotelhalle zurückgedreht ist, ohne daß es der Herr unter seinen von höchsten Erwartungen gesenkten Lidern überhaupt nur bemerkt hätte, woraufhin er, ins Freie hinausgeschaufelt, vergeblich auf der Straße nach ihr Ausschau hält und, wenn überhaupt etwas, schließlich wohl glaubt, sie sei nach *draußen* entschwunden und in der Menge untergetaucht.

Der Einzige

»Nun? Was raten Sie mir?« fragt der Mann seinen Gast und nimmt den Brief, den er ihm zu lesen gab, wieder an sich. Der andere blickt traurig und ratlos und bringt nur ein Achselzucken heraus. Gern wäre er wieder zu den übrigen Gästen zurückgekehrt. Doch sein Gastgeber hält ihn umständlich im Nebenzimmer beschäftigt, zieht ihn tief und tiefer ins Vertrauen, worum er keineswegs nachgesucht hat, sondern in das er als halbwegs Fremder, als bloß mitgebrachter Freund eines Freunds völlig unschuldig und unverhofft hineingeraten ist und von Minute zu Minute immer enger, intimer, schamloser hineinverwunden wird.

»Sehen Sie«, sagt der Briefbesitzer, »ich bin schon lange fortgegangen. Lange schon fort von ihr. Ich bin weitergegangen, wie ich immer weiterging; nicht eigentlich fort, sondern einfach weiter, berührt oder unberührt, schmerzerfüllt, traurig oder achtlos. Je nachdem.
Wer sagt denn, daß wir zu beiläufig lebten? Sehe ein jeder nach, wem er nicht schon zum Verhängnis wurde!
Ich weiß hinter mir jemanden, der steht noch heute an derselben Stelle, an der ich mich abkehrte von ihm. *Sie* nämlich steht noch wie angewurzelt da und starrt mir, je länger ich fort bin, um so ungläubiger nach.
Herausgerissen aus unserem Bündnis-Verhängnis, herausgerissen aus den ineinander verhängten Gliedern der Seele und des Körpers; hinausgeschleudert von einer hohen Welle des Glücks auf den felsigen Vorsprung, ausgesetzt, erstarrt zu einer Unschuldigen, unfähig, etwas anderes zu besitzen als das entsetzte Nachsehen ... Aber was geht mich das noch an?! Früher kamen Briefe, schreckliche Anklagen, sentimentales Flehen, Schuldsprüche wegen der Qualen, die ihr die Enthaltsamkeit bereiteten. Was kann ich dafür? Ich

habe ihr keine Keuschheit anbefohlen. Wie sollte ich daran schuld sein? Heute noch kommen ihre Briefe. Aber jetzt spricht sie heiter, ja beinahe ausgelassen und froh. Trotz ihrer anhaltenden Keuschheit, oder aus ihr heraus. Erstarrung und Unantastbarkeit haben ihren Geist sehr viel beweglicher und munterer gemacht, ihre Sinne empfindlicher, ihr Herz großzügiger. Nun, ich bin immer noch ihr Einziger. Und ich bin es, in meiner Abwesenheit, in einem ganz unbeschränkten Maß. Mein Gott, wer soll dieser ›Einzige‹ sein? Ich? Ich muß bitter lachen, wenn ich mir vorstelle: dieser armselige Stromer, dieser liederliche Mensch, zu dem ich geworden bin – und dann dieses Idol, dieser Liebesheilige im Herzen der unsterblich Getreuen. Beide zugleich soll ich sein?

Ich bin nur weggegangen. Im Grunde keine herausragende Leistung. Wenn es auch nicht leichten Herzens geschah. Aber niemals hätte ich doch geglaubt, daß mein an sich schäbiger, höchst eigennütziger Schritt einen anderen Menschen derart verbessern, ja veredeln würde. Wenngleich der Kult, den sie mit ihrem Einzigen treibt, leer ist und auf haltlosen Einbildungen beruht, so zeugt ihr Verhalten doch von beträchtlicher Würde, von einer seltenen Klarheit und Kraft des Gefühls, die mich zutiefst beschämen müssen. In Wahrheit läßt es mich jedoch erschreckend kalt, und es reizt mich in keiner Weise, ihr mit nur annähernd ähnlichen Gefühlen zu begegnen. Nein, in Wahrheit bedeutet es mir nichts, gar nichts, in all den Erniedrigungen, die ich erfahre und denen ich mich bei meinen Abenteuern selber ausliefere, schließlich zu wissen, daß ich irgendwo, fern von hier, auf einem verlorenen Fleckchen Erde, im Herzen eines halb vergessenen Menschen ›geheiligt‹ bin und ein unerschütterlich hohes Ansehen genieße.

Wie konnte es zu der absurden Glorie kommen, die mir da verliehen wurde? Die Frau war in den Menschen wie in der Liebe gleich unerfahren. Sie hatte jung geheiratet und über

18 Jahre eine brave, rechtschaffene Ehe geführt. Sie teilte ihr Leben auf zwischen dem Beruf und ihrer Familie, sie hatte zwei Kinder. Daneben gab es nichts anderes. Keine Abschweife, keine Affären. Nur diese große Menge ungenutzter, ungeforderter Leidenschaft und die heimliche Bereitschaft, alles auf einmal zu verändern, wenn auch nicht wild, nicht überstürzt. Dazu war sie zu ängstlich. Zunächst sollte und mußte unsere Sache im Verborgenen abgehandelt werden, ›bis es soweit ist‹, wie sie sagte. Ich merkte an ihrem Zittern, ihren gelegentlichen Herzanfällen und Atemnöten, an den unerhörten Mühen, die sie auf sich nahm, um mich zu sehen, wie ernst es ihr war mit unserer Zeit und deren folgerichtiger Entwicklung. Nun, ›bis es soweit ist‹, das erlebten wir nicht mehr, so lange dauerte das Ganze schließlich nicht. Doch erst als ich wieder verschwunden war, ging ein Riß durch Heim und Familie. Der Mann hatte in seiner stillen Verzweiflung damit begonnen, sich mit wechselnden Freundinnen zu beschäftigen. Sie, die Verlassene, baute dagegen im selben Haus ihren kleinen Opfer-Altar auf, an dem sie alles sorgsam versammelte, was uns einst verband; und so lebten der erbittert Unkeusche und die untreue Reine, die aus einer Ehe hervorgegangen waren, nebeneinander, ohne sich zu berühren oder zu belästigen.

Aber wozu diese Erinnerungen, die kaltblütiger sind, als je meine Handlungen es waren?
Ja, ich will sie, die Weiße, gänzlich vergessen und mich in ihr. Ich will nicht länger ein Unvergessener sein. Diese Ehre geziemt mir nicht! Ich kann sie indessen nicht daran hindern, mir ihre langen, immer schöner, immer herrlicher werdenden Briefe zu schreiben. Ich beantworte sie nicht, ich empfange sie nur. Sie bewegen mich in ihrer Einfalt und geistigen Kraft. Dadurch gewinnen sie eine gewisse Macht über mich, das kann ich nicht leugnen. Wenn auch die Erinnerung an unsere gemeinsame Zeit längst verblaßt ist.

Sie erschrecken mich andererseits, wenn ich mir vorstelle – entschuldigen Sie! – wenn ich mir den sexuellen Krüppel vorstelle, der sie geschrieben hat. Ich bin schuldig und elend, ich habe ihr beide Beine abgefahren! Das ist es wohl, was ich dann empfinde. Kann das gut sein?
Im Grunde erzähle ich Ihnen etwas Außergewöhnliches und Schicksalsmächtiges. Und doch ist mir das alles so gleichgültig geworden, so sonderbar gleichgültig. Ich bin nicht der ›Einzige‹, für den sie mich ansieht. Ich war es nie und kann es nie sein. Weil ... weil sie mir die einzige weder ist noch jemals war. Sondern, sagen wir, eine recht ungewöhnliche Begegnung unter mehreren anderen in den letzten Jahren. Ein Mann, der so sortiert, kann niemals und für niemanden ein Einziger sein. Darin steckt der ganze Schwindel dieses Kults! In diesem Fall weiß ich Bescheid. Wo ich selbst der Angebetete bin und doch genau weiß, an mir ist nichts erhöhbar, da kann ich mit Fug und Recht die Scharlatanerie beim Namen nennen. Sie hat mich nicht erkannt. Diesen Vorwurf einer maßlosen Egozentrik muß ich ihrer Liebe, ihrer blinden Hingabe schließlich machen.
Nein, man trägt keine Schuld in einem solchen Fall. Man macht keine Fehler. Man macht Vergangenheit, das ist alles. Man stellt diesen reinen, makellosen Stoff her, Vergangenheit, der manchmal berauscht, manchmal äußerst klarsichtig macht. Sehen Sie, nebenan tanzen die Leute, sie schwätzen und sind ausgelassen. Das ist wunderbar. Das ist anregend genug, um hier, im Nebenzimmer, gewissen Dingen einmal in Ruhe auf den Grund zu gehen ...«

ODEON

Bouvard oder Pécuchet?

Ich bin, als gäbe es nur den einen. Den Bouvard. Und nicht auch den Pécuchet. Oder den Pécuchet. Und nicht auch den Bouvard. Aber das ist eben unmöglich. Ich bin, als wäre Pécuchet gestorben (oder als wäre ich Pécuchet, und Bouvard gestorben) und müßte nun die Welt allein zuende besprechen.

Schwer zu entscheiden, welcher der beiden Kopisten ich sein könnte. Zu welchem ich mich näher hingezogen fühle, zu welchem ich die geeignetere Statur besäße. Oder ob ich nicht gar eine Überlagerung, eine zusammengezogene Kopie beider Kopisten sein könnte? Aber das ist eben unmöglich. Ich bin zweifellos einer, dem der gewisse andere fehlt. Nicht *der* andere. Der gewisse andere. Der Paargenosse, zu dem mein ganzes Wesen und Empfinden bereit und vorgebildet ist. Man kann nur sehr schwer seiner Dummheit alleine Herr werden. Ein anderer, der die seine loswerden möchte, ist zu ihrer Beherrschung unerläßlich. Aber ein solcher blieb mir bis heute fern, obgleich ich doch sicher weiß, daß er genauso wie ich existieren *muß* irgendwo auf der Welt und sich gleich mir als ein abartiges Geschöpf empfinden muß. Als jemand, der seine Bestimmung, seine einzig sinnvolle Passung verfehlt oder noch nicht gefunden hat. Keineswegs ein Einsamer wie Millionen andere, sondern ein unbefestigtes, herumirrendes Paarteil. Ich bin Der-ohne-den. Wenn ich mich überhaupt irgendwen sein lasse. Wenn ich mich überhaupt an meine Identität herantasten darf.

Ich bin um meines Sinnierens willen traurig, daß ich es alleine tun muß. Es wäre es wert, von einem anderen hin und wieder unterbrochen zu werden. Oder seiner lebendigen Anwesenheit einfach zum Opfer zu fallen. Es könnte sich, indem es zeitweilig aussetzte, erholen, verbessern, ent-

spannen. Wäre ich zu zweit, würde es ebenso viele Pausen wie Vorstöße machen. Ganz von selbst wäre mein Sinnieren um die Hälfte kürzer. Ach, wenn ich sie doch endlich zu spüren bekäme, die kleinen unduldsamen, antreibenden Laute der Bestätigung, mit denen er mich zum Beenden meiner Rede komplimentiert, während sein Gehör nur noch auf den Zeitpunkt, den nachlassenden Ton lauert, zu dem seine eigne Rede endlich losbrechen kann, die längst, angeregt und aufgescheucht durch mein Wörter-Rauschen, unter seiner Hirnkuppel zusammengeflattert ist. Dann das Vorschnellen seines Beitrags, weil er's nicht halten kann, und, da sich meine Stimme noch einmal erhebt, das unwillige, leicht pikierte Zurückweichen, darauf die kleinen Blicke, die von Kühle blitzen, daß man's sich versagen muß, so was tut weh ... aber wie belebend ist es doch! Denn nur unter solchem Druck und Einfluß des drängenden Zuhörens wird ja das ungepflügte, rohe Bewußtsein erst richtig bestellt und veredelt.
»Ich habe ausgeredet. Jetzt bist du dran!«
Nein. Einem solch starren Reglement würden wir uns nicht beugen. Man muß sich auch mal frei ergießen dürfen über den anderen. So wie er mir ja auch häufig genug in die Parade fährt – oder gar mit erhobener Hand mein Verstummen erwirken will: »Vorsicht! ... Vorsichtig, mein Lieber!« Was für ein grausamer Einwand! Wieso denn vorsichtig? Wo ich doch gerade dabei bin, über die Schwelle zu treten und mich in ganz ungeahnten Gedanken zu verströmen: »Nein, nein, laß mich nur. Ich weiß, was ich sage ...«
Ja, so geht das. Herrliches Für und Wider. Bestes Auf und Ab.

»Pécuchet sieht die Zukunft der Menschheit in Schwarz: der moderne Mensch ist minderwertig und eine Maschine geworden ...
Zum Schluß die Anarchie des Menschengeschlechts ... Bar-

barei des übermäßigen Individualismus und der Wahnsinn der Wissenschaft... Ende der Welt durch das Aufhören der Wärme...
Bouvard sieht die Zukunft der Menschheit in rosigem Licht. Der moderne Mensch schreitet fort.« (Aus den Notizen Flauberts zur geplanten Fortsetzung seines Romans.)

Bouvard oder Pécuchet? Der Hagere oder der Runde? Der Hypochonder oder der Genußmensch? Der Asket oder der Frivole? Der Pessimist oder der Optimist? Ganz egal. Ich bin zu jeder Eigenschaft bereit, die es dem anderen erlaubt, sich mir ergänzend entgegenzustellen. Ich fühle mich disponiert für beide Helden. Ein Dispositiv! Jawohl, das bin ich, das ist meine ganze vorläufige Existenz. Das ideale Dispositiv für eine ebenso abenteuerliche wie gemütliche Freundschaft. Das Dispositiv für einen nie abreißenden, einen ebenso erfrischenden wie wohltuend ermüdenden Dialog. Was gäbe ich nicht dafür, einen begrenzten Meinungsaustausch mit ihm, mit einem ganzen Kerl zu bestreiten, statt immer nur die eigene uferlose Meinungsvielfalt ertragen zu müssen!

Auch ich sitze bei annähernd dreißig Grad im Schatten auf einer Bank, zwar nicht am Boulevard Bourdon, sondern am Rand des Wittenbergplatzes. Mit dem Ausblick auf einen Brunnenklotz, den man kürzlich hier aufgestellt hat, rost- und grünspanfarben wie ein Bunkerrest an der Küste der Normandie. Von seinem klobigen Rand blattert das Wasser in lichten Fladen. Neben mir bleibt die Bank leer. Käme er jetzt, träte er schwitzend aus dem Mittagsglast hervor, mein süßer, treuer Kumpan, wir könnten sogleich dort fortfahren, wo wir bei unserem letzten Treffen stehenblieben, bei der Erziehung, der Pädagogik. Wir könnten aber auch das Thema wechseln und mit etwas ganz und gar Zeitgemäßem beginnen. Zum Beispiel könnten wir zuerst einmal versu-

chen, uns über die Gefühle klarzuwerden, die wir füreinander hegen. Wir könnten sie analysieren. Nebenbei könnten wir einen Ausflug in unsere kindliche Vergangenheit unternehmen. Wir könnten uns den Erinnerungen an unsere Heimat, unsere Herkunft, Eltern, Großeltern und Spielsachen hingeben. Von dort würden wir uns kritisch vortasten, bis wir auf das neueste allgemeine Lebensgefühl stoßen, den Zeitgeist, die Tendenzlage. Denn dies erscheint mir unerläßlich, damit wir früh genug begreifen, daß wir hier als moderne Köpfe nicht viel verloren haben und letztlich nur als überzeugte Anachronisten auftreten können. Man wird uns vermutlich keine unserer Ansichten übelnehmen. Allenfalls die Tatsache unserer unerschöpflichen Wißbegierde könnte Anstoß erregen. Sie muß einer Mitwelt, die zu ganzer Breite sowie von oben bis unten durchinformiert ist, als etwas ziemlich Obszönes erscheinen. Nicht zuletzt das ist nämlich der Grund, weshalb ich mich dir, kostbarer Gefährte, noch enger, noch vertrauensvoller anschließen möchte. Denn welche Freude ist es, diese Begierde gemeinsam zu erregen und ihr gemeinsam Befriedigung zu verschaffen!
Die Gefahr besteht, daß ich allein an diesem Laster alsbald das Vergnügen verliere und daß schließlich auch mich, wie die Mehrzahl der Informierten, der Teufel des Desinteresses holt.

Für einen engagierten Anachronisten gibt es nichts Interessanteres, als sich mit den großen technischen Neuerungen unserer Tage zu beschäftigen. Wir könnten uns zum Beispiel einen optischen Rechner vorführen lassen, der mit Lichtgeschwindigkeit mehrere Paralleloperationen durchführt. Wir könnten uns sodann in das Labor eines Molekularbiologen begeben, um dort festzustellen, daß man die Chimäre, von der wir damals träumten, nun tatsächlich herstellen kann. Die Riesenmaus existiert, und bald werden wir dem leibhaftigen Tragelaf begegnen. Wie man überhaupt den Eindruck gewinnt, daß diese emsige, zukunftsbesessene Wissenschaft im großen und ganzen von Ideen und Fantasien aus unserem guten 19. Jahrhundert lebt; und eigentlich nicht sehr viel mehr unternimmt, als nach und nach alle Erfindungen der fantastischen Literatur mit kindischem und epigonalem Ehrgeiz in die Tat umzusetzen. Was folglich einerseits zur Krise und Verödung dieser Literaturgattung führt, zum anderen nicht wenigen Menschen den Verdacht aufzwingt, der ganze Fortschritt im Zeitalter der Hochvernunft bestünde im wesentlichen in einer Art Praxiszauber, insofern man sich jeder Halluzination, die dem Geist gefährlich werden könnte, dadurch erwehrt, daß man sie in die nüchterne Wirklichkeit verdrängt und ihr dort ein wahngetreues Ebenbild errichtet.

Man kann also klonen. Man kann – und darauf richte ich mein besonderes Augenmerk – man kann sogar ein neues Paar erfinden bzw. leiblich erzeugen. Es handelt sich um das Ich und seinen zeitversetzten Zwilling. Jede Mutter kann noch einmal dasselbe Kind bekommen. Man muß sich früh dazu entschließen. Man entnimmt dem Embryo (des Urkinds) eine Körperzelle und besorgt sich von zwei Spendeeltern eine befruchtete Eizelle. Man pflanzt den Kern der Embryo-Zelle in die fremde Eizelle, entfernt die dort befindlichen Vorkerne und friert die Eizelle mit dem Embryokern ein. Bei Bedarf (falls das Urkind stirbt oder wegläuft) holt man sich die geklonte Zelle und pflanzt sie einer Amme ein. Man erhält dasselbe Kind noch einmal. Der Vorgang kann beliebig oft wiederholt werden. Dieses Verfahren ermöglicht es, daß einem Menschen dreißig Jahre nach seiner Geburt ein eineiiger Zwilling zugesellt wird. Er kann sich selber aufwachsen sehen und der Entstehung seines Ebenbilds beiwohnen. Wird er ihn als Bruder empfinden? Eigentlich müßte er als sein eigner Vater auf sich blicken. Kein Zweifel, seine Lebenserfahrung könnte einem solchen Wesen, das dieselben Fehler und Schwächen, Begabungen und Temperamente besitzt wie er selbst, von großem Nutzen sein. Denkbar aber auch, daß Ich und Wieder-Ich, das dreißig Jahre jünger ist und immer bleibt, in einen besonders schweren Generationskonflikt miteinander geraten. Es wäre jedenfalls bis auf weiteres ein namenloses Verhältnis, ein völlig unerprobtes, auf Erden noch nie dagewesenes Paar...

Traurigkeit und Schwelgerei in solchen Mittagsstunden, während keine Minute vergeht, die man nicht quälend lang empfände; in der man sich nicht wahllos in jedermanns Haut versetzen könnte; in der das müde Selbst nicht von jeder straßaufwärts kommenden, jeder um die Ecke biegenden, ja jeder bloß erinnerten Gestalt entwendet werden könnte, wie von einem Taschendieb. Man ist allein und könnte ebensogut jedweder andere sein.

Da kommt das lange Hinkebein vom Nebenhaus. Der ungesellige Krüppel, der bärtige Marktplatznarr. Einsam schwätzelnd und grinsend, so seh ich ihn Tag für Tag, als würde er die Menschen lächelnd überblicken von seiner einsamen Warte aus. Heute aber brüllt er auf der Straße herum, krakeelt. »Schwule Sau! Saujud! Schweine!« Was ist passiert? Ein Auto mit Lübecker Kennzeichen kriegt es ab: »Schwule Sau aus Lübeck!« Der große Kerl geht krumm gebückt, in der Rechten hält er einen Metallrohrstab mit orthopädischem Knauf, kein Stock, keine Krücke, viel zu kurz, aber er stützt sich darauf. Das rechte Unterbein hat er entblößt, die Hose hochgekrempelt: eine Plastikprothese ist blank zu sehen. Er wütet mit knörzender, bärbeißiger Stimme, die kein vertraulicher Umgangston je geschmeidig machte. Er brüllt aus einem Neben-Ich, der Mund geht nicht ganz auf, und das klare, gute Gesicht blickt dazu schuldlos-leidverzerrt. Wie bleich er ist! Er hatte doch immer nur einen Klumpfuß! Jedenfalls ging er bloß schwer und schleppend, mit schaufelnden Armen, aber nie so tief gebückt und schief. Jetzt lehnt er sich an einen Gehsteigpfosten und prügelt blind mit dem Rohr auf seine fleischfarbene Prothese ein. Die Dachdecker, die gerade ihren Lastwagen entladen, stehen in der Runde und lachen ihn aus. Er ist zu zornig und zu quer, um Mitleid zu erregen.

Er ist also doch nur ein Idiot. Ich dachte mir ihn etwas hintergründiger. Eine hohe Gestalt, fast von der Größe eines Basketballspielers. Humpelt täglich mehrmals auf den Wittenbergplatz, läßt seine Beinschiene in der Sonne glänzen, und wenn er Kinder sieht, dann legt er die große Hand auf seinen Scheitel und wendet sich mit stillem Hohngelächter ab, als käme ihm die Kindischkeit der Kinder ernstlich blöd und sinnlos vor. Niemals sah ich ihn mit jemandem sprechen. Einmal fragte ihn eine Frau nach einer Straße oder einer Adresse; erschrocken und schroff drehte er ab und schaufelte sich mit aller Kraft davon. Seine Miene ist immer häufiger die eines sarkastischen Solitärs, dem alles absurd erscheint und den der gesamte Menschenbetrieb bitter belustigt. Er ist aber kein Weltdurchschauer, sondern ein Schwachsinniger, steht also genau am anderen Ende der Einsamkeitsskala.
Er hat einen gutgeformten Männerkopf. Sein Gesicht ist hell und empfindlich. Der Vollbart wird gestutzt und gepflegt. Er ist nicht älter als vierzig. Er geht im Hemd oder Pullover, nie im Mantel. Manchmal, wenn es sehr kalt ist, kommen Schal und Jackett hinzu. Er trägt seine eisige Stille und sein unbrüderliches Grienen auf den Markt. Ein Idiot – ein Privatmann wie ich, nur sehr viel radikaler, ein Einzelner im Extrem. Seine Flüche, seine Anfälle verraten den finsteren Ideopathen, der in ihm hockt, geladen mit rassistischen und anderen vernichtungsseligen Ekelenergien. Er schwelgt, kein Zweifel, in teuflischen Vorfreuden, wenn er

die lose Menge Menschen vor sich sieht: ihr werdet schon sehen, ihr wuselndes Ungeziefer, in den höllischen Feuern meiner Einsamkeit werdet ihr alle untergehen!

Oh nein, nicht solch einen Kumpan! Nichts mehr vom grollenden Städter, vom querredenden Narren, vom Zerrbild des tapferen Einzelnen. Von dieser grellen Stille.
Wo kann man heiter sein und wohlverständigt? Nur jenseits der Ideome, der kranken Ideen, nur draußen in der absichtslosen Menschlichkeit der Kunst, in der befreundeten Fremde der Musik, wo in angemessener Entfernung das Gute und das Böse ihren Ausgleich finden?
Wahrscheinlich. Hier, alltäglich, führen wir ein mozartvergessenes Dasein. Obgleich doch die Musik da ist, unter uns weilt und nirgendwo sonst das Menschlich-Erlösende so nah ist. Nicht jene ›unaussprechliche Heiterkeit‹ in Todesnähe, sondern die Heiterkeit nach einer schweren Prüfung, langen Düsternis. Wenn plötzlich all der Krempel der Erfahrungen so wohl sortiert ist, daß sie sinnvoll-leicht zu tragen sind.
Dies Lächeln der Erleichterung; und nicht das Grienen des Idioten.

Odeon

Hier stand einst eine Gesangsschule. Ein Konzerthaus. Es zerbrach. Man baute aus den Trümmern das Kino gleichen Namens auf. Es zerbrach. Man errichtete aus seinen Trümmern eine Schallplattenfirma gleichen Namens. Sie zerbrach. Man baute aus ihren Trümmern eine musische Akademie gleichen Namens. Sie zerbrach. Nun sehen wir nur noch Bruchsteine und kein Gebäude mehr. Allerdings liegen jetzt wieder frei verfügbar die Reste aller Odeon-Stätten, die einst hier errichtet wurden.

Da hockt der entblößte Eremit, der sein Hemd zum Sonnendach aufschlug, vier knorrige Stöcke, über die er's gespannt, hockt mit nacktem Oberkörper auf einem Stein. Den faltigen Leib, die dürren Beine gesträubt gegen den abschüssigen Hang. Alles ausgesprochen. Unter dem Tabernakel. In der Flut der Gebete. Der Geständnisse. Unter dem Einbruch der Felsvögel. Der erschöpfte Eremit vor seiner Medienhöhle. Zerbissen von Meinungen, von tausend Anfechtungen der Gesinnung heimgesucht und gepeinigt, von Öffentlichkeit durchdrungen und halb zersetzt. Die Versuchung dieses Mannes ist die *eine* Stimme aller.

Erahnen wir den Stammbaum der Wüsten-Monologe? Der heilige Antonius hatte sein Buch, das Wissen. Krapp hatte sein Tonband, die Erinnerung. Walther hat sein Terminal, die Information.

Ich weiß nichts. Ich weiß nur, daß ich informiert bin.
Zuviel Wahrheit ist Meinung geworden. Intelligent sind nun alle. Informiertheit kleidet die Dummen wie die Gescheiten, ähnlich wie die Mode auf den Straßen kaum noch zwischen

Arm und Reich unterscheiden läßt... Man zeige mir einen einzigen einfältigen Menschen!

Alle meinen wir dasselbe. Alle verlieren wir an Sprache. Wenn das Meer der Worte sinkt, gehen auch mir die Worte aus.

Öffentlichkeit, allesfressende, klettert wie die Wanderratte durch die Leitungsrohre. Oh verfluchte, falsche Einheit! ... Das Nichts-Ausschließende... Das grenzenlos Einigende... Was für ein höllischer Schein! Verfluchte Versuchung! ... Information, Rostfraß des Geistes. Megatonnen von Vernunftabfall, Dasein als Unsinn. Das Gewäsch wäscht alle Kanten rund, das Gehörte höhlt dein Gewicht... Je größer die Masse an Informationen, um so neulicher ihr Wert. Je größer die Masse, um so geringer ihr Gewicht...

Die Königin von Saba (erscheint und schreitet mit dem Mikrofon unter dem Kinn auf den heiligen Antonius zu) »Ah! Schöner Eremit! Schöner Eremit! Ich vergehe«... (In ihrem Gefolge treten auf: Zeitchimäre, Meinungszuchtwesen, Moderatorentragelaf, überkünstelte, sterile Figuren, nicht eines einzigen menschenähnlichen Tons fähig. Dann schreiten die Verrückten des Maßes herein, die Meister der Menschenverkürzung und der konfektionierten Vernunft; sobald sie auftreten, legt sich Scheinwerferlicht wie Mehltau über ihre Gesichter)...

Haben sich eingenistet die Späher. Mein Haus war ohne Augen. Jetzt sehe ich, daß jeder vorbeistreunende Schatten mich sieht. Jetzt endlich habe ich zur Furcht jener Greisin gefunden, die wußte, daß jeder im Fernsehen sie sieht, und fernsehen nichts anderes heißt, als von weitem in Augenschein genommen zu werden. (Kam nicht in jüdischen

Mythen der Todesengel in einem Kleid voller Augen?) Es genügt schon die Gewißheit, auch dort gesehen zu werden, wo man sich allein Herr des Sehens wähnte. Mehr Politik braucht es nicht, um ein Herz zu knicken. Sie sehen mich – wir erblicken einander über die distanzlose Weite der innersten Öffentlichkeit.
Mein Haus ist ohne Augen gewesen. Nun verkommt es unter waberndem Sehen. Wie Dolden fauliger Trauben hängen in Klumpen die einmal benutzten, ausgewischten Augen.

Frau am Mikrofon. Was erzählt sie mir da? Von ›Hugenotten‹? Die Piepsstimme, von nichts durchdrungen, die noch nicht einmal eine dezente Maske aufsetzt, um sich's nicht anmerken zu lassen, daß sie von ›Hugenotten‹ nichts weiß, während sie dauernd das Wort vorgibt. Nichtswisser sind unsere Informanten! Redeaffen!
Radiovögel. Vögel, die sich vom Wind ernähren.
Wo das Wissenswerte ausbleibt, unterhält die nur noch auf einem Loch pfeifende Eigentlichkeit. »Ich und mein persönliches Gefühl«, sagt die Frau aus dem Dritte-Welt-Laden. Dann spricht der Vertreter einer sexuellen Minderheit: »Ich und mein persönliches Gefühl.« Die Leute berufen sich entschieden auf sich selbst. Wer bei allen Heiligen der Individualität mögen sie bloß sein?

Die menschlich-unmenschliche Groteske liegt ganz allein in der beliebig bunten Mischung; und das sind Sendungen, die immerhin durch den *Äther* ziehen. Niemand außer den Sternen lacht mehr darüber. Wer spricht? Dein Nachbar. Du wohnst der entstellenden Vergrößerung deines Nachbarn im öffentlichen Sender bei. Aber hör nur: deine Sache wird verhandelt! Die Gemeinschaft spricht. Der Ton ist bürgernah. Allernächst. Was hast du? Weshalb verkriechst du dich?

Man hat sich öffentlich entleert und behält für sich ein öffentlich-leeres Wesen zurück. Das Haus und der Sender bilden einen dichten Regelkreis der informierten Betuschelung. Wobei mehr und mehr das »in« des Wörtchens zur nichtenden Vorsilbe wird, als käme es ab vom lateinischen *informis*, ungestalt, häßlich.

Es ist wahr: wir müssen nicht an Geister glauben. Sie sind in unserem Geist die beliebigen Vernünfte.

II

Apokatastasis – Wiederherstellung aller Dinge, Allversöhnung, Wiederbringung selbst der Hölle zur Glückseligkeit; verworfene Verheißung von der katholischen Kirche wie von der Reformation; hatte nie die Chance, in unser weltliches Bewußtsein abzusteigen wie *Ekpyrosis,* das Flammen-Ende, welches nun allein die Szenerie beleuchtet und Stimmung macht. Dabei ist das eine so gut ein Element und Trieb der Heilserwartung wie das andere.

Wir denken das Letzte lieber als das Erste.

Vom Christentum hat eine Sonderkarriere die Eschatologie gemacht. Allein die Verheißung vom Untergang der Welt ist heute gänzlich in die rationale Mythe ›umgeschlagen‹. »Das Desinteresse des ganzen Neuen Testaments an der biblischen Kreation« (Blumenberg) mag hierbei eine entscheidende Rolle spielen. Dem entgegen findet nun die Evolutionstheorie ihr Verbindungsstück zum Christentum gerade in der Schöpfungs- und nicht in der Heilsgeschichte (die den Ideologien zur Plünderung diente).

Wir haben die Bücher der Offenbarung gelesen wie Do-it-yourself-Anweisungen. Wir haben die Weissagungen geplündert und alles hinuntergezerrt, was uns eigentlich hinaufziehen sollte. Eins nach dem andern selbst in die Hand genommen, nachgebaut, selbstgemacht. Heilsgeschichte vergesellschaftet. Endzeit erfolgreich militarisiert.
Abstieg des religiösen Stoffs in den Weltbetrieb. Und bildet dort mit den Vernünften ein unschönes Gemeng. Wie ließen aber diese Geister je sich wieder scheiden? Es gibt wohl den Drang des Menschen, den rohen Klumpen wieder auszu-

werfen, den Glaubensstoff zu isolieren und wieder gegenüber zu haben: das Ganz Andere.

Das Ende bleibt immer ein Mythologem. Und stets ist es total und einmalig im Horizont seiner Gläubigen, ganz gleich ob es als Naturkatastrophe, Götterdämmerung, Weltbildsturz oder Terracid auftaucht. Die Kraft der Tatsächlichkeit ändert kaum etwas an der uralten Stimmung. Enden läßt sich nicht restlos säkularisieren. Auch nicht mit den letzten Finessen der aufgeklärten Vernunft. Im Gegenteil, der Glaube an die totale Politisierbarkeit unseres Geschicks, an die Technizität und Machbarkeit des Nicht-Endens ist Aufklärung bis zur Verblendung.

Von den extremsten Dingen zu sprechen, ohne das den Menschen Übersteigende zu fürchten, zeugt von einer Roheit der Vernunft, welche den grausamen Tatsächlichkeiten zuinnerst verwandt ist.

Das Menschliche ist nicht in der Anbetung des Menschen zu retten. Nur unsere Anmaßung setzt die Gefahr als ein Absolutes. Nur unsere tiefe Profanie betrachtet die Atomwaffen als den heruntergeholten, zur Disposition gestellten Jüngsten Tag. Als wären sie noch brav das Unsere und nicht viel mehr ein ungeheuerlich Anderes, ein nächsthöheres Gegenüber. Nur indem es jede kreatürliche Furcht verloren hat, konnte das Bewußtsein so anmaßend und schreckensstier zugleich werden. Und nur wer wirklich keine Furcht besitzt, kann so ergiebig und beinah besessen von ›Angst‹ reden. Wem nur ein Rest von magischem Anstand geblieben ist, würde sich hüten das Wort Frieden dauernd im Munde zu führen, so ohne jede Scheu von dem zu sprechen, was ihm doch das Allerheiligste ist. Es könnte doch sein, daß die enthemmte Nüchternheit, die emsig und achtlos das Unheil ausmalt, dieses eher herbeizieht als abwendet.

Abu Baker Asch-Schibli hatte eines Tages einen Stock in der Hand, der an beiden Enden lichterloh brannte. Man fragte ihn: »Was hast du vor?« Er antwortete: »Ich laufe, um mit dem einen Ende die Hölle und mit dem anderen Ende das Paradies anzuzünden, damit die Menschen sich allein mit Gott befassen.«

Die Christen sind des Anfangs nicht kundig; sie sind seiner vergeßlich, sie nehmen die Schöpfungsgeschichte nicht ernst genug. Besessen sind sie dagegen vom Ende in Heils- und Unheilsgeschichte.
Nicht von ungefähr sind es ihre eschatologischen Epigonen, die Marxisten, aus deren gebrochenen Vernünften, gescheiterten Hoffnungen jetzt die unheilsgeschichtlichen Dämpfe und Ahnungen am stärksten entweichen. Der systematische Pessimismus als Folge der Aufdeckung einer systematischen Geschichtstäuschung – aber was sind schon helle Köpfe wert, die einen Kater haben?

Ja, es sind die Narren der Vernunft, die uns jetzt mit ihrem Menetekeln, zu dem sie als ungläubige Apokalyptiker weder Begabung noch Befugnis haben, die Ohren vollklappern.

Wer hingegen Entstehungsgeschichte ernst nimmt, dem ist das Ende offen. Alles, was überhaupt ist, begreift er aus einer Ausschüttung, einem Schwall Raum und Zeit sich strecken und entfernen. Er läßt auch dem jeweils Bestehenden, das er genau betrachtet, eine größere Gerechtigkeit widerfahren als der negative Utopist, der kaum genauer hinsieht, sondern mit augenzwinkerndem Verstand zu bedeuten gibt, daß alles übel ist und seiner gesellschaftlichen Erlösung harrt.

Naturwissen und Technik schreiten voran. Die kritische Intelligenz kratzt sich am Hinterkopf. Seit neuerem erst bemerkt sie, daß Wissenschaft ›so erfolgreich‹ ist – und Kritik so folgenlos. Das ist bitter für sie, ändert aber nichts an der Tatsache, daß die erste ungerührt ihre Fortschritte macht, während letztere in der Krise des Fortschritts*glaubens* verharrt.

Technologische Revolution trifft auf eine revolutionsskeptische, erneuerungsmüde Intelligenz. Keine Surrealisten- und Futuristen-Begeisterung. Leider nichts dergleichen.

Wir lesen im Buch der Gesellschaft seit neuerem erst, wo die Früheren in dem der Natur oder der Geschichte gelesen haben. Wir beginnen aber schon im Buch der Wissenschaft und Technik zu blättern. Darin zu *lesen* haben wir noch nicht begonnen.

Die obwaltenden Komplexitäten, Netzwerke, Systeme sind auf einmal weit entfernt von jenen kafkaschen Labyrinthen und Zwangsgefügen, den Gefängnissen des Menschengeists, dem ganzen Reservoir an fantastischen Angstszenarien, das die Entwicklung der modernen Technik begleitet hat. Die neue Ära der ›Systeme‹ hat dieses Reservoir verbraucht, genutzt, miteingebaut. Man bedient sich ihrer im Spiel, im Wissen-Wie. Die Angst ist nicht mehr an das parallele Hochleistungssystem der Paranoia gekoppelt. Sie rutscht ein wenig unter ihr Niveau, tritt jetzt stumpf, entkräftet, lethargisch in Erscheinung. Die computerisierte Verschaltung der Welt zu einem geschlossenen Informationssystem beraubt die Paranoia einer ihrer zentralen Ängste und Einbildungen. Sie ist im übrigen durchaus nicht einem Wahngespinst nachgestaltet, sondern vielmehr dem neuronalen Schaltwerk des Gehirns, bildet mithin wie alle Technik eine weitere Außenlagerung eines menschlichen Organs. Wahn und Paranoia sind für unsere Verhältnisse nicht einmal mehr metaphernfähig. Das real Komplexe zu verstehen in den Konformitäten von Natur und Technik, im Biotop einer Sumpfwiese wie im hochintegrierten Halbleiterkreis, es zu verstehen und sich zugleich abhängig darin und davon zu bewegen, ohne den größten Schaden anzurichten, das wird die nächste große Anstrengung des Begriffs, die wir zu leisten haben. Mit dem Ziel, irgendwann unsere *Angemessenheit* zu erreichen, zu erkennen und zu erhalten.

Zuviel Hirn, zuviel Umriß von Bewußtsein ist in die Dinge getreten und in unsere Hände geraten. Wir können sie nie wieder allein lassen. Der Geist, um mehr als ihr Wärter, nämlich ihr Meister zu sein, wird technischer und metaphysischer zugleich werden. Nicht im Widerstand gegen sein technisches Zeug, sondern in Koevolution mit ihm wird er seine Souveränität behaupten. Nicht die Höllenphantasmagorie des Kulturkritikers, sondern die Weisheit des Technikers empfinge uns dann am Ende des langen Wandels. Dort, nahe dem Wunder, *Technosophie.*

Es gibt keine andere Welt, es gibt nur eine weitere.
Und es gibt das Ganz Andere; nicht hier.

Es wäre alles halb so schlimm, wenn wir der Technik gegenüber ein Lager hätten, einen Ort des strikten Ausschlusses und der Selbstverwahrung. Aber den gibt es nicht und wird es wohl niemals geben. Sie ist nun eben ein urwesentliches Teil von uns. Deshalb wird sie immer damit drohen und faszinieren, uns ganz zu durchdringen, bis zu den Wurzeln unserer Sinne vorzustoßen, bis wir nur noch imstande sind, *sie* zu denken.

Daher meinen die einen, die Maschine wär wie ein Dämon, der uns nach und nach das Menschenwesen benähme. Jeder Roboter ein Vampir, ein Nachzehrer. Nein, sagen die anderen: das Zeug ist und bleibt immer nur ein Schalt-Werk im

Menschenbetrieb. Im Gegenteil, je feiner und umschlüssiger es tätig wird, um so klarer kann sich der Mensch seiner wahren Bedürfnisse und seiner Freiheit bewußt werden. Wir sind Meister nur immer unserer höchsten Gefahr.

Botschaften treffen auf Bereitschaften. Bereit sein, Vigilanz. Der Traum ist unsere äußerste, höchste Nachtwache.
Wir können Gefahren nicht aufhalten, nur sie überwinden. Auf ihrer Höhe bereit sein.

Was aber bleibt übrig von uns, will man doch wissen, wenn sich das Menschliche aus seinem erfahrbaren Umfang verliert und zu immer höheren Künstlichkeiten und Konstruktionen erweitert? Die alles Leben durchdringende Technizität von der manipulierten Eizelle bis zum laserkonzentrierten Atomstecknadelkopf – die unbegrenzte Buchstabierbarkeit eines jeden Phantasmas in den maschinellen Code, ist sie nicht dabei, die alten Begründungen, die Ethik des bloß zivilisierten Menschen auszusetzen? Die künstliche Welt wird uns schließlich verunklären, was zum Menschlich-Elementaren gehört. Niemand besitzt heute auch nur eine blasse Vorstellung davon, was dieser evolutionäre Konstruktivismus eigentlich sucht und will. Nichts geschieht hierbei nach einem zweckbestimmten Plan. Vielleicht steht gar am Ende aller Künstlichkeit der wahre ›biologische‹ Mensch – das im Reich der Systeme mitversicherte Geschöpf, das sein gesamtes organisches Funktionieren nachgebildet und ins Äußere getragen hat. So daß erst der vollkommen artifizielle Mensch der eigentlich naturgemäße wäre. Wenn also das prometheische Programm (ohne vorher zu verunglücken) abgewickelt ist, der Mensch alles gemacht hat, *was* er ist, und durch alles Gemachte erkennt, *wer* er ist – das Mit-Geschöpf –, wäre dann nicht erst die pax natura erreicht?
An die Stelle der Freiheit des Bewußtseins träte dann die

vielbedingte Koexistenz von Werk und Geist, die Naturgesetzlichkeit von artifiziellem und biologischem Leben, die Systemharmonie von Organ und Apparat.

Nur als die Allerkünstlichsten sollten wir überleben, fast bewußtlos unseren Frieden mit der Erde finden? Und unsere letzte Bindung: das reine Spiel der Regeln? Soviel Zeit, Geschichte, Wissen, Kunst und Seele, und alles löst sich auf in absichtslose Ordnung, in technischen Instinkt? Hierzu nur ein Achselzucken und ein gemurmelter Spruch: ›Es ist alles nur da, um überwunden zu werden.‹

Die angerichtete Ding-Welt hat unser Bewußtsein schokkiert, gelähmt oder in die nackte Sorglosigkeit versetzt. Seine Not, sein Mangel zieht aber auf sich das Nu, den Blitz, der es umordnet plötzlich zu nächster Überlegenheit, die dem Vorhandenen angemessen ist.

Geschichte der Verringerungen, stimmt das? Wenn man den richtigen Geflechtspunkt berührt, lockern sich die Stauungen, und es strömt plötzlich von allen Seiten. Allzu lange haben wir von Verlusten gesprochen; kamen wir irgendwoher, wo mehr war; entfernten wir uns; verabschiedeten und verringerten wir uns; verdarben, vergaßen, verließen wir. Jetzt erscheint das Umfassendere nicht mehr zurückliegenden Ursprungs.

Odeon. Schule zu singen. In der aber noch der Streit umläuft.

Wer sagt: »Nichts langweilt den gewöhnlichen Menschen mehr als der Kosmos« (W. Benjamin, zitiert in Taubes [Hrsg.], Gnosis und Politik), sagt zunächst nur, daß er kein Kind mehr ist und durch Erschaudern nicht mehr lernt. Der Kosmos straft denjenigen, der ihm aus humanitären Gründen die kalte Schulter zeigt und sich ihm weder durch mythisches noch entstehungsgeschichtliches Bewußtsein verbindet, mit der brutalen Gleichgültigkeit des Unendlichen zurück, die freilich wie ein antispiritueller Fremdkörper ihn befällt, und wie etwas ansteckend Unbedachtes bleibt diese Fremdheit an all seinen übrigen Halbheiten, Begrenzungen, Ängsten, Leere- und Unwertempfindungen mitwirkend beteiligt.

Blake, Lavater zitierend: Jeder Seiende, der nach oben in den Himmel sieht, fühlt sich als Zentrum des Universums; so formt die Natur ihre Individuen: daß jeder sich selbst als die Mitte des Seienden sehe.

Man soll über das menschliche Wissens-Gewächs genauso teilnahmsvoll staunen wie über den Aufbau eines Termitenhügels, die Wehung eines Polarlichts oder eine Mythenkette. Unser Staunen ist ein Ausdruck des Innestehens und nicht der Befremdung. Zur Natur gehören alle drei: Sozialität, Wissen und Strahlung.

Alle Verzweiflung der Erde könnte jener Frage entsprungen sein, die ein kluger Wissenschaftler (M. Eigen) so erwog: weshalb denn *etwas* sei, aber durchaus nicht *alles?*
Wieder einmal haben wir ein Grundwort falsch gewählt: das All muß Etwas heißen. Es könnte mehr sein. Das Wörtchen ›alles‹ wäre daher strikt für den religiösen Wortgebrauch zu reservieren, unter der Bedeutung, daß Gott mehr ist als seine Schöpfung.

Man sollte doch annehmen, die Mehrzahl der hochinformierten Menschen wüßte auch, wie das Universum entstand und wie es so lief. Die meisten wissen davon aber recht wenig. Sie erhalten sich unter ihren modernsten Ansichten zu Politik und Gesellschaft ein durchaus vorwissenschaftliches Weltbild. Oder besitzen überhaupt keins, weder ein rationales noch ein sonstwie gefaßtes. Es ist immerhin beachtlich, wie die allesbesorgende Gesellschaft auch von dieser urmenschlichen Not und Neugier befreit: ein allgemeines Weltbild zu besitzen.

Manche glauben, sie seien müd, weil sie zuviel bereits wüßten. Wohl aber sind sie müd, weil sie nur die Unzahl der Dinge bemerken, ihre herkömmliche Einheit aber nicht. Daher können sie nicht mehr recht unterscheiden, und all das Gleich-Zeitige wird ihnen dann auch gleichgültig.

»Weltoffenheit« als menschliches Äquivalent zur tierischen Wachsamkeit läßt beim Einzelnen in dem Maße nach, wie sie nicht mehr als Leistung gefordert, sondern als informatives Überangebot dargebracht wird.

Was könnte der Befürworter jenen aber sagen, die entmutigt sind? Die Bäume kann er nicht loben, die Luft und das Wasser nicht. Die Verständigung unter den Menschen kann er nicht loben, die Arbeit und die Freiheit nicht. Die Gegenwart kann er nicht loben, das Damals und das Morgen nicht. Nichts befindet sich doch in lobenswerter Ordnung. Crescit eundo, das zumindest könnte er sagen, der Mensch wächst im Gehen.

Wir wissen nichts, wenn wir nicht schaffen. Und wir vergessen, wo wir nicht das Neue finden. Nur das Entstehende belebt dies Etwas, das da ist.

Wenig nützt die grämliche Überzeugung, die Menschenwelt bedürfe keiner weiteren Dehnung mehr – zu landen auf fremden Planeten sei für ihre wahren Probleme ohne Belang. Aber nicht nur durch seine Wurzeln, auch wohl durch seine fernsten Fühler und Spitzen kommen dem Menschen die Kräfte zu, die ihn befähigen, das schwere Nächstliegende zu meistern.

Was die Welt im Innersten zusammenhält, ist Raserei. Es gibt kaum ein erkennbares Ende der Materie. Das Elementare gleicht der Zwiebel des Peer Gynt – es besitzt keinen letzten Kern. Im Grunde der Dinge herrscht das Grenzenlose in ewiger Beschleunigung. Sein Verlangen nach Unvergänglichkeit mag nun der Menschengeist an der spurenhaften Materie stillen. Müßte nicht das Wissen um die Auflösung des Elementaren, des Letztgründlichen irgendeine Wirkung tun auch auf unseren Symbolverstand? Unsere Metaphern leiten wir her wie eh und je von der sichtbaren Natur. Was hingegen dem menschlichen Auge verborgen bleibt, technisch jedoch längst erblickt und erfahren ist, das subatomare Geschwirr, ist noch nicht eingebildet und erträumt, noch nicht durch die anthropomorphe Schmiede gegangen.

Alles flitzt und stiebt. Allein das menschliche Bewußtsein, wenn es wohltut, ist die Pause der Materie. Wozu gehört es? Es kann nicht nur Ruhe stiften, es kann auch alles durcheinanderbringen. Es scheint keiner uns bekannten Ordnung zu gehorchen. Es ist die einzige Kraft, die gegen sich selbst und jedes Naturgesetz verstoßen kann. Die einzige Kraft, die (schlimmstenfalls) mächtiger ist als alle übrige Natur zusammen. Und doch aus ihr hervorging. Die einzige Kraft womöglich, die das menschliche Wissen niemals erforschen kann. Ist das die offene Zone der Schöpfung? Der Beginn des Ganz Anderen inmitten unserer biologischen Identität? Glück und Tragik, wie wir sie unterscheiden, kommen nicht von dort. Bewußtsein ist urneutral oder urpolar: Schöpfungsnichtung.

Ein Satz von Kierkegaard: »Darum ist die Natur so groß, weil sie vergessen hat, daß sie Chaos war…« (›Wechselwirtschaft‹)
Was heißt uns noch Chaos? War je eins? Oder dagegen

gefragt: hörte es je auf, da es doch unter der Schwelle der Elemente immer ist? Es gab kein Chaos im Ursprung. Der Anfang selbst war hochverdichtete Ordnung, Urwille ungeteilt.
Chaosforschung. Ende des Determinismus. Schwingungsunregelmäßigkeiten wie Pulsationen von Sternen, unrund laufende Getriebe, Flattern von Flugzeugflügeln, alles, was man früher für ›Dreckeffekte‹ hielt ... dies Chaos ist in Wahrheit nur ein höherer Ordnungszustand, ein größerer Informationsreichtum. Es gibt wohl kein Chaos, sondern lediglich bisher unentdeckte komplexere Ordnungen.

Kein Ort, keine Stellung, kein Ausgangspunkt. Nur wandernde Reizbarkeit. Krise ist immer. Alle lebenden Systeme sind instabil. Übergang ist jederzeit und überall. Das Bewegungsprinzip genau zu wissen – Mit-Wisser des Seienden, dies allein ist ein Zustand der Ruhe. Ein Ort.

Vorrücken im Davorsein: vor dem Garten, vor dem Baum, vor dem Blatt, vor der Rippung, vor dem Pigment, vor dem Atom, vor den Photonen, vor den Äonen der Materie, vor dem Pneuma-Effekt, vor dem All-Einen ... und ein zweites Mal vom Baum der Erkenntnis essen, um darauf den Baum selbst zu erkennen; in einen Zustand versetzt, in dem höchstes Bewußtsein und reifste Unschuld eins sind.

Man möchte eine Verbindung herstellen zwischen dem Satz Swedenborgs: ›Je mehr Engel, desto mehr freier Raum‹, und der Frage des Teilchenphysikers, ob nicht das Zehnfache unserer Masse in Gestalt unsichtbarer Neutrinos uns umgibt. Der schöne Gedanke, daß Engel niemals raumfüllend, sondern stets nur raumschaffend sein können, erscheint widergespiegelt in der Hypothese, das Unsichtbare enthalte um vieles mehr Materie als die greifbare Welt.

Wir sehen die Biene immer technischer, kommunikativer, kybernetischer. Wir erkennen weder Sinn noch Anmut, sondern nur das bare, brillante Geschehen.
Ich denke häufig, daß wir das entschlüsselte Leben umgehend in technische Metaphorik neu verschlüsselt haben. Die Vorstellung Descartes' von der Maschine Tier kehrt eigentlich in der kybernetischen Symbolik wieder. Anderes als einen komplexen Informationsapparat haben wir im Grund des Lebendigen nicht erkannt. Unsere Wahrnehmung wird einseitig bestimmt von den Modellen, die wir technisch gerade selber herstellen und vorrangig gebrauchen. So folgt das mechanische, das organische, das informationstheoretische Modell. Und jedesmal schlüssig und unwiderleglich, bis zum nächst klügeren Modell.
Die Episteme kommen und gehen. Man erkennt aber immer deutlicher das Vorläufige, das Widerrufliche und Ablösbare an jeder Bewußtseinstotalen.

Das jetzt Hochtechnische, das die einen beängstigt, die anderen begeistert, wird nach dem Übermut der Gründerzeit wieder mit der Mentalität des Fahrdienstleiters betrieben werden. Alles Überpegelte pegelt sich ein. Großer Vorsprung holt ein Nachsehen herbei.

Wir operieren mit formalen Größen, mit geistigen Modellen, Theorien, so lange bis Ding, Materie, Apparat, ja sogar ›Gesellschaftsform‹ dabei herauskommen. Wir probieren nicht mehr mit den Dingen, bis ein Gesetz erkannt ist.

Wir wissen es nicht, wir spielen es.

Die natürlichen Sprachen lassen nach; es stehen unzählige künstliche bereit. Diese nähern sich dabei immer mehr jener Sprache an, die einmal über uns sprechen wird. Der Mensch wird über sich sprechen wie ein anderer. Und die Rosen werden schillern auf dem Grund des Sees.

Wahrscheinlich ist John Miltons Gesang immer noch die wohltuendste Weise, die Welt zu verstehen. Ohne Teufel und Engel verheddert sich der Menschengeist in unerschöpflichen Komplexitäten. Er muß nicht hinter die Metaphern schauen. Dort ist nur technisches Gewinde. Es besteht kein Grund zu zweifeln, daß die inszenierte Welt des blinden Dichters das Ganze faßt und dahinter nur ein Wissen-Wie beginnt, dem dieses Ganze auseinanderfällt.

Wie Senancour bin ich der Meinung, daß die Unterdrükkung religiösen Empfindens ein großes Unglück für die Geschichte der menschlichen Vernunft darstellt.
Über beinahe alles ist mit dem intelligenten Zeitgenossen zu reden, nur nicht über ein metaphysisches Problem. Man spürt allgemein eine Scheu, über derlei zu sprechen, die nicht ganz geheuer ist. Fluchend, blasphemisch, tabuverletzend darf man sich jederzeit auslassen. Aber die ernste Überzeugung stößt ab und macht verlegen wie eine üble Zote. Die satirische Intelligenz hat hier ihre Schamgrenze.

Blasphemie – längst nach dem Kampf –, ohne daß der Höhner noch die Bürde des Bestreitens, des Aufbegehrens hätte tragen müssen, ist nicht nur ein Zeichen von eitler Feigheit, sondern auch ein Vorzeichen der Unmenschlichkeit. Achtung vor dem Menschen setzt eine Erfahrung von Ehrfurcht voraus, die man nicht allein im Angesicht des Menschen gewinnt.

Aber wozu darüber reden? Leben wir nicht schon lange ›menschenwürdig‹ ohne Religion? Und demnächst gewiß auch ohne Kunst. Ohne Philosophie. Ohne Kritik. Ebenso menschenwürdig. Und vielleicht, wenn alles eingerichtet ist, auch einmal ohne Wissenschaft. Dann wären in der Tat alle Zweifel beseitigt. Die Sache spielte sich nur noch zwischen Meßfühlern und Sensoren, zwischen Wohlfahrt und Raumfahrt ab. Was wissen wir, zu welchen Erleichterungen seiner selbst das Humanum fähig ist? Die rettende Wahrheit mag im vollendet Bedeutungslosen liegen, in der schönen Schwebe der Selbstvergessenheit. Im Zeitalter der Arglosigkeit. Restlose Einkehr in die Zuhandenheit. Die ›mechanisierten Versteinerungen‹ (M. Weber).

Wir sind Neulinge in unserem Zeitalter. Es ist, worüber man spricht, meist schon vorbei. Die Dinge und mit ihnen jetzt auch die Menschen geschehen ungerührt; und das Geschehen selbst versetzt sie in Trance.

III

Die große Fahne, die vom Kaufhaus in die Allee hineinschwappte. Das ergraute Weiß war ohne jedes Wappen, ohne jedes Symbol. Was willst du? Du willst nicht mehr die Bilder im Überfluß, die dir eine leere, wüste Welt zeigen, weil du glaubst, daß nicht die Welt leer ist, sondern nur die Formen ihrer Abbildung, daß gerade jener Überfluß an Endzeit-Bildern in Wahrheit Zeit des Endes der Bilder, des Endes ihrer Kundschaft von der Erde ist. Was also? Ist es nur ikonoklastische Auflehnung?

Zwei Kinder in ihrem einfachen Holzbett sitzen aufrecht in den Kissen und blicken hinüber zu einer Anrichte, auf der ein kleiner Bauernhof, aus geriffelter grauer Pappe geschnitten und zusammengeklebt, eine schmucklose Bastelarbeit ihres Vaters, ihnen über Nacht zum Geschenk aufgestellt wurde. Ihre Gesichter sind von Erwartung hell, das Eingangstor ist nach innen geknickt und steht halb offen. Jeden Augenblick könnten Figürchen heraustreten und solche vielleicht, die nicht von flachem Karton wären, sondern rund und bemalt, aus Lehm oder Bakelit sogar.
Dieser Augenblick entsteht jetzt, traulich und rebellisch, inmitten der Flut von Bildern und Bilderabfall. Jetzt, da der Gesichtskreis endgültig voll zu sein scheint, voll von Zeug und Aberzeug, während das erwartungschaffende Bild nur noch von der Erinnerung geliefert wird.
Dingwelt des Mangels, der jedes Kriegs- und Nachkriegskind verbunden bleibt, frühe Entbehrungsgenüsse, sie werden, ohne daß wir es wollen, zu aufsässigen Impressionen, die nach der Befreiung vom Vollen verlangen. Brennende Spuren des Spärlichen, die sich in die faule Fülle fressen.

Revolte der Askese? Selbst ein übervolles Wort, ein Pleonasmus, denn jeder Umsturz verlangt Askese, wenn er auch um ihres Gegenteils willen unternommen wird. Im übrigen: man kann nicht in unsere volle Welt hinein ›Entbehrung!‹ schreien, so wenig wie ›Besinnung!‹ oder ›Umkehr!‹ (während man zurecht in eine arme, rückständige Welt ›Reichtum!‹, ›Vorwärts!‹ und ›Entwicklung!‹ schreit). Man wird sich hübsch damit begnügen, etwas für die Selektion zu tun – das Unentbehrliche genauer, mit Gewinn vom Entbehrlichen zu sondern. Dafür braucht man nicht den Umsturz und nicht den Höllensturz der falschen Bilderwelten.

Diese Kommunikationsorgane, denen wir mehr angehören, als daß sie uns gehörten, stellen eine Ordnung von vermögenderer Intelligenz dar als selbst die härteste Denker-Faust, der genialste Umstürzler sie besäße. Hier haben wir ein Stück vom Über-Menschen, recht unansehnlich zwar, mehr von kybernetischer als von kerygmatischer Magie, mehr Popper und Hayek als Nietzsche. Aber Einfluß darauf gewinnt nur das erkennende, erachtende Bewußtsein, kaum noch das widerstreitende, gegensätzliche. Die Dinge, die wir angerichtet haben, diktieren uns die Intelligenz ihres Zusammenhangs, die wir noch nicht besitzen.

Die sinnlose Verschwendung von Optik wird ihren Weg der Entkräftung gehen wie alle hohle Üppigkeit. Der Luxus kurt ja anderswo auch fleißig in Enthaltsamkeit und in gesunder Kost. Warum nicht eines Tages auch ästhetische Diät als allgemeineres Ideal? Ist solches Vertrauen in die sich selbst regulierenden Prozesse der Wahrnehmung nicht dennoch töricht? Vielleicht. Erwiesenermaßen törichter und unfruchtbarer ist aber die gewaltsame Verkündigung und Anordnung des Besseren wie auch die vom Schlechten gebannte ewige Aufklärung desselben. Dies letztere Verfahren endet wie bekannt in dialektischem Starrsinn und Leerlauf, in der ignoranten Ungerechtigkeit gegenüber den Phänomenen. Das Volle und der Völle-Kritiker gehen schließlich als ein Paar wie Lahmer und Blinder.

Innerhalb der Öffentlichkeit, in der jedermann zuhaus und gleichzeitig evakuiert ist, läßt sich kein Traum retten, gegen sie nicht Widerstand noch Kritik, denn aus diesen Elementen ist sie selber beliebig zusammengesetzt. Ein solcher Verbund läßt sich nicht stören oder umwerten, er kann nur mit spirituellen Brüchen beantwortet werden. Er provoziert einen neuen Typus des Außenseiters: den Esoteriker, den Eingeweihten des verborgenen Wissens – und des geschonten Lebens. Gegen den allesüberstrahlenden Scheinwerfer wird sich der Illuminat herausbilden. Gegen das unkenntliche Allgemeine die versprengten Geheimzirkel, die Rosenkreuzer-Bünde der Kunst und des schönen Wissens. Der Gescheitheitsvertrag der Informationsgesellschaft wird von der Ketzerbewegung des ›verbotenen Geists‹ gebrochen. Diese als eine neognostische ist nur wenigen zugänglich und verwahrt sich gegen jede gesellschaftliche Brauchbarkeit. Sie unterhält daher keine Verbindung zu irgendwelchen anarcho-radikalen, subversiven oder anderen verbrauchten Formen der Gesellschaftskritik. Sie sucht im Gegenteil die Verbindung zu Ordnungen jenseits des soziozentrischen Denkens überhaupt. Sie sagt sich entschieden los von der zutiefst satirischen Intelligenz, die in diesem Land ein nicht enden wollendes, zwanghaftes und längst erschöpftes Nachspiel gab zu einer blutigen, miserablen Tragödie; einer Intelligenz, deren tiefe Überzeugungsleere im übrigen am allerwenigsten dazu geeignet ist, die Nachfolgenden gegen neue Dämonie und ungute Dunkelheit zu feien.

Je einer das Eine, um so anders das Andere. Die alleserfassende Digitale, die Finger-Weisheit deutet auf ein Gesicht, das ihr unfaßlich erscheint. Ecce aliud!

Unter dem hohen Druck des Scheins, des flachen Lichts, der körperlosen Zeichen und Informationen, steigt anderwärts aus den Gewässern Atlantis auf: die schöne, erfrischte Gestalt.

Was der Totalvermischung entkam, wird sich stärker und eigensinniger entfalten. Was ihr anheimfällt, wird immer dünner und unscheinbarer werden. Gegen die neuen Riesen, die uns bevorstehen, die Riesen vom Berge, die die Hänge herunterpoltern wie in Pirandellos Stück, die Breittreter, die Tölpel im Tal bleibt nur der Aufstieg zu den einsamen Schlupfwinkeln im Berg.

Kein Mensch kann ohne Gesellschaft leben. Wohl aber sehr gut ohne soziozentrische Ideen.

Jedermann weiß heute, wo es nötig ist, Widerstand zu leisten.

Wenige nur wissen, wo es ebenso nötig wäre, standzuhalten.

Der neue Gnostiker, der ›strukturelle Mehrwisser‹, ist kein Widerständler, sondern ein Standhalter.

Seine Entlegenheit bedarf nicht der Weltflucht. Den Schlag des Sinns empfängt er in der Lichtung des Allgemeinen. Sein Nunc stans entspringt dem dichtesten Alltagsallerlei.

Die glitzernde und flunkernde Utopie erscheint ihm keineswegs anregender oder interessanter als die komplexen Zusammenwirkungen und Unvereinbarkeiten des Jetzt. Da sich die alten Ideologien über uns verzogen haben, aufgelöst wie Nebel in der Mittagssonne, haben wir zum Erkennen besseres Licht.

Von der Gnosis zu lernen: daß Erkenntnis schon immer ein Funke Erlösung ist. Der Mensch trägt in sich den Lichtsamen. Damit ist er das einzige Geschöpf in der schwarzen, gefallenen Welt, das mit dem Jenseits-Gott verbunden bleibt. Gegen sie zu wenden: daß Materie, die hylische

Welt vollends übel und verdorben ist. Hier können nicht außer acht bleiben die neueren Erfahrungen der Biologie und Physik: daß Geist und Materie im empfindlichsten Bereich nicht zu trennen sind, daß ihr uralter Gegensatz – Paradigma des religiösen wie des wissenschaftlichen Denkens bis in unsere Tage – als aufgehoben gelten muß. Die Materie selbst enthält in ihren feinsten Spuren Unvergänglichkeit.

Stattdessen laborieren wir auf einer anderen Ebene an einem Geist-Geist-Problem. Geist der Intelligenz – Geist der Erkenntnis. Beide haben sich nichts zu sagen. (Ein nächster Teil des unbeendbaren Buchs von ›Bouvard und Pécuchet‹ hätte sich, nach dem Wörterbuch der Gemeinplätze, zweifellos mit dem Jargon der dummen Intelligenz zu befassen. Die Intelligenz – wie schon der Wortklang sagt: Schlangenzungenspiel.)
Die großen Desillusionskünstler von Flaubert bis Freud haben die fälligen Entblößungen am Menschen vorgenommen. Wer aber legt ihm jetzt die passenden Kleider an? Wie wunderbar gelang es der Ironie Flauberts, bis in das gesellschaftliche Herz eines Menschen vorzudringen! Wie hilflos steht Ironie, die kritische Grazie aus vergangener, erzählbarer Zeit, nun vor den harten Schründen unserer Paradoxe! Gewiß, man kann hingehen und die Wissenschaftsgläubigen ebenso wie die Gesellschaftsgläubigen von heutzutage demaskieren. Stoff, Kraft, Mittel und Standpunkt könnte bei einem solchen Verfahren der Erzähler freilich nicht gewinnen. Unser Bewußtsein ist bereits eine einzige Maskerade von Entblößungen, von entblößten Ideen. Wir sind enttäuscht genug.

Heute gefällt der Radikale, weil er ein harmloser Spätling der Epoche ist. Seine Energie: die eines dem Wind nachpustenden Kindes. Mißliebig bleibt dagegen der, der sich

anschickt die Demaskierten zu schonen, die Trümmer mühsam zu untersuchen auf ihre Wiederverwendung hin.
Die wenigen, die der Allgemeinheit Kraft spenden, müssen Durchdrungene sein, nicht Durchschauer.
Das Radikale läßt sich spalten in die Idee des Myzels, des in die Fläche verbreiteten Geflechts, und in die der tiefsitzenden Kraftknolle. Gespür für Geflecht und Gespinst bietet heute den Erkenntnisvorteil, den vorzeiten der Drang zur Umwälzung für sich hatte.

Man braucht die Romantiker des Wissens, wie Novalis und Friedrich Schlegel es waren. Jedes große Wissen braucht ein mystisches Geleit, wodurch es in den gesellschaftlichen Geist eingeführt wird. Ohne vorherige Verschmelzung wird es nicht symbolfähig.

Man kann das ›Klingsohr‹- und das Goethesche Märchen nicht behalten und nicht nacherzählen. Das Gedächtnis selbst bildet hier die Schale, in der die Zeichen gelöscht werden, entsprechend der Tätigkeit des Schreibers bei Novalis, dem der Vater von Eros und Fabel etwas zuflüstert, und er schreibt es unablässig auf; dann gibt er das Blatt einer göttergleichen Frau (Sophie), die taucht es in eine dunkle Schale mit klarem Wasser (das Gedächtnis) und meistens ist, bis auf einige Schrift, die glänzend wurde, alles gelöscht. Verwandtschaft und Verwandlung tun ein übriges.
Wo habe ich gelernt in letzter Zeit? Scheler, Goethe, Prigogine, Gehlen, Teilhard, Lorenz, Popper, Gnosis und Stoa. Verträumte Bibliographie. Alles Stoff der Nacht geworden.

Im Erklärungszeitalter kommen die intuitiven Begriffe in Bedrängnis. In allen Hintergründen sitzen die Terminologen, die Kenner der Wissenssprachen, die patenten Entschlüssler. Nur durch sie hindurch, nicht an ihnen vorbei kann sich der intuitive Begriff neu bilden. Novalis, lang vor

dem Wissen, konnte es noch unbewußt fassen. Ahndungsvoll durcheinanderbringen. Heute sind alle Wissenssprachen ausgesprochen. Die Reflexionspoesie wird immer im tiefsten ihres alchimistischen Wesens an der Einheit der Diskurse festhalten – und die Einheit der Materie, die die neuere Physik als das Schönste menschlicher Wissenschaft preist, geht ihr mit großer Anziehungskraft voraus.
Es gibt zum Wissen – wie es so banal in der Politik heißt – keine Alternative (am wenigsten eine es verteufelnde Politik).
Da alle moralischen Kräfte im Wissen allein (in keinem Mythos, keiner Gesellschaftstheorie etc.) gebunden sind (und geschwächt werden), erliegen wir leicht der Gefahr, zwischen ungläubigem Fürchten und selbstherrlichem Forschen zerrissen zu werden. Wir haben aber dem Wissen nichts entgegenzusetzen – in keinem Land, in keiner Kultur, in keinem Bewußtsein. Es hat uns ethisch, philosophisch, poetisch in der Hand. Außer dem finstersten Rückfall, der erbitterten Ignoranz, dem kriegerischen Kulturschock (Schock vor uns selber) gibt es keinen denkbaren Einhalt – bis aller Eifer gestillt ist. Bis wir eines Tages vor uns haben ein Erkenntnis-Rund und hoffentlich so wie die theoretischen Griechen uns verhalten werden, die am Bernstein wohl die Elektrizität entdeckten, sich aber nicht weiter dafür interessierten.
Es nützt gegenwärtig nichts, mit Menschheitspathos von der bedeutsamen Tatsache zu sprechen, daß bis auf den heutigen Tag kein einziger Protonenzerfall entdeckt wurde, wenn der Menschheit Schema von Furcht und Zittern nicht auf den Protonenzerfall eingerichtet ist (auf dieses Bassin voll Wasser tausend Meilen unter der Erde in einem Bergwerk von Minnesota) ...
Die Erklärungen können noch nicht das letzte Wort gewesen sein. Das letzte Wort hat der Dichter. Nicht jetzt. Nicht zwischendrin, solange alle noch laut und getrennt vor sich

hin reden. Aber später, wenn die Stimmen verebben und die Erde ganz Ohr wird –
(dies verdammte Proton aber scheint eine hundertmillionenfach größere Lebensdauer zu haben als die gesamte Schöpfung alt ist! ...).

Odeon. Zerbrochene Schule. Neue Werkstätte.
Ohne Anklang eines Ganzen tönt das Einzelne nicht.

Am Einzelnen tritt weit mehr Typisches in Erscheinung als Individuelles. Die Mentalität vereint, was die Gene streng getrennt. Alle meinen wir dasselbe.

Da hörte er Mann und Frau reden hinter sich. Zwei Junge, die sich kaum kannten. Es schienen nur zwei zu sein, aber wie viele waren es wirklich? So wie sie redeten, hörte man den ganzen Markt tönen. Sie sprachen eigentlich nicht, sie schalteten sich ein in die laufende Sprache. Sie sprachen nicht, sie tauschten Schibbolethe der Befindlichkeit. Panikfloskeln und fastfeel-Emphase. »Irgendwie finde ich das schizophren.« Sie sandten sich Zeitzeichen. »Was mir Madonna gibt, kann mir Klaus Hoffman gar nicht geben.« Sie wollten voneinander nicht wissen, wer sie sind, sondern wann sie sind. »Ich finde irgendwie, daß der ein Chaot ist.« Sie sprachen nicht, ihre Stimmen wurden bewegt wie Puppen an den Schnüren einer Zentralrede. Gleichsam als bestünde Sprache nur noch als volksweite Absprache darüber, was verständlich und sagbar wäre. Sie sprachen nicht, sie streiften durch die verlassene Öde des ausgesprochenen Sprechens. Einsam und allgemein, zwei aussichtslos sich ansehende Irgendwies, und zwischen ihnen ein soziales Geräusch, durch das sie sich nicht näherkamen. Und manchmal, kaum bemerklich, ein Versuch, ein Drang – doch die Sprache, wenn sie sie wirklich brauchten, wich zurück wie das Wasser unter dem Kinn des Tantalos.

Keiner kann noch schreien. Die Öffentlichkeit ist allseits und ausweglos. Ein geschlossenes System. Ihre Filter, Siebe, Dämpfer sitzen jedem in der Gurgel.
Am Ende eine letzte Frage; herrenlos streunt sie durch die leere Zeit; ob Ostern lieber zum Surfen nach Hammamet oder zum Skilaufen nach Gastein?

»Was reden Sie da?!« Schrei einer Abkehr.
Diese Nachbarn hatten genügt, und er stand baff und verloren, jäh vor einer heillos verständigten Welt. Wäre es nur Unsinn! dachte er. Aber es war keiner. Es gab keinen Unsinn mehr. Nur Unterverständigung. Weit unter dem Wesen des Menschen waren sie heillos verständigt.
Alle redeten sie und hörten es nicht. Aus dem losentbrannten Gerede wuchs ein Feuerball, rundrasend, dessen Wirbel jedes noch haftende Wort ausriß. Reden wälzte über alles hinweg, versengte die Verbindungen, bis alle Leitungen und Stränge ineinanderverschmorten und ein einziger schwarzer Redeklumpen entstand. Ausgesprochen war die sprachliche Erde. Schlacke. Nie wieder Rohstoff. Ungestalt.

Und dies noch: der Troglodyt auf dem Stein, dem gemuldeten, die Beine übereinandergeschlagen, reglos. Im Lärm aus Lärm gewesen. Jetzt vor der unzugänglichen Stille, die keinem Zutritt gewährt, der sie nicht mit sich bringt.

Was für ein herrlicher Tag! Soviel Sonne – soviel unerwiderte Liebe!

Komm komm, rufen die Dohlen, komm rüber zu uns. Die Steine, die trunken-roten Blätter der späten Platane: komm rüber zu uns!
Die gespiegelten Fenster im stillen Wasser des Sees, die

blendenden Dächer der fernen Häuser – komm rüber zu uns!
Himmel, wie viele Rufe ereilen den Menschen erst in seiner gänzlichen Stimmen-Verlassenheit! Er weiß nicht, wohin sich wenden zuerst...

Odeon. Leeres Gemäuer, verfallene Säle, in denen Stimmen noch umlaufen und widerhallen. Mit Brettern vernagelte Tore. Die Schule geschlossen, der Unterricht verboten. Man hatte im Dunkeln schillernde Worte gewählt.

Odeon. Konzerthaus. Kino. Schule. Ruine. Bruchfeld der Künste, des Wissens. Plünderstätte für neugierige Händler, kleine Kaufleute von Nachrichten und Unterhaltungsware. Odeon aber, nicht: Ideen. Nicht nur der Streit, sondern das Überwindende auch in allen Dingen. Man steht auf unterster Stelle und hebt den Kopf zum Hören. Und zum Gesang.

DIE EINE UND DIE ANDERE

Die Eine und die Andere

Im Garten der Orangerie hockte die Fotografin mit geöffneten Knien, gestrecktem Rücken, erhobenem Arm, die Kamera hochkant vor dem Gesicht, um aus einiger Entfernung ein sonderbares Wesen, ein zierliches älteres Fräulein mit schwarzem Pagenkopf aufzunehmen, das sich neben die Violenrabatte gestellt hatte und die Arme steif an den Körper preßte.

Die Fotografin hatte ein volles kupferrotes Haar, das in langen Locken vom Kopf bis auf die Schultern floß. Sie trug eine sandfarbene Leinenhose mit weiten Seitentaschen und eine olivgrüne Seidenbluse, die bis zur Brust aufgeknöpft, aber nicht aufgeschlagen war. Ihre Augen, dunkel, fast basaltglänzend, waren mit feinem Strich untermalt. Sie hatte ein längliches, hartschauendes Gesicht, eine starke gerade Nase, nur der Mund mit leicht herabhängender Unterlippe schien etwas spannungslos und weich geformt. Sie machte den Eindruck einer mit Instinkt und Bestimmtheit handelnden Frau, die durch ihre Kamera etwas sah von der Welt, das außer ihr vielleicht niemand bemerkte.

Ihre Züge – außer um den etwas ins Törichte abfallenden Mund herum – waren von Willenskraft gespannt, nicht von schmalem Ehrgeiz; von einer wachen und prompten Bereitschaft zu allem äußeren Dasein, die indessen durch ein vorgewähltes Maß, eine innere cadrage der Wahrnehmung begrenzt und geordnet wurde.

Von mittelgroßer Gestalt, wirkte sie trotz kräftiger Schultern feingliedrig und behend, ohne dabei schlackse oder körperlich unbekümmerte Bewegungen auszuführen. Da ihre Beine um eine Spur zu kurz geraten waren, nahm sich ihr Gang nicht besonders grazil aus, sondern eher zuschreitend, fast ein wenig zu wacker. Wenn sie keine Kamera in der Hand oder um den Hals hängen hatte, stand sie mit Vorliebe leicht abgeknickt in der linken Hüfte, die rechte Fußspitze vorgesetzt, die Arme verschränkt unter den runden, ungestützten Brüsten, ein zusammengefaßtes, deutliches Gegenüber, jemand, der gelernt hatte, seine Augen stillzuhalten und sie nicht von jedem flüchtigen Reiz entführen zu lassen.

Es gab an ihr aber einen Erscheinungsbruch. Im auffälligen Gegensatz zu dem strengen Gewissen des Gesichts, seiner professionellen Kühle und Klarheit stand die Pracht, der Luxus, der Überfluß – das Haar nämlich, das üppige und großmächtige, bis kurz vor das Auge, bis tief zwischen die Schultern. Was bedeutete diese grobe Verlockung, die wie ein triviales Geschmeide blendete, bevor man die Stille und den Taternst an ihr bemerken konnte? Wie sah sie sich selber? Ja, man hätte fragen können: war diese sehr auffällige, verschwenderische Schönheit wirklich nach ihrem sonst so strengen Geschmack? Oder genoß sie es etwa, auf den ersten Blick bei Männern Vorstellungen zu erwecken, die sie dann auf den zweiten um so härter beugte, wenn sie ihnen mit dem Schrecknis ihrer kalten Genauigkeit und überlegenen Begabung begegnete?

Aber wahrscheinlich war es nicht einmal das; wahrscheinlich gab es in ihrem hochentwickelten Bild-Bewußtsein eben einen natürlichen Blindfleck, und das war das Bild von sich selbst. Die große Mähne war einfach verblieben, nicht aufgeklärt, als ein Ideal aus der Jungmädchenzeit, als ein Märchenbegriff von Schönheit, Kraft und Reichtum.

Jetzt straffte sich unter einem Anflug von Zorn und Ungeduld ihre Stirn, die Augen, die sonst nur wachsam waren, schienen sich nun wehren, stechen zu wollen. Sie ließ die Kamera sinken und löste sich für einen Augenblick von dem Objekt ihrer Erkundung, von der kleinen vagen Person, die wie angewachsen neben dem Beet stand, stocksteif, und freundlich-unglücklich griente wie ein gerade eingeschultes Kind. Diese zarte, zwittrige Sondergestalt! Sie trug einen schwarzen dreiviertellangen Rock, dazu eine altmodische weiße Bluse mit flachgefalteter Halskrause. Eine Jünglingin! Oder ein ältliches Mädchen. Oder ein großmütterlicher Ariel. Eine angewurzelte Fee. Wie sollte man dieses zwischen den Sphären, Altern, Geschlechtern einfach nicht faßbare Mischwesen auf ein Foto bannen? Wie diese Amphibin in irgendeiner ihrer wechselnden Ausstrahlungen festhalten oder gar in allen zugleich?

Die Fotografin hieß Elsa. Ihr ungewisser Gegenstand hieß Bernadette. Sie war Schriftstellerin. Oder Dichterin. Oder Philosophin. Die literarische Öffentlichkeit hatte es noch nicht eindeutig herausgefunden. Sie hatte Fräulein Bernadette eben erst für sich entdeckt und sogleich ein gehöriges Wesen gemacht um die ausgefallene und dunkle Autorin, die immerhin seit dreißig Jahren geschrieben und, wenn auch unbemerkt, mehr als ein Dutzend Bücher vorgelegt hatte. Sie war nun knapp über die Fünfzig, lebte seit vielen Jahren in einer kleinen Dreizimmerwohnung mitten in der Stadt, allein mit drei Katzen. Dank eines bescheidenen Familienvermögens war es ihr erspart geblieben, sich um irgendetwas anderes zu kümmern als zu schreiben und immer weiter zu schreiben.

Elsa war im Auftrag einer Illustrierten zu ihr gekommen, um eine Reportage über die plötzlich Berühmte vorzubereiten. Da man jetzt allenthalben auf ihren Namen stieß, mochte selbst ein Massenblatt an dem Phänomen nicht mehr vorübergehen.

Irgendein Mißverständnis, so hatte Bernadette eingangs erklärt, ein Mißverständnis, das ihr vollkommen undurchschaubar blieb, mußte zu diesem erregten Interesse an ihrer Person geführt haben. »Sie müssen wohl von Zeit zu Zeit irgend jemanden ans Licht zerren. Mit meinen Schriften

kann das nichts zu tun haben. Es sei denn, man sieht etwas darin, das ich selbst beim besten Willen nicht zu sehen vermag.« Ob sie sich denn nicht auch freue, hatte Elsa daraufhin gefragt; soviel Anerkennung habe doch auch ihr Gutes.
»Wissen Sie, ich bin zwar noch nicht alt, aber früher, ganz früher, als ich anfing zu schreiben, da waren die Erwartungen so hoch –«
Sie unterbrach sich, lächelte. Das sollte wohl bedeuten: verleit mich nicht zu vielen Worten. Wir kennen uns nicht.
»Nun, ich bin nicht alt. Aber ich möchte doch sagen: es kommt zu spät.« Elsa fiel auf, daß sie ›ich bin nicht alt‹ zwei Mal auf eine solch gewinnende, zutrauliche Art gesagt hatte, wie man zu einem Kind spricht, wenn man ihm mit viel Lächeln über die befremdliche Erscheinung, die man abgibt, hinwegzuhelfen sucht.
Vielleicht wäre ein solcher Moment auf einem Foto doch ein stabiler, deutlicher, scharfumrissener gewesen? Aber so ließ sie sich eben mit der Kamera nie erwischen.

Von den Fotos, die Elsa im Park gemacht hatte, war keins zu gebrauchen. Bernadette erschien darauf bis zur Unkenntlichkeit von sich selbst entfernt. Und wenn man genauer hinsah, verschwammen die Umrisse, überlagerten sich, und eine Unruhe wie das elektronische Wabern im Videoclip entstand auf dem einzelnen Abzug. Sie konnte sich nicht erklären, wie ein solch unstetes Bild technisch überhaupt möglich war. Nie zuvor hatte ihre Arbeit zu einem derart unbrauchbaren Ergebnis geführt. Schließlich überwand sie sich und rief das Fräulein an.
»Ich wollte Ihnen unsere Fotos zeigen. Aber es geht nicht.«
»Ich möchte sie auch gar nicht sehen.«
»Es ist kein Mensch darauf, sondern – ich weiß nicht – eine Wolke oder sowas.«

»Sie übertreiben. Sie wollen sagen, ich lasse mich nicht gut fotografieren. Das ist wahr.«
»Eigentlich müßte ich mich in Grund und Boden schämen.«
»Sie brauchen sich nicht zu schämen. Es ist seit jeher so, daß ich auf Fotos – sagen wir – nicht besonders vorteilhaft aussehe. Oder besser: Fotos mit mir darauf sind an sich schlechte Fotos.«
»Ich möchte es bitte noch einmal versuchen dürfen –«
Sie verabredeten eine weitere Sitzung, diesmal in der Wohnung des Fräuleins. Hier gab es kein Bild, keine Pflanze, keine Verzierungen. Nur leere, mit perlgrauer Tapete bezogene Wände. Ein Zimmer mit Büchern, Sessel und Leselampe. Ein Schreibzimmer mit einem alten Birkenholztisch und einem modernen Dreh- und Kippstuhl davor. Ein Flur mit Garderobe und Wandschrank. Küche und Schlafkammer. Elsa hatte gehofft, daß sich die Dichterin in ihrer gewohnten Umgebung etwas unbefangener und gelöster geben würde. Das war aber nicht der Fall. Kaum hatte sie die Kamera auf sie gerichtet, saß sie wieder kerzengerade da, machte ihre traurig-süße Miene und streckte die stumpf verschalte kleine Brust heraus. Sie bat sie, etwas aus einem Manuskript vorzulesen oder sich mit ihr zu unterhalten. Dazu war Bernadette aber nicht bereit.
Elsa legte die Kamera beiseite. Die Augen taten ihr weh. Sie hätte gern eine Zigarette geraucht, aber das war hier verboten.
»Was für ein Leben führst du?« fragte sie.
»Ich stehe morgens früh auf«, antwortete das Fräulein, »mache mir einen Brennesseltee und setze mich an die Arbeit.«
»Und ich stehe spät auf, frühstücke mittags und arbeite nachts. Jedenfalls in der Dunkelkammer. Am Nachmittag bin ich ja meist unterwegs. Und sonst? Ist das alles bei dir?«

»Das ist praktisch alles, ja. Ich versorge die Katzen, ich gehe unten ins Café, um Mittag zu essen, oder ich kaufe etwas ein.«
»Ich treffe natürlich eine Menge Leute. Das ergibt sich aus dem Beruf.«
»Wie hältst du es aus, so viele Menschen zu sehen?« fragte Bernadette und wandte sich schnell ab, deutlich beunruhigt, als fürchte sie, allein durch die Anwesenheit der Fotografin mit einer Menschenmenge in infektiöse Berührung zu kommen.
»Ich pflege einige Briefwechsel«, sagte sie später ungefragt. Gleichsam als Nachtrag, nachdem die gröbsten Unterschiede zwischen ihnen schon ausgesprochen waren.
Elsa wagte nicht, die Dichterin zu bitten, sich nicht so angestrengt in Pose zu setzen, sondern sie sagte: »Ich glaube, Sie setzen eine Tarnkappe auf, wie?«
»Nein«, sagte Bernadette und hielt ihren Kopf auf die drolligste Weise schief, »ich gebe mich wie ich bin.«

Sie merkte also gar nicht, welch mißliche Figur sie machte. Ihre verzwungene Haltung überkam sie und wirkte wie ein Abwehrzauber gegen den Kamerablick, ohne daß es ihr selbst bewußt wurde. Es war gar nichts zu machen, jedenfalls nicht, solange sie mitbekam, daß sie fotografiert würde. Und von diesem Vorgang war sie durch keine Umstände und Zufälle abzulenken.
»Es gelingt mir nicht, Sie so zu fotografieren, wie ich Sie sehe. Es läßt mir keine Ruhe.«
»Du bist eine Katze«, sagte das Fräulein, »du schleichst dich an, du lauerst mir auf.«
Da sie Katzen liebte, mußte Elsa es als Kompliment auffassen.
»Und du bist der Vogel Ungewiß. Du verdirbst mir noch meine Augen. Sie flattern nämlich schon.«

Bernadette hätte sich Elsa gern entzogen. Elsa kam nicht los von Bernadette.
Sie hatte eine Mappe mit ihren besten Porträts mitgebracht, und Bernadette blätterte sie langsam durch. »Es sind lauter sehr schöne Menschen, die Sie da fotografiert haben«, sagte sie, »ich lasse mich eben nicht gut fotografieren.«
»Das ist es nicht. Das kann es gar nicht sein!«
Elsa wurde jetzt ein wenig ungehalten. Sie dachte, sie sollte vielleicht ein bißchen Unruhe stiften, um dann, im geeigneten Augenblick, wenn sich das Fräulein nicht allzusehr beherrschte...
»Sie sind sehr ehrgeizig«, sagte Bernadette.
»Ich kann doch diesen Flop nicht auf mir sitzenlassen!«
Aus ihrem Unmut gegen sich selber sprach eine nur spärlich verhüllte Verärgerung über die Dichterin. Diese blieb aber still und ließ sich keine unverhoffte Regung entlocken. Nun wagte die Fotografin ein weiteres und gab dem Fräulein Anweisungen, versuchte es zurechtzurücken und zu behandeln wie ein Fotomodell. Dabei wurde sie sehr nervös und begann heftig zu fluchen. Bernadette konnte diese Unruhe nicht länger ertragen und wies der Fotografin die Tür.

Drei Tage später erhielt Elsa einen Brief des Fräuleins.
»Liebe E., so geht es nicht. Sie reißen mir aus meiner Zeit und meinem Wesen gute Stücke heraus, dann verlieren Sie die Fassung, und ich muß Sie bitten zu gehen. Ich schlage Ihnen deshalb einen Pakt vor: Sie fotografieren mich so lange, bis Sie mit sich und Ihren Bildern zufrieden sind. Ich fordere dafür, daß Sie unter dieser Zeit keinen anderen Menschen fotografieren oder auch nur um sich dulden. Falls Sie damit einverstanden sind, kommen Sie am Donnerstagnachmittag gegen vier Uhr, und die Tortur kann beginnen. Die Ihre, B.«

Elsa gab den Auftrag, Porträts von der Dichterin, der spät

berühmt gewordenen, anzufertigen, an die Illustrierte zurück. Sie war nun entschlossen, auf eigene Faust (und eigene Rechnung) die Arbeit fortzusetzen und die verstellte Person, die sich auf keine *Fläche* bannen ließ, aus ihren Gründen oder Fesseln zu heben, loszumachen, mit allen Mitteln des Handwerks und der Verführung.

So begann nun eine enge Klausur, gegen alle äußeren Einwirkungen abgedichtet, eine Wette oder ein Zweikampf sogar, in dem die junge, kräftige Frau beinahe ohne Unterlaß das zierliche, entgleitende Fräulein umgab, umkreiste, umstellte, in dem beide sich bis zur schieren Erschöpfung einander auslieferten.
Sprechen. Schweigen. Aufstehen. Ruhen. Warten. Blicken! Plötzlich, aber nicht zu oft.

»Haben Sie sich an die Kamera zwischen uns gewöhnt?«

B. hatte ihre Arbeit unterbrochen. Sie schrieb nicht während dieser Tage. E. sah niemand anderen.

Die Fotos wurden besser; befriedigten sie aber noch nicht. Die Maske war noch nicht zerschlagen. Allerdings entdeckte sie mehr Bernadette auf den vergrößerten Abzügen, als sie mit lebendem Auge bisher wahrgenommen hatte. In hundert Augenblicken hingeblättert, entfaltete das Porträt des kindlichen Fräuleins die zerstreuten Spuren eines mächtigen Antlitzes, das in diesem kleinen Gesicht nur ein ärmliches Asyl gefunden hatte. Nun wollte sie erst recht das *ganze* Antlitz entdecken, es ›herausholen‹.
»Es ist noch nicht das, was ich suche«, sagte sie immer wieder.
Sie bemerkte so viele kleine Abweichungen, unidentische Züge in diesem Gesicht, daß sie daran zweifeln mußte, es mit einem einzigen Individuum zu tun zu haben. Eine

Handvoll Luftgeister, aufgestört und abgestürzt, sind in dieses Fräulein eingefallen...

»Was wollen Sie von mir? *Sie* sind schön, ich bin es nicht. Bilden Sie sich selber ab.«
»Ich finde meine Schönheit verdorben, wenn ich Sie ansehe.«
»Sie haben mich fotografiert. Damit hat sich unsere Beziehung erledigt und verewigt.«
»Für mich nicht. Für mich hat sie sich weder verewigt noch erledigt. Ich habe Sie nicht fotografiert. Ich habe nicht ein einziges verläßliches Merkmal von Ihnen erwischt. Sie sind einfach zu schnell –«
»Aber ich habe doch die ganze Zeit stillgehalten!
Ich bin unvollkommen, das ist es. Ich bin unvollkommener als jeder andere Mensch. Ein solches Ziel bewegt sich immerzu.«

Wie heimtückisch, verschlagen, geifrig, ja wie diebisch geschieht der Akt der Fotografie, wie häßlich ist die Haltung des ›Knipsens‹, der Raub des rechten Augenblicks – aber wie stolz dann später, wie offenbar, wie souverän das fertige Geschöpf des festgehaltenen Moments. Aus diesem hastigen Stehlen geht eine Gegen-Schöpfung hervor: Stillstand. Fremde Welt. Nie gekannter, nie erfahrener Stillstand.

Es gelang nicht.
Bernadette wurde krank und lag mit einer Grippe zu Bett. Elsa kam, um sie zu pflegen. Sie brachte Blumen und Obst mit, sie bereitete das Essen und versorgte die Katzen. Es durfte nicht fotografiert werden.

Elsa hatte wieder in den Büchern ihrer Paktgenossin gelesen. Darin standen dichterische Meditationen, weitschweifige und schwierige Gedankengesänge, die sie seltsam

berührt hatten, wenngleich sie kaum etwas deutlicher verstehen konnte. In den zuweilen steinig und unwegsam ansteigenden Versen wurde des öfteren ein Du angesprochen, von dem man nicht genau erfuhr, ob es sich um einen fernen, erinnerten Gesellen oder einen herbeigerufenen sphärischen Vorgesetzten handelte. Jedenfalls, irgendein umworbenes männliches Wesen schien es wohl zu sein.
Sie hätte Bernadette gern zu ihren Schriften befragt. Doch sie ließ es nicht zu. Jetzt fiel es ihr noch schwerer, die Kamera auf sie zu richten.

»Ich bin eine Blickmacherin, keine Künstlerin«, sagte sie, »eher eine Jägerin.«
»Ich bin keine Künstlerin. Eher eine Goldwäscherin«, gab das Fräulein dazu.

»Wenn sich *mein* Sehen vordrängt, sehe ich nichts.«
»Wenn sich *meine* Sprache vordrängt, spreche ich nicht. Ich habe dann die Dinge nicht erfaßt, sie haben mich nicht erfaßt.«

»Ich stehle. Doch ich gebe mehr zurück, als ich mir genommen habe.«
»Ich besitze nichts, ich gebe.«

»Ich bin Ihre Schülerin.«
»Ich bin Ihre Schülerin.«

»Ich werde Sie erwischen. Ich werde Sie sehen eines Tages, und zwar mit diesem meinem *einzigen* Auge.«
»Ich habe nichts zu sagen.«
»Ich halte es für ein Leuchtzeichen.«

»Diebin!«
»Irrwisch!«

»Jeden Morgen kehre ich heim aus einer anderen Pforte der Nacht und kann nicht fortsetzen, was ich begonnen habe zu sein.«
»Vor dir sah ich nichts, das mich hätte verwundern können. Wenn ich mich wunderte, dann waren meine Augen müd.«

Die Fotografin ging auf der Straße mit einem lahmen, ergebenen Blick. Das Sehen hing über, es konnte nicht mithalten, die raschen Bewegungen, die Fluchten der Fahrzeuge und Passanten hinterließen eine verschmierte Farbpalette. Rote Fahnen schwappten von Rücklichtern auf nassem Asphalt. Zu lange belichtet.

Im vierten Stock über der Wohnung der Dichterin strahlte eine kleine Krone von Neonlicht an der Hauswand. Eine Abendschule für Redenlernen, Nichterröten und festen Händedruck.

Zwei Ampelscharen gingen aufeinander los. Menschen durchbrachen die Fronten, ohne sich gegenseitig umzuwerfen.

»Es ist nicht das, was ich suche.«

Mit dem Schlüssel in der Tür, kurz bevor sie öffnete, blickte sie zurück in die belebte Straße, sah hinter sich, ob noch irgendetwas war, unerledigt oder unerwartet, ehe sie endgültig aus der vollen Stadt heraustrat und in die Stille, die Leere des Hauses zurückkehrte, die Tür zweifach hinter sich zusperrend.

Bernadette am Morgen, zurückblickend auf die Reste des Abends, Markierungen der Unruhe und der Abwesenheit; die eingedrückte Wolldecke, die aufgeschlagenen Bücher, die Teebeutel, der Teller mit Pflaumenkernen –

»Jeder verfällt, jeder verkommt in der zu großen Nähe eines anderen«, hatte sie zu Elsa gesagt.

»Sehen Sie, ich habe Ihnen ein Zufallsfoto mitgebracht. Hier, kurz vor dem U-Bahn-Eingang, ein Mann wird plötzlich von einem Schmerz ergriffen. Ist ihm eine Sehne gerissen? Sagen Sie mir: was können Sie Genaueres erkennen?«

»Alle sind auf dem Heimweg. Treppauf, treppab. Das Laternenlicht hat einen kleinen Fehler. Es flackert. Die dritte Seite der Tageszeitung ist vakat geblieben. Vermutlich eine raffinierte Anzeige. Die Slipper überwiegen bei weitem die geschnürten Schuhe. In den meisten Einkaufsbeuteln stekken ein bis zwei Schachteln Zigaretten.«

»Aber der Betroffene? Er schreit. Er greift sich ans Bein. Er hat ein schmerzschrilles Gesicht. Die Leute in seiner Nähe sind nur den Bruchteil einer Sekunde davor, anzuhalten, zu erschrecken, sich umzudrehen –«

»Ah!«

»Sehen Sie ihn?«

»Nein. Ich finde ihn nicht heraus. Sie schreien alle. Vielleicht ist es ein Suchbild, und seine Grimasse verbirgt sich in den Umrissen der eiligen Menge.«

»Seit ich Sie kenne, beginnen meine Fotos zu dunkeln.«

»Seit ich Sie kenne, ist meine Schrift auf der Flucht.«

Die Fotografin wurde auf der Straße von einem Mann angesprochen, der ihr einen frivolen Rat gab. Sie drehte sich um, nahm ihn mit Wucht beiseite und drückte ihn rücklings gegen eine Hauswand. Dort grinste er noch, stieß die Frau von sich, so daß sie zu Boden fiel. Er strich sich die Kleider glatt und beschimpfte sie. Sie stand auf und schlug ihm ins Gesicht. Er packte ihren rechten Arm und schrie sie an. Beide waren vor Wut kreidebleich. Der Mann genierte sich

nicht und ließ sich nicht bloßstellen. Die Fotografin verlor die Fassung und trat ihm mehrmals vor die Beine. Der Mann holte aus und schlug ihr mit der flachen Hand gegen den Lockenkopf. Für einen Augenblick taumelte sie benommen und legte schützend die Ellbogen über den Kopf. Der Mann entfernte sich. Die Frau lief ihm nach, riß an seinem Arm und wollte ihn zur Rede stellen. Er drehte sich zu ihr und stieß eine scharfe Warnung aus. Sie blieb stehen, beugte sich vor und brüllte einen ordinären Fluch hinter ihm her. Er kam zurück, mit heftigen Schritten, als wollte er sie erneut greifen und schlagen. Die Fotografin richtete sich jedoch gerade auf, und der andere hielt im geringsten Abstand vor ihr an. Nun sprachen sie im leisesten, äußersten Haß. Es hätte zarte Verständigung sein können, wären sie nicht auf solch gespanntem Fuß voreinander gestanden. Plötzlich aber wandte sich der Mann ab und bestieg ein am Straßenrand parkendes Taxi. Die Fotografin sah ihm ungläubig nach. Sie senkte den Kopf und griff, eher verlegen als ordnend, in ihr Haar. Was war das?
Zwei ältere Frauen, die den Vorfall beobachtet hatten, gingen vorbei und machten abfällige Bemerkungen über sie.

»Als ich den Auftrag erhielt, einen berühmten Maler zu fotografieren, suchte ich dessen Atelier auf und befand mich in den Räumen des Mannes, der mich am Vortag auf der Straße belästigt und geschlagen hatte. Es blieb mir nichts übrig, ich mußte das machen. Ich bin kein Seelchen. Ich hatte eine Motor-Kamera dabei und verschoß drei Farbfilme mit ihm und seinen Leinwänden. Ich weiß nicht, was er von mir dachte. Wahrscheinlich tat es ihm wohl, wie ich um ihn herumstrich. Mir hat es nicht wohlgetan. An diesem Tag haßte ich meinen Beruf. Ich ekelte mich vor mir selbst. Ich habe kein überflüssiges Wort mit ihm gesprochen. Er hat mir eine Tasse Kaffee gemacht, das war alles. Die Fotos

wurden dann wider alle Vernunft erstklassig. Erstklassig und ekelhaft wie der ganze Kerl.«
»Also haben Sie unseren Pakt gebrochen...«
Elsa fingerte an ihrem unverwüstlichen Einauge. Bernadette stützte ihren schwarzen Pagenkopf in beide Hände.

»Er muß das Foto kurz vor seinem Tod noch gesehen haben. Ich schickte ihm die ganze Serie, weil wir es so verabredet hatten. Wenige Tage später erfuhr ich von dem Unglück aus der Zeitung...«
Elsa zeigte dem Fräulein ein postkartengroßes Foto.
»Wie finden Sie es?«
»Sie haben es sich nicht leichtgemacht.«
»Nein. Er hatte keine Ahnung, wie ich ihn sehen würde. Er wollte sich vor mir verstecken. Genau wie Sie. Aber ich habe ihn erwischt.«
»Dieser Mann scheint sich vor Ihnen zu fürchten. Das werden Sie von mir nicht behaupten wollen? Dies Foto wird ihn wie ein Blitzschlag aus heiterem Himmel getroffen haben.«
»Es unterscheidet sich nicht von seinem Unglücksfall.«

Bernadette dachte: die Wärme in ihrer Stimme; der blauschwarze Sturmhimmel in ihren Augen. Was es noch zu tun gibt, ist zögern.

»Es muß doch auch den Stillstand geben!« rief Elsa, »es darf sich nicht *alles* bewegen!«
»Man könnte mich auf eine steinerne Treppe setzen vor ein Haus, irgendwo in der Sonne... Ich könnte dort sitzen und mit einer Katze spielen.«
»Sie haben eine Art, sich vor der Kamera aufzubauen –«
»*Mir* kann sie nichts anhaben.«

Vom Sehen

Vom Hellbegeisterten, der auf dem Holztisch den flatternden Schein seines Auges einfangen will wie eine Motte.
Vom Skeptiker und seinem lidschweren Gewahren, der der Welt mehr Zweifel zurückgibt, als sie in ihn hineingetan.
Vom Pfiffigen, dessen spähäugige Unruhe ein haarscharfes Durchkommen ermißt durch das geringste Öhr auf den dichtbestachelten Nadelkissen-Herzen.
Vom Hochauffahrenden, dessen Stirngebälk erzittert und strafbrütiges Auge sich vorwölbt, nichts sieht, nur grollt, mit urroher Blindwut gegen Unbekannt.
Vom Hohlwangigen, der seine Augen nach innen senkt und zum Lichtkranz verflicht; dem sprödbrüchig und kalksplissig die Nägel an Füßen und Händen werden und von winzigen Muscheln bewachsen, weil nie das Taglicht eines Blicks auf sie fiel.
Vom Selbstlosen, der seinen Schatten bettet und ihm die Nachtwache hält.

Vom Schaukräftigen, der noch das Fernste und Fahlste in Körpermasse und Figur umsetzt. Von der Blakeschen Aufräumarbeit unter den Realien. Nichts entsteht, was nicht ungetüm schon vorher da war. Man muß es herausformen mit hochgekrempelten Ärmeln. Die Schaffensfreude ist vollkommen ernst und sozial. Sie zieht alle Umwelt in ihren Bann. Jeder arbeitet ihm zu. Seine Frau ist ihm verbunden mit beiden Händen an Gravurplatte und Handpresse. Schaffen ist wie Retten in der Not, wie Katastropheneinsatz. Präzise Griffe, unerschöpfliche Kräfte, weder Rausch noch Raserei. Keine Zerrissenheit, kein argwöhnisches Zaudern. Keine innere Quere und Mißbildung. Das Genie und der Hypochonder-Zeitgenosse haben sich nichts zu sagen. Der eine hat für den anderen soviel Erbarmen wie dieser Mißtrauen gegen ihn hegt. Der drückenden Überlegenheit des

Schaffenden kann sich der Bedenkliche nur entziehen mit Hilfe kritischer Vergleiche. Es fallen ihm zu einem Großen in der Nähe als erstes bessere Große ein, frühere, originellere.

Aber was heißt das schon? Der Schaffende lebt in glücklicher Zeit immer und überall. Es ist zufällig dieses Dickicht jetzt und hier, Dickicht der Reflexionen und Ausgesprochenheiten, das er im einzelnen gar nicht bemerkt, sondern unwillkürlich seinem Stoff einformt. Heut ist es das Dickicht der Vernünfte und Abstraktionen; der Ängste und des Bildschwindels. Früher bestand es aus Heuchelei und Bigotterie. Die Tat des Schaffenden bleibt allemal die faßliche Figur, die übertreffende. Nah und unergründlich. Aufräumen. Nur behalten, was man brauchen kann. Um sich und anderen ein neues Bildvertrauen aufzubauen. Alles übrige entbehrlich. Die Augen, übersättigt zum Erblinden, aus der Schattenwelt der *Ikonoide* herausführen. (Der neue Analphabetismus entsteht aus Bildmangel und ist eine Krankheit des Schauens.)

I unsettle all things (Emerson). Grundspruch des Künstlers. Ich lockere alles, was ist. Ich mache das Bestehende unbefestigt. Ich verunstete alles. Ich enthebe, ich verrücke, ich entstelle.

Littwang und Woyte

Woyte hatte seine große Zeit Mitte der sechziger Jahre. Seine Malerei, Serie eins bis siebenundzwanzig, ereignete sich auf Feldern und Rändern weiß-grau; weiß-grau; weiß-grau. Weiß leicht, weiß fest. Grau hoch, grau tief. Weiß ruhig, weiß schnell. Weiß weiß. Grau grau.

Littwang war gut zwanzig Jahre jünger und gelernter Fotograveur. Er verehrte den grau-weißen Meister. Anfangs imitierte er ihn. Die Zeiten änderten sich, und Littwang wurde gegenständlich. Nun malte er ›imaginativ‹. Viel Zeug kam zusammen. Kunstgeschichte und Alltagswelt, geschickt verträumt. Großer Erfolg.

Als er hörte, daß Woyte in Not geraten war, besorgte er ihm Wohnraum und Atelier und kam für seinen Unterhalt auf. Littwang liebte Woyte. Woyte haßte Littwang. Sie trafen sich selten.

Woyte (eigentlich: Hans-Eberhard Woytowitz), Bewohner eines Lagerraums, draußen im Industrieviertel. Ein Haufen Pillen und Pillenschachteln füllt eine Ecke des länglichen Schuppens. An der Wand gegenüber der Tür hängen sechs monochrome Querformate. Draußen ist nur Lärm. Vorbeifahrende, auf- und abladende Lastzüge.
Liest. Bildet sich Meinung. Der ewig säuselnde Schädel. Es gibt nur ein einziges mittelgroßes, sprossenloses Fenster. Im Sommer läßt er die Tür halb offenstehen. Sitzt da und ißt. Ein Mann von sechzig Jahren. Die Bilder sind seine Bilder. ›Serie vier‹, in seinem Besitz. Rein, perfekt, alles. Er sagt: »Ich habe versäumt, einen Schuh zu malen oder einen Handrücken. Doch dies ist nicht mehr hinzuzufügen.«

Wunderbar, vor Morgengrauen geweckt zu werden vom Amselschlag. Unmöglich, nicht gemeint zu sein. Eine ganz unverdiente Freude, will ihm scheinen. Sein erster Gedanke: Littwang in seinem schwedischen Ferienhaus. Seeufer mit sinnenroten Gesellschaftsmenschen. Offenbar sucht er das Bad in der Menge. Kann nicht genug davon kriegen. Rüder Epigone, sorgloser. Ein Mensch, der sich pfeifend am Morgen den Gürtel um den Leib schnallt, mit aufgedrücktem Oberkörper, geblähter Brust zu neuen skrupellosen Diebstählen schreitet. Immer wohlauf, immer geschickt. »Ein Zeichen setzen ist doch wohl etwas anderes, als anderer Leute Zeichen durcheinandermengen!«

Erwacht häufig durch Stöße von Ingrimm.
Für einen Künstler kommt es nicht infrage, sich hinter den Schwächen seiner Epoche zu verstecken. Er blinzelt hinauf zu ›Serie vier‹. Das Werk. Es ist fertig. Fertig seit nunmehr einundzwanzig Jahren. »Ich lebe von dem, was es mir zurückgibt.«
Es wäre alles anders, wenn der Mensch ohne Erwartung und ohne Erinnerung auskäme.

In die Stadt fahren. Rasiercreme kaufen. Arztbesuch (die Tabletten). Er haßt seinen Wohltäter. Untrügliches Zeichen des Nicht-Künstlers: Mangel an Beschränktheit. An erleuchteter Einseitigkeit. Er selbst hatte keine andere Wahl, als Weiß fein und feiner zu malen. Er hatte keine andere Wahl, als das Grau zu einem Ende zu bringen.
Eine solide Leidenschaft umfaßt mehr menschliches Gedächtnis als tausend Kunstbücher und Kataloge. Man muß nicht alles behalten wollen!

Wieder eingenickt im Wartehäuschen an der Bushaltestelle. Unter dem gelbgrünen Wellplastikdach. »Ich bin müde, aber ich sehe.« Die Hände, die verklebten, von Farbe be-

fleckten mit Aceton reinigen. Dies Gefühl, diesen Geruch hatte er, halbwach, wie Versehrte manchmal am Armstumpf noch die Hand zu spüren glauben.
Himmels Schönheit. Leichte Brandung. Fliehendes Hellblau, zunehmend weiß. Im Grunde nur Äther. Farblos. Irgendetwas muß sein im Grund der Welt, vor dem alles flieht. Jede Wolke, jeder Mensch, jedes Lebewesen, jede Farbe. Nur Woyte nicht. Als ein aussetzendes Teil des Ganzen. Als ein aussichtslos sich ausruhender Mann. Er prüft die Physis der Pause. Ist es eine? Zwischen Willensbehauptung und Willensauflösung. Zwischen West und Ost. Zwischen heute und China. (Die chinesische Malerei hat er erst in seiner letzten Phase, während der letzten drei Serien für sich entdeckt.)

Er sitzt da in der Haltung eines Manns, der Auskunft geben könnte; der gerne befragt würde. Stochert mit einer Zweigspitze in der Pflasterrinne.
»Gott hat mir unermeßlich viel Zeit auf den Buckel gebunden.«
Einerseits. Andererseits:
»Ich bin fertig. Es bleibt nichts mehr zu tun.«
Es darf kein pneumatischer Knoten entstehen. Atem der Pause und Atem der Vollendung sind sich spinnefeind. Unschlüssigkeit darf nicht Gewißheit kreuzen.

Der berühmteste Maler der Mingzeit von Blumen und Vögeln, Xu Wei, der Verrückte, setzte unter eine Querrolle mit fast informellen Tuschzeichnungen sein Motto: ›Die Freude an Wolken und Nebeln.‹
Der Maler Zhu Da verzog sich in seine Hütte, heftete das Schriftzeichen *ya* (stumm) an die Tür und sprach seitdem nicht mehr. (Sein Vater litt unter angeborener Stummheit.) Später nahm er viele Beinamen an. Der Sprachlose nannte nurmehr sich selber. Mit unzähligen Worten, Namen, Zei-

chen versah er die eigne lautlose Person. Unter anderem nannte er sich *Bada shanren*, was mit ›Eremit der Acht Himmelsrichtungen‹ übersetzt wird. Viele seiner Werke schuf er im Weinrausch.
Woyte rührte und glaubte an die Stufenleiter der Kunst, welche das Tao beherzigt. Niedrigste Stufe: *neng* wirklichkeitsnah. Zweite Stufe: *miao* wundersam. Dritte Stufe: *shen* göttlich. Letztes: *i* untramelled. Grenzenlos frei, unirdisch, urentbunden. Nur noch vom Nichts in die Zucht genommen.

Eines Nachts ergriff ihn eine große Verwirrung. Er stand auf und begab sich zu Fuß in die Stadt. Er kam zu Littwang und weckte ihn auf.
»Wo sind meine vielen Bilder?« fragte er ihn.
»Sie hängen in den Museen und Sammlungen. Jeder kann sie dort sehen.«
»Das glaube ich nicht. Sie sind alle verbrannt worden.«
»Wenn du möchtest, werde ich dir eine Ausstellung besorgen. Dann hast du sie alle beieinander.«
»Alle?«
»Warum nicht? Es ist möglich.«
»Nein«, sagte Woyte, »ich will keine Ausstellung.«
Er setzte sich auf den Ankleidestuhl des Mannes, den er wie keinen zweiten verachtete, mitten auf seine ausgelegten Kleidungsstücke. »Ich dachte, du hättest alle meine Bilder vernichtet.«
»Wie meinst du das?«
»Du kannst es dir leisten, meine Bilder zu kaufen, um sie dann zu vernichten.«
»Du bist verrückt geworden.«
»Du wirst schon sehen, wozu du fähig bist. Du bist jetzt vierzig Jahre alt und hast immer noch nichts Untadeliges gemacht.«
»Ich weiß, daß du eine sehr geringe Meinung von mir

besitzt. Gewiß hast du als Künstler einen höheren Weg eingeschlagen. Aber meine Bewunderung für dich ist so groß, daß sie mich kleiner macht, als ich in Wirklichkeit bin.«
»Ich muß gehen. Man kann hier nicht atmen!«
»Du kannst ruhig bleiben. Es befindet sich keines meiner Bilder im Haus. Sie sind alle im Atelier.«
»Woran arbeitest du?«
»Ich male an meinen ›Abgangsszenen‹.«
»Willst du aufhören?«
»Es sind Studien zu Signorellis ›Jüngstem Gericht‹.«
»Ach so.«
»Und du?«
»Ich male nicht.«
»Ich weiß.«
»Ich denke viel zuviel an dich.«

Damit hatte Woyte die Wahrheit gesagt. Er wußte, daß genau dies ihn daran hinderte, die Pforte der Gelassenheit zu durchschreiten und in jenen Bereich zu gelangen, wo Loslösung von allem geschah.
Solange es Littwang gab, den grausamen Gönner, den Bösen der Güte, den Luzifer der gefallenen Farbe, und solange diese unwürdige Bindung zwischen ihnen bestand, war jeder Versuch vergeblich, der Vollendung zu entkommen und doch noch den nächsthöheren Zustand zu erreichen, das *i*, die grenzenlose Malerei. Der Haß hielt ihn mit Eisenhaken am Boden fest. Er litt sehr darunter und versuchte ihn mit Tabletten zu bekämpfen und mit Hilfe der Ausstrahlung seiner eigenen Bilder, denn er spürte wohl, daß das Werk, ›Serie vier‹, dem Reich der Gelöstheit schon nähergerückt war als sein Meister.
Im Sinne des Tao ist es der höchste Zweck des Kunstwerks, seinen Schöpfer zu erfreuen.

Littwang malte gewissermaßen auf der Stufe des *miao*, des bloß Wundersamen. Er stand in der Bilder Flut, griff überall Formen und formte alles um. Ihn bedrängten Fülle, Verwandlung, Herkünfte und viele Strömungen, und es floß so reichlich, weil er vom Enden, vom allgemeinen und menschheitlichen, wie besessen war. Die äußerst gefällige, furchtbar landläufige Stimmung von Untergang und letzten Dingen wurde zur treibenden Kraft seines Talents. Die lächerliche Illusion, das Restliche zu tun, inspirierte ihn, wirkte geradezu wie ein Rauschmittel und war ihm zudem Rechtfertigung genug für die einsammelnde Geste, mit der er sich in der beendeten Kunstgeschichte bediente. Trotz einer absichtsvollen Dunkeltönung konnten seine Gemälde kaum ihre drastische Farbenfrohheit bändigen. Was an ihnen bestach, waren die treffenden, halb angelehnten, halb originellen Bildfindungen. Kleine Blendwerke einer synthetischen Naivität, die glitzernden Augenblicke, da die Fische aus dem seichten Wasser springen.

L., der Unreife des unreifen Endes. W., in der Hölle der Vollendung.

Immer wieder saß Littwang hinter der hohen Scheibe seines Penthouse-Ateliers und versuchte den Himmel zu sehen, wie Woyte ihn sah. Aber er las in den Wolken, versann sich in Figuren, wie man es beim Bleigießen tut. Er sah den Äther nicht.
Lange, schwarzgraue Dampfwülste, wie eine erstarrte, gekippte Rauchsäule. Dahinter kleine gelockte Wolkenbrut in Orange. Der Himmel aufwärts fast türkis. Abendferne. Alles spielt und vergeht sehr rasch. Rauchsäulen-Schwarz schon gelichtet zu Kobaltblau. Zieht langsam ab ins Violette. Dunkle Balken schwimmen durch die dünne Fieberlache des alten Orange. Auch das bleibt nicht, was es war; vergeht zu Apfelgeleerosa. Fahlgelb dann, glüht noch einmal kurz,

rötet kräftig auf. Dann senkt sich die Zone, wie erblaßtes Gold, nein, eher margarinefarben ...
Er arbeitet schnell und viel. Er trifft Fremde und Freunde. Erholt sich unter Menschen. Aber da ist niemand, der ihm näher käme. Er malt unter dem Druck des Erfolgs und der zahllosen Aufträge, die aus aller Welt bei seiner Galerie eingehen. Er hat es bis jetzt nicht dahin gebracht, sich an etwas, das er gemacht hat, in Ruhe erfreuen zu können.
Er sucht, sucht immerzu. Sucht hinter seinen Bildern den Weg – oft erscheinen sie ihm wie dicke Vorhänge, die verdecken, was er eigentlich hätte malen wollen.
Den Himmel sichten, wenn er Grau in Grau und der Tag kaum mehr als eine ausgedünnte Nacht ... Jedoch, über den Himmel und wie er zu sehen wär, führt kein Weg zu dem anderen.
»Alles, was er meidet, muß ich tun«, sagt Littwang.
»Ich bin ihm zugesellt in endlos drückender Ergänzung. Die ganze Macht seiner Spärlichkeit lastet auf mir, und ich muß sie aufwiegen mit meinen breiten, unflätig breiten Träumereien.«

Der Wrasen einer Meereswelle, die wilden Pferdegeister – ein Finale kommt in Sicht. Er zeichnet schon. Die Stunde der Bedrückung vorher braucht er eben.

Woyte, dessen Gesicht rund vom Kragen gerahmt, das Jakkett über dem Kopf, als er im Regen den Fahrdamm überquert, sich einen Weg bahnt zwischen den bald anfahrenden, bald stockenden Autos im langen Stau. Auf dem Heimweg noch ein kurzer Besuch in der Pension der alten Lettin.

Keine Menschenseele mehr unter seiner Schädeldecke. Nur noch ein paar graue Soldaten. Oder Uniformierte. Kaum zu

erkennen. Er hat allen, die ihm nahestanden, die gleiche Uniform verpaßt.
Allen?
Der Mann, der Hund, die Wiese, von fern betrachtet. Ein flacher Hügel, eine Kapelle. Ein Spaziergang, die schöne Aue, die unbeständig Immergleiche. Der Spötter, ihr Trägerkleid, die Umkehr, Waldesrauschen und Schluß. Man hat es nicht erreicht. Man faßt es nicht. Man säumt. Man wartet. Das einzige aber, auf das sich noch warten läßt, ist ein Wunder.

Es ist lange her. Allein mit ihr in der Turnhalle zurückgeblieben. Lagen nebeneinander im Licht aus den hohen Fenstern. Die schwarzen Turnhosen abgestreift. Es ist lange aus.
»Ich hatte ihr weiter nichts zu sagen.« Man geht durch seine Zeit wie Spiegelschrift umgekehrt-rückwärts voran. Man sieht einen rückrollenden Film. Die Teile fliegen der Heilung zu. Die Spuren ihrem Stifter. Die fließenden Tränen dem hohen Herz. Alles weitere nicht. Es hieße, der Seele Tor und Tür öffnen.
Und als er lang genug alleine war, löste sich auch das Warten auf. Und mit ihm alles Menschenmaß für Ankunft. Er wäre nicht mehr auf den Gedanken gekommen, die halbgeöffnete Tür für ein Zwischen-Ding zu halten. Für etwas, das sich nach dieser oder jener Seite hin noch einmal verändern würde. Etwa infolge des Eintritts einer Person. Oder eines Durchzugs. Einer Erscheinung. Dergleichen wäre sicher möglich gewesen, überstieg jedoch seine Vorstellungskraft. Er ließ die leere Pillendose die Wand hinuntertappern. Erfreulicher Abendgast.

Du hast erfüllten Raum in deine Spärlichkeit zu übertragen. Was ist da eine aufgehende Tür? Eine entweichende Nacht? Ein Krug Wasser, der dir gebracht wird?

Woyte steht hinter dem Fenster, die ausgebreiteten Arme gegen den Rahmen gestützt. Die Knie zittern, Muskelkrämpfe und Schweißausbrüche. Der Versuch, die Tabletten abzusetzen seit zwei Tagen, ist gescheitert. Farben werden durch die Scheiben geschleudert, vermischt zu aufgeschäumtem Blut. Er dreht sich um. Sucht ›Serie vier‹ auf der Wand gegenüber. Nichts. Leeres, diffuses Hintergrundrauschen. Nichts zu sehen. Hilferufe. Erstickungsanfälle. Den Mund stopft das Vorgefühl vom Messer in der Brust.

Littwang ist in eine neue Phase getreten. Es geschah, als er in London Burne-Jones' ›Goldene Treppe‹ wiedersah und nicht mehr loskam von dem zeitlosen Zug der Musikantinnen, halb Engel, halb neugierige Frauen, unten dem Haus oder einander zugewandt oder nach innen gekehrt, Mädchen in unaufhörlicher Schar, die da mit ihren Instrumenten die Stufen hinabsteigen, ohne uns betören oder ermahnen zu wollen, sondern einfach nur dicht an uns vorbeikommen, vor oder nach der Musik, um unten ins Haus zu gehen, in das wir nicht hineinsehen. Diese Malerei erinnert an Dinge, die es nie gegeben hat und verspricht oder vergegenwärtigt welche, die es niemals geben wird. Zeigt uns, nahe genug, die Begegnungen, die nötigen, die nie stattfanden weder in der Geschichte noch in den Märchen, da sie nur für den Augenblick der Verlockung stimmen und nicht weiter zu erzählen sind. Der junge König zu Füßen der mildtätig und in ungerührter Trance blickenden Bettlerin... Die ideale Szene, die weltscheue, zum Greifen nah, sah Littwang nun als seine neue künstlerische Herausforderung an. Das Wundersame begann sich etwas zu lichten. Das Gespür für das Enden wich einem neuen Schönheitssinn. Sein bewegliches Können – sein tiefer Mangel an erleuchteter Einseitigkeit, wie Woyte es nannte, erlaubte es ihm, die ganze Anschauung zu ändern, ohne dabei als Maler an Überzeugungskraft zu verlieren und sein großes Publikum zu enttäuschen.

Im Eifer und Aufschwung der plötzlichen Veränderung spürte er wenig oder fast nichts von der bedrohlichen Meisterschaft des ewig anderen. Er war ihm jetzt als der Andersgeartete erträglich geworden.

Woyte verbrachte weiterhin seine Tage unter der ungeheuren Stille seiner Bilder. Aber es war jetzt eine Stille, die sich ihm verschloß und die ihm unzugänglich geworden war. Er kauerte untätig und duldsam.
»Es ändert sich nichts mehr«, sagte er. Und: »Es ist nichts geschehen.« Keine andere Gnade, für die das Menschenherz wärmere Dankbarkeit empfände als für dieses ›Es ist nichts geschehen‹ ...
Man sieht hinaus und sieht, daß der Morgen gibt, was der Abend nimmt. Das ist einfach alles, was man sehen kann. Und manchmal sie. Manchmal ihr sternklares Gesicht. Ihre unvergeßliche Schönheit.

Eines Tages aber hält ein Taxi vor seinem Lagerhaus. Littwang läßt ihn abholen. Er kann es sich nicht versagen, sein Übermut ist groß – der andere muß die neue Phase sehen. Obwohl er sich noch schmerzlich des Detmolder Vorfalls erinnert. Damals, vor vielen Jahren, wohnten beide zufällig in der gleichen Künstlerkolonie. Woyte besuchte zum ersten Mal eine Ausstellung des jungen Littwang (der bereits abtrünnig geworden war und sich vorübergehend als ›Realist‹ versuchte ...). Er sah sich ein einziges Bild, den ›Grillplatz‹, etwa eine Viertelstunde lang an. Dann ging er vor die Tür und verfiel in ein wüstes Gelächter. Nachts warf er von seinem Bett einen Stein hinaus durch die Fensterscheibe und verschwand am nächsten Morgen für immer aus der Kolonie. Dies war der Beginn ihrer unversöhnlichen Verzweiung. Woyte sah nie wieder ein Bild von Littwang. Littwang malte, um Woytes Gelächter zu überwinden.

Nun steht der grau-weiße Meister vor den vier Tafeln in gewaltigem Hochformat, die der Jüngere im Halbrund aufgebaut hat. Er tritt vor jedes einzelne Gemälde und verweilt lange davor. Schließlich bittet er um einen Stuhl und setzt sich ziemlich nah vor eine der Leinwände. Littwang geht vor und zurück. Sein Blick hält stolz und scheu auf das Eigene. Seine Augen scheinen dem anderen voranzuleuchten, damit er den Weg in diese Kunst nur nicht verfehle. Was ist los? Der Maler erfreut sich an seinem Werk. Zum ersten Mal erfüllt es ihn mit Genugtuung. Eine sanfte Glorie Gewißheit umgibt ihn.
Woyte bleibt einfach sitzen. Unbewegt blickt er immer in die gleiche Ecke eines der Bilder. In radikaler Veredelung wird in dem Zyklus die menschliche Handlung des Gebens und Nehmens dargestellt. Er trägt den Titel: ›Die Übergabe des Flusses‹.
Da er nun schon so lange geblieben und nicht davongelaufen ist, wagt es Littwang, sich neben den Gast zu setzen. Er beobachtet von der Seite das aufgerichtete Gesicht des gealterten, gezeichneten Einsiedels.
»Ich kann nichts sagen«, bringt dieser leise hervor. »Ich sehe nichts mehr. Es ist nichts da.« Aber er spricht ohne Ingrimm, er spricht beklommen und furchtsam.
Er läßt sich etwas zu essen bringen. Er ißt und trinkt vor den Gemälden, ohne sie aus den Augen zu lassen. Sein ausdrucksloses Hinsehen zehrt an Littwangs eigenem erfüllten Blick. Er wird unruhig, steht auf, tritt beiseite. Er stellt sich neben das Atelierfenster und schaut in den frühen Abend über der Stadt. Die Lichterkette der Autos, die regnerische Dämmerung... Sein Gast macht keine Anstalten, zu gehen oder im Halbdunkel das Anstarren der Bilder aufzugeben.
Littwang greift zum Telefon, fragt, ob er ein Taxi bestellen soll, während er schon die Nummer wählt. Dann geht er zu Woyte, tritt vor ihn und möchte ihn mit beiden Händen an der Schulter aus dem Stuhl heben. Da im gleichen Augen-

blick der Ältere von selbst aufsteht, schmilzt die harte Geste hinüber in eine trauliche, wenn beide sich aus Versehen kurz an den Unterarmen halten und anblicken.

Woyte fährt zurück zu seinem Lagerhaus. Als er die Eisentür öffnet und eintritt, umgibt ihn versöhnliches Schweigen, empfängt ihn freundlich seine Abwesenheit. In der Nacht wird sein Bewußtsein auf einmal unendlich leicht und treibt auf zu den Wolken und Nebeln. Und zu den Vögeln. Zu den Freuden nach alter Weise.

Littwang saß bis in den frühen Morgen in einer kleinen Bar und spuckte Reneklodenkerne in das leere Whiskyglas. Er sah auf die Tür, das Rein und Raus der Gäste, solcher, die zum Frühstück kamen und anderer, im Gegenverkehr, die übernächtigt nach Hause gingen; die fliehenden Schatten auf der Straße, die vielen huschenden und beeilten Gänger, all diese Bewegungen verdichteten sich ihm auf einmal zu einer undurchdringlichen und schweren Masse. Zu einem Spurenknäuel, zu einem einzigen feisten Klumpen, in dem er keine einzelne Gestalt mehr unterschied. Von dem er nur noch Schmerz und Druck empfing.
Plötzlich hatte Littwang jegliches Verlangen nach den schönen Unmöglichkeiten wieder verloren.
Auf dem Heimweg überholte ihn ein Schuljunge, der einen leuchtgelben Ranzen auf dem Rücken trug. Er war aber nicht richtig zugeschnallt, und als sich das Kind aus Übermut oder plötzlichem Unbehagen krümmte und vorbeugte, stürzten ihm sämtliche Schulsachen über den Hinterkopf zu Boden. Littwang half ihm das Zeug aufsammeln und in die Tasche zurückstecken.

Woyte saß unterdessen in seinem unhäuslichen Haus, hockte am Boden im Staub, im bergeversetzenden Staub. Malte mit grauer Tusche auf eine Rolle von weißem Papier.

Malte seine Briefe. Unlesbare Schönheiten. Freie, völlig entbundene Schrift. Ohne Linie, ohne Gesetz und Bedeutung. Ohne Adresse und doch eine einzige weitschweifige Anrede. Wortlos wie ihr vergessener Name. Zart und real. Wie ihr vergrabenes Herz.

DIE TAGE

Mittags auf den Hängen oberhalb von Evian, auf steinigen Pfaden, durch Obstgärten und Sommerwiesen, neben schattigen Hecken. Der Duft von Rosen und Hortensien; Brennesseln am Bahndamm, schlafende Hunde vor den Gehöften, der klare Strahl aus dem Brunnen an der Mairie. Holunderbeeren in schwarzen Dolden, wie man sie als Kind durch Blasrohre verschoß. Ein Licht überhaupt, ein Mittagsleuchten, dessen Partikel mit Kindheitsstaub beladen sind. Und immer wieder der Blick in die Bergschale hinab, in der der See ruht mit matten Segelbooten.

Hier ist Savoyen. Die Landschaft der Rousseau, Amiel und Senancour. Landschaft der einsamen Promenaden und der intimen Journale. Geliebte, gefährliche Begleiter. Untröstliche Tröster. Meister der Schwermut, der Aufrichtigkeit und des endlosen Sinnierens.

Landschaft, wo die großen Heuräder auf den Wiesen stehen und die Fassaden der Höfe bedeckt sind mit wilden Rosen, wo aus den Speichern die alten Getreidekarren hängen.

Steigt man auf in die Hügelkette der Voirons und wandert auf dem Balcon de Léman, so kann man mitunter aus stiller Höhe die Fontäne von Genf erkennen, wie sie emporsteigt dort aus dem Mittelpunkt der politischen Erde und ihren Schweif im Wind dreht und neigt.

Später dann in den Abend hinunter, wenn schon die Ebene von Douvaine unter der Nebellache liegt, um den Rest müd auf der Landstraße zu gehen vorbei an dunklen Häusern mit bemoosten Ziegeln, in die andere heimkommen, den Gürtel öffnen und nach ihren Kindern rufen. Auf den glattgeschorenen Rasen stehen die auftippenden Sprenger. Frauen pflücken Beeren von den Sträuchern. Eine bückt sich im hellen Kittel, die andere im schwarzen Bikini. Ein Alter liest in der krummen Loggia die Zeitung des ausgehenden Tags. Ein kleines Mädchen im kürbisgelben Kleid schwingt hoch auf dem Schaukelbrett zwischen zwei Bäumen, froh, nach dem Abendbrot so lange noch auf und draußen zu sein.

Von der späten Sonne verblendet, farblos fast wie Magnesiumschlacke, schweben die Flugzeuge in die Bergschale ein und sinken auf Genf zu. Unten in der Kirche von Massongy übt der gemischte Chor. Noch einmal nah an die Rosen, die flauschig-lappigen, mit fiebrig-faulen Rändern. Fleisch eines Symbols.

Unversehens gerät zwischen Krieg und Frieden der Himmel. Eine dunkle Wolke, aufschäumend wie ein Wellenkamm, dringt vor in den buttergelben Hodler-Horizont. Entzündlich gerändert vor der untergehenden Sonne, bald schon korallenrot. Eine schwarze Wand steigt über den baumlosen Bergkamm auf der Lausanner Seite des Sees. Schon zucken darin die Blitze wie abgerissene Glühfäden. Die Positionslichter der Flugzeuge blinken vor der satten Schwärze leuchtend rot. Und gleich ist alles finster. Blitze rasen steil auf den See, pfeilgerade, ohne viel Zickzack. Die liebliche Ebene von Douvaine flattert unter grellen Schlägen gespensterbleich. Wie beherbergt man auch sein mag, nur der Irre lacht bei solchem Licht. Es bleibt doch immer ein wenig Urszene der Erde, wenn das Wetter tost. Unaufhörlich zuckte da die Schöpferwut, bis sie Leben aus den Wassern schlug. Am anderen Ufer ein neblig roter Schimmer – brennt da was? Ach nein, diesmal tut Er nichts. War nur ein kurzer Jähzorn, der keinen Anlaß brauchte, ein Koller über nichts. Jetzt kommt die kühle Luft und klart die Nacht. Alle Lichter funkeln zitternd, am Himmel die Sterne, am Schweizer Ufer drüben das Brillantcollier der Straßenlaternen. Der Mond steht krumm und schmal wie ein abgeschnittener Fingernagel.

Besuch in Vevey. Einkehr im Restaurant de la Clef und eine Stunde an jenem Tisch, an dem der junge Rousseau seine Mahlzeiten eingenommen haben soll. Es war ein heller, von vielen Kerben und Löchern gezeichneter Holztisch mit einer kleinen metallenen Plakette in der Mitte. Eine gewöhnliche Kneipe. An allen Tischen saßen Leute, ältere Paare, Vater und Tochter, einzelne Zeitungsleser. Nur der Rousseau-Tisch stand leer. War es vielleicht ein geschontes Stück, und man durfte sich nicht einfach dort niederlassen? Aber niemand verwehrte es. Ich schämte mich der Wasserränder, die die Perrier-Flasche auf dem rohen Holz hinterließ und wischte sie mit dem Hemdsärmel fort. Es war ein kühler und regnerischer Tag. Der See schaukelte wie toll und schwappte auf die Uferpromenade. Es gibt keinen Aufrichtigeren als Rousseau. Hier haben wir Gelegenheit, die reine Lüge der Schrift zu studieren.

Der Kater ist nun endlich heimgekehrt. In sein Haus, in dem ich nur der Hüter bin für ein paar Wochen. Er liegt auf dem Sofa und schläft seine Abenteuer aus. Es wurde ihm wohl zu naß und zu kalt draußen. Er liegt halb auf dem Rücken und hat mit der geknickten Pfote sein Auge bedeckt. Der Anblick einer schlafenden Katze kann einen zum Aufgeben jeder Gedankenbosheit bringen; er rührt an den Instinkt, zu schützen und zu bergen, der sich nun gerade an diesem Tier am wenigsten befriedigen läßt. Es zeigt keine Neigung, sich anzufreunden mit dem Gast. Es sucht dessen Körpernähe aus rein physischen Gründen, so wie es seinen Napf und eine trockene Bleibe sucht. Was für ein Stolz sollte das sein, den die Katzenfreunde rühmen? Der träge Egoismus. Der Stolz eines Wesens, das nicht ohne uns leben kann. Der Eigensinn eines Wesens, das sofort zu schmeicheln beginnt, wenn es um Kost geht. Kein Partner. Legt zum Dank seine faule Schönheit hin.

Ich bin wie die meisten Menschen nicht für die Gemeinschaft geboren. Die Rücksichten, mit denen andere gesellschaftsfähig werden, daß heißt: die zahllosen Infamien, die ihren Zusammenhalt garantieren, sind mir daher, als dem

Ungeselligen, aufs schärfste bemerkbar und unerträglich. Ist aber der Einzelne deshalb nur ein Privatmann, ein idiotes, ein Stümper am Allgemeinen – oder ist er nicht vielmehr auch die Achse der Menge? Der Blitzableiter für Blitze, die aus ihrem dunklen Willen schlagen. Seine ganze Ausdehnung geht ja in die Senkrechte. Während die verbundenen Menschen sich in großer Zahl gegen den Horizont erstrekken. Ja, die Stärkung des Einzelnen; des armen Kierkegaardschen Einzelnen. Vielleicht geht es mir überhaupt nur darum. Vielleicht bin ich nur zur Schrift gelangt, um der sozialen Aufgabe zu genügen, etwas zur Empirie und zur Zuversicht des Einzelnen beizutragen.

Meine Auffassungen sind nicht unbeeinflußt geblieben vom Elend so mancher Gemeinschaftsmenschen, das ich kennenlernte, nachdem sie ihren Verbund plötzlich verloren hatten und völlig unberaten zurückblieben, da sie all ihr starkes Gewissen und ihre energische Richtung ausschließlich von dort empfangen hatten.

Natürlich ist es eine Donquichotterie – es ist sogar ein großer Unfug, Ich zu sein. Vermutlich das letzte Ich, das letzte Subjekt überhaupt: nach mir die Systeme, die Programme... Aber dennoch. Was weiß man schon von unseren tragischen Progressionen? Es könnte alles auch anders kommen. Das Allgemeine wird funktionieren und seine Funktionen werden wesenlos lächeln. Der Einzelne aber wird einzelner sein als je zuvor in der Geschichte.

In Genf ein vergeblicher Versuch, die verschiedenen Wohnungen Musils ausfindig zu machen. Seine Asche soll man am Fuß des Mont Salève verstreut haben. Anschließend ein Spaziergang in die Vorstadt ›Les Délices‹, um in der Rue Frédéric Amiel zweimal auf und ab zu gehen. Nicht weit davon entfernt befindet sich das Palais des Herrn Voltaire, des begüterten Gescheitlings. Für mich können Menschen ohne den gedankenlosen Untergrund einer großen

Empfindungskraft niemals klug sein. Nebenan ein kleines Hotel, das ebenso heruntergekommen wie verwunschen aussah, vielleicht ein ehemaliges Gesindegebäude, ›Clos de Voltaire‹. Alles scheint auf schreckliche Weise immer anfaßbarer und entschwindender zugleich zu werden.

Amiel. Schönes Wort. Man trägt keinen Namen. Man ist einer wie Amiel. Vielleicht ist auch das kein Name, sondern ein Begriff, nämlich für ein Verfahren, alle seine Tage zu verzeichnen und mit Schrift zu füllen; sie auslöschend ungelebt zu bezeugen.

»Was hast du zuweg gebracht über die Jahre? Nichts. Für niemanden was. Dir selber nichts. Keine Glut, kein Trieb. Ruhm Liebe Macht: nichts davon. Kein Werk kein Nest kein Vermögen keine Ehe. Du liest, das ist alles. Träg unempfänglich mißtrauisch: deine Krankheit. Dasein fast zwecklos. Beläuft sich auf Bagatellen. Stiller Verzehr von Jugend. Nichts riskieren. Warten. Stillhalten. Leben – fast unmerkliche Regung. Um für nichts zu bürgen. Kaum greifbarer als ein Schatten. Ohne was, ohne wen. Du zählst einfach nicht. Schönes Fazit. Dein Leben: elend eben eng. Dein Teil Freude hast du nicht gefordert, dein Teil Leid hast du nicht gegeben. Wagst nicht, dich festzulegen, dich abzufinden. Nicht, zu schaffen, zu fordern, zu geben, anzuwachsen. Nichts bist du und läufst Gefahr, nie etwas zu sein. Sklave, scheu und faul, was hast du mit deinen Gaben gemacht? Kommandant, ruhlos und verblödet, wohin hast du dein Glück verbracht?« (Henri-Frédéric Amiel, Journal intime, Mittwoch, den 20. Juli 1853, morgens.)

Nur das Tagebuch kann einen physischen Eindruck davon geben, was Lebenszeit in rauher Menge ist. Die Täglichkeit. Alle Tage. Etwas, das keine Biografie erfaßt. Diese graue

Masse, die schmierige, zähflüssige Tagtäglichkeit, in der jedes ›Ereignis‹ untergeht.

Dem Diaristen erwürgt das Tagebuch das Werk, es beseitigt den Autor. Die tägliche Schrift ist das Gras, das zu Lebzeiten über ihn wächst. Tag für Tag lüftet er ein Geheimnis seines Lebens in einer intimen Kladde. Tag für Tag zerstört, vergiftet er die Sphäre seiner unbewußten Verhältnisse, denen er doch Licht und Atem und den Strahlenschutz seines Daseins verdankt. Tag für Tag verhindert er seine Lebens*geschichte*, indem er sie dem prompten Augenblick, der nackten Gegenwärtigkeit preisgibt, so daß ein schonendes Imperfekt und die natürliche Selektion der Erinnerung keine Chance haben. Es ist alles dargelegt, alles offenbar, darüber hinaus gibt es nichts, was wundernähme. Außer vielleicht das umfassende Grauen, das diese heimliche Todesvorrichtung des kompletten und lückenlosen Aufzeichnens bei einem äußeren Betrachter erregen könnte, falls ein solcher es je wagen würde, sich den jahrzehntelangen Kaskaden dieser Schrift zu überlassen und mit ihr über Zigtausende von Seiten hinabzustürzen in den kalten, schäumenden Abgrund, welcher des Verfassers zerschelltes Ich birgt.
Das Journal intime, obwohl dem Tag gehörig, ist in seiner Formlosigkeit nur dem Albtraum vergleichbar. Die bezifferte Ungestalt der Datenfolge bildet eine Fluchtung des Unendlichen wie der Flur mit den tausend Türen. Man kann wohl sagen, daß dies seinen Regeln nach ein unaufhörliches Schreiben ist und daß es sich asymptotisch, ewig unerfüllt dem Buch annähert, dem eigentlichen Werk, ohne es je zu erreichen. Der Schriftsteller, der alles verrät und nichts für sich behalten kann, wird niemals das schöpferische Werk zustande bringen. Die Hyperintimität, dieser dichte Raum der rücksichtslosen Entblößungen, saugt ihn zugleich auch aus. Was immer er tut oder sieht, er wird es stets nur im Bannkreis der Intimität und ihrer räuberischen,

implosiven Kräfte erleben. Das schöpferische Schreiben stärkt seinen Meister und gibt ihm mehr zurück, als es ihm abverlangte. Das intime verletzt und entehrt sein Subjekt.

Ich bin immer nur ein kleiner Diarist gewesen und werde weiterschreiben, wenn alle ringsum längst gegangen sind und niemand mehr, niemand, niemand anderes –
Und ich werde nicht einmal danach fragen, ob ich sie vertrieben habe mit der stillen Fuchtel meines Stifts, dem gefräßigen Schatten meiner Schrift, der hinter ihnen, den Lebendigen her war; ob mein schäbiges Diaristen-Amt und die draus entstandene Charakterverformung sie abgestoßen hat – oder ob sie vielmehr gegangen sind, rücksichtsvoll, weil ich niemanden mehr sehen wollte, weil ich offensichtlich allein sein wollte, um nur noch die Tage mit den Tagen zu verbringen.

Das Journal intime ist das Anti-Journal schlechthin. Es ist die entschiedenste Auflehnung gegen die Tageszeitung. Es will durchaus den *anderen* Tag. Es erschafft ihn. Es verschmilzt das Ephemere mit dem Immerwährenden. Es versucht sich am All-Tag.

Der Diarist ist der Meister ohne Werk, der écrivain manqué (génie manqué heißt es bei Senancour). Er hat sich selbst zum Stoff, versagt sich der großen Form. Mitleidlos gegen sich und andere, erspart er doch manch einem, der ihn liest, das Risiko der eigenen Selbst-Sucht, dem nicht jeder gewachsen ist. Er ist fraglos der am wenigsten unterhaltsame, aber vielleicht in mancher Hinsicht ein äußerst nützlicher Autor. Wie kein anderer spricht er den heimlichen Schriftsteller in jedem Leser an. Der Typus des in sich versunkenen Autors sieht dem Leser schon zum Verwechseln ähnlich. Seine untröstliche Aufrichtigkeit wirkt ausgesprochen tröstlich auf andere, schwierig lebende Einzelwesen, weil sie hier mit täuschender, glänzender Ähnlichkeit ausgedrückt finden, was eigentlich nur sie selbst hätten schreiben können. Das intime Buch – unzählige Bruchstücke eines einzigen unglücklichen Eingeständnisses: kein Schriftsteller zu sein – ist unmittelbar aus dem Herzen des Lesers bekundet. Es liefert im übrigen eine Art öffentliche Versicherung dafür, daß niemandes Einsamkeit grenzenlos ist, sondern daß sie von einem Berufenen konsolitär geteilt wird. Es zeigt sich, daß gerade der Diarist, der sich an kein Du wendet, einem anderen zuweilen die lebhafteste und sogar erbaulichste Ansprache zu bieten hat. Gerade weil er sich vom Leser letztlich keinen Begriff macht. Wenn seine fleißige Schrift überhaupt von einer auswärtigen Vorstellung begleitet wird, dann ist es die von der unermeßlichen Bürokratie eines weltweiten Subjekt-Betriebs, in dem Heerscharen von Beamten des Ichs ihre tägliche Pflicht tun. Niemand liest den anderen, doch alle gemeinsam produzieren sie die Ordnung, die jedem einzelnen das Schreiben ermöglicht. Mit einer gewissen Berechtigung führt er daher seine Herkunft zurück auf die altägyptische Schreiber-Kultur. Hier gab es nichts Höheres als die Kunst, Schriftzeichen zu verfassen, die nicht jedem etwas sagten: »Wer diese Texte kennt (versteht), ist der Autor selbst.« Oder: »Schreibe bei Tag mit deinen Fingern und lies bei Nacht; mach dir die Papyrusrolle und die Schreibpalette zu Brüdern: die sind angenehmer als Rauschtrank.« Oder: »Sei ein Schweiger und Schreiber.«

Die Einsamkeit, sagt Montaigne, habe ihn zum Schreiben gebracht, der Mangel an anderem Stoff dazu, sich selber zum Gegenstand zu nehmen. Montaigne ist an allem schuld. Seitdem befinden wir uns. Seitdem wollen wir die Welt an uns und durch uns selbst bemerken und die Mitteilungen, die wir darüber zu machen haben, für die einzig aufrichtigen halten. Montaigneismus heißt die Krankheit, die die große Literatur der untröstlichen Tröster hervorgebracht hat.

Ohne sie gäbe es keinen Rousseau, keinen Maine de Biran, keinen Senancour, Amiel, Rosanov, Ernst Jünger und so viele andere nicht. Sie entzündete die großen Subjektivisten, sie trieb die kleinen und mittleren Meister zu Spitzenleistungen des Ich. Und hinderte nicht wenige daran, ihre Kräfte zu sammeln für ein schöpferisches Werk.

Die Tage.
Rabbi Sussja pflegte jeden Morgen beim Aufstehen, ehe er ein Wort zu Gott oder den Menschen sprach, auszurufen: »Ganz Israel einen guten Morgen!«
Tagsüber schrieb er alles, was er tat, auf einen Zettel, am Abend vor dem Schlafengehen holte er ihn hervor, las und weinte so lange, bis die Schrift von den Tränen vertilgt war.
(Buber, Die Erzählungen der Chassidim.)

II

Die Einsamkeit ist hoch und tief, ist weit und unerschöpflich. Die Einsamkeit ist für alle da.

Wir sind gegen die Zeit wie gegen eine dicke kalte Scheibe gepreßt – so wie ein Kindergesicht im Winter gegen das Fenster, wenn der Schnee fällt, und der eigene Atem beschlägt die Sicht.

Halte fest, was vergeht! sagt jemand zum Diaristen. Denk an Nabokov, der eine Straßenbahn von 1925 beschrieb in dem Bewußtsein, daß sie kurz darauf für immer im Museum verschwinden würde. Nun gut, ich tue, was ich kann. Ich halte Regungen fest, die einsamen und die des Miteinander, die vielleicht in Kürze ausgestorben sind. Regungen werden nie ins Museum kommen.

Mittags kommt die Debile heim in einem Bus für behinderte Kinder. Immer hüpft sie von der niederen Plattform mit ihrem runden Gesicht und dem glatten, schwunglosen Kleinmädchenhaar. Ihr wirkliches Alter kann man nicht erkennen. Immer schilt sie oder freut sich, man weiß es nicht, verkündet jedenfalls in hohen, klumpigen Tönen ihre Ankunft, läuft stampfig, wackelnd durch den Hinterhof. Man gönnt der Schwachsinnigen nicht den Frisör, nicht ein hübscheres Kleid? Der billigste Mantel, der fahlste Rock, der derbste Schuh müssen es sein, schmucklose Hände, und selbst die Klemme im Haar ist ohne Zier. Warum haben sie das unförmige Mädchen, das nicht altern kann, das ist und bleibt, als wäre Kind-Teig aufgegangen, hineingesteckt in solch eine Nachkriegs-Büßer-Tracht?
»Sie macht sich doch nichts daraus!« hört man die Eltern sagen. »Sie braucht ihr Aquarium, sonst nichts.«

Nein, nein, sie soll nicht Blicke auf sich ziehn, wie die Nonne soll sie gehn, das ist es. Unter der Fuchtel der Unscheinbarkeit soll die verhaltensauffällige Person ihr Lebtag stehen.
Die Absicht wäre gut, wenn sie besagte: sucht ihre Seele, nicht ihr Äußeres. Die Absicht wäre schlimm, wenn sie besagte: bei der kommt es sowieso nicht darauf an. Sie ist nun einmal nicht schön. Da wär es frevelhafte Afferei, einen solchen Menschen noch herauszuputzen.
Darum geht es nicht. Es geht darum, daß sie nicht aschgraue Vernachlässigung zur Schau tragen muß.
»Sie trägt saubere Wäsche. Sie ißt unsere Speisen. Sie ist nicht anspruchsvoll.«
Sie ist gezeichnet. Nach außen muß es scheinen, als hätte sie für ihre Schwäche zusätzlich zu büßen.

Der Rolladen der alten Concierge, Fenster parterre zum Hinterhof blieb nun seit Monaten geschlossen. Die Alte mit dem uralten Schäferhund wohnt nicht mehr hier. Oder lebt nicht mehr. Oder liegt ihren Rest ab im Krankenhaus. Der humpelnde Gang aus der gelähmten Hüfte täglich zu den Mülltonnen, um sie niederzustopfen, damit sie nicht so schnell überfüllt sind; die ruppigen Anweisungen an den türkischen Hausmeister und seine Kinder, zwischen den Geranien hervorgerufen; im Sommer auf der Straße mit dem Hund abends, im bleichen geblümten Kleid. Im ersten Jahr zu Weihnachten schenkte ihr Maria eine teure Seife, weil wir uns gut stellen wollten mit ihr. Die fröhliche Maria ist seit langem tot, die Alte ist fort. Wohnenbleiben ist ein Schauplatz der Vergänglichkeit. Wer umzieht, Häuser, Städte wechselt, macht die Bewegung des Vergehens mit und erfährt sie nicht aus seiner Umgebung.

Ich habe ein Menschenalter in Frieden aus dem Fenster geschaut.

Je älter man wird, um so weniger versteht man den anderen. Wohl das Allgemeine besser, das Gegenüber aber nicht. Was nützen die Kritiken der Gesellschaft und der Geselligkeit, wenn wir den anderen nur noch schlecht vom nächsten anderen unterscheiden können? Gefragt ist hierbei nicht die Gabe der Meinung, sondern der Erkundigung.

Jeder mißbilligt einen anderen, der irgendeinen faulen Kompromiß schloß. Sich selber verachtet er oft aus dem gleichen Grund.
Ich sehe einen, der seine Kunst verlor, weil er sie rücksichtslosen Geschäftsinteressen unterwarf. Ich sehe einen anderen, dem sich der Charakter verbog, weil er die Bequemlichkeit der Beweglichkeit vorzog. Wieder einen sehe ich, der sich in große Abhängigkeit von einer allesfressenden Idee begab und dessen Urteile nun von Grund auf gefälscht sind. Einen nächsten, der Frau und Kinder verließ, um sich fürs Jenseits retten zu lassen durch einen teuer bezahlten Heilsprediger. Einen weiteren, der seine engsten Freunde verriet, öffentlich gegen sie Stellung nahm, nachdem er das politische Lager gewechselt hatte. Dann einen, der nur noch Lästerreden im Munde führt, da sein Verstand der Spottsucht anheimfiel. Womit er viel Geld verdiente und von seinem Geist reich wurde in dem Maße, wie er ihn aufgab. Schließlich einen, der bescheiden bleiben wollte und sich nun in dem Ehrgeiz verzehrt, seiner mustergültigen Haltung das größtmögliche Ansehen zu verschaffen. Und wieder einen nächsten, dem es gefällt, aus der Not seiner Herzenskälte die falsche Tugend der geschäftigen Vertraulichkeit zu machen: er schlüpft bei jedermann ins Vertrauen, indem er eines anderen Vertrauen preisgibt; er *muß* einen Abwesenden diffamieren, um sich der guten Gefühle für denjenigen, mit dem er gerade bei Tisch sitzt, zu versichern.
Zuguterletzt seh ich noch einen, der früher mit großen, verwunderten Augen den anderen wahrnahm, heute aber

nur noch unter halb gesenkten Lidern, mit zitternden Wimpern mißtrauisch blinzelt, um ja keinen Fehl, keine Schwäche des anderen zu übersehen. Um sich ja nicht zu täuschen. Vielleicht von allen schloß er den faulsten Kompromiß.

Ich vertrete nichts. Besitze keine Überzeugungen. Ich finde mich kraft Zusammenzuckens zurecht.

»Alles, was man mir sagt, kommt mir vor, als müßte es noch übersetzt werden.« (Valéry)

Ich habe meine Gedanken nie über die des anderen hinaus entfalten können. Ich habe nie über die Augen des anderen hinausdenken können. Ich bin klug mit den Klugen, stumpf mit den Stumpfen, verspielt mit den Verspielten.
Ich bin am allerwenigsten in der Lage, jemanden der Lüge zu überführen, da ich allzu gebannt in die Wahrheit seiner Gründe hineinstarre. Wie könnte ich sagen: jetzt spricht er falsch? Er sagt mir, wer er ist. Das geht durch Hoch und Tief, durch Falsch und Wahr, bei jedem.
Wir sehen Gründe, nichts als Gründe. Motive, berechtigte Interessen, tausend Glaubwürdigkeiten – das abgenagte Skelett einer Moral.
Deshalb muß man von der Erschöpfung sprechen, menschliche Sitten und Unsitten überhaupt noch zu betrachten. Von der Entfernung oder der Zurückgebliebenheit der moralischen Sphäre an sich. Von der Hinfälligkeit unserer Urteile über andere, von ihrer armseligen Bestechlichkeit und frivolen Anmaßung – solange der Urteilende sich nicht die Blöße einer standfesten Parteilichkeit zu geben vermag. Und wer wollte sich die wohl zubilligen? Wie oft hat man über jemanden ein endgültiges Verdikt gesprochen und mußte schon wenig später widerrufen oder bereuen; sei es, daß die betreffende Person uns unversehens mit besonderer Gewogenheit begegnete, sei es, daß wir unsere Selbstge-

rechtigkeit wieder einmal eines schweren Justizirrtums überführen konnten.
Verwerflicher aber als die Urteile, welche die intime Überempfindlichkeit fällt, sind die, die sich gesellschaftskritischer Überheblichkeit verdanken. Grausam, totalitär, ein großer Geistesschaden ist zum Beispiel der Gedankengang vom allgemein beschädigten Leben, das auch im kleinen nur Beschädigtes zuläßt. So ausweglos kann nur ein Gedankengang selber sein, niemals das offene Leben.
Erst die Befreiung von der Ananke-Idee, daß die jeweils ›bestehende‹ Ordnung – unser tägliches Leben – etwas übergänglich Schlechtes sei; die Befreiung von jeder Art gesellschaftlichen Jenseits, von politisierter Erwartungsmetaphysik, die jeden täglichen Gang mit unerfülltem Dasein beschwert – erst also die konsequente Restverweltlichung der Welt wird die wahre und endliche Aufklärung voranbringen. Das Jenseits zurück an seinen Platz!
Und wenn du unter Menschen gehst: sieh länger hin und hoffe kürzer.

Wir leben konillusionär. Einer von des anderen Illusionen, niemals in Täuschung allein. Auch die Lebenslüge ist keine autonome Leistung des Einzelnen. Von Ibsen bis heute haben wir Fortschritte in der Erfahrung dramatischer Ursachen gemacht. Wir kennen jetzt das unanfängliche Verhängnis als den ›komplexen Zusammenhang‹. Dieser kommt ohne Urversagen und prima causa über uns.

Er hat sich einer jungen Frau verbunden und ihr viel Zuneigung und Aufmerksamkeit geschenkt. Obwohl bisher nur Vergnügungen stattfanden, läßt sie plötzlich den Kopf sinken und sagt: »Ich bin so bedeutungslos. Ich bin ein vollkommen bedeutungsloser Mensch.«
Wie soll man darauf antworten? Vielleicht wird man ein wenig erschrocken oder betreten fragen: »Weshalb glaubst

du das?« – »Na ja. Weil ich eben ein völlig bedeutungsloser Mensch bin.«
Fest steht nur, die Freundin ist aus dem gemeinsamen Glück oder Genüge niedergesaust in ihr frierendes Ich. In die Kältehaut, auf der alle Haare krähen. Man kann sie in den Arm nehmen, aber sie sitzt tief unten fest und bleibt unerwärmbar.

Die kleine Dame. Sieht ein wenig aus wie eine Industriellengattin noch im Puppenstadium. Goldene Clips am Ohr, die Armspange, der Halsschmuck, die Locken vom Frisör, Bluse und Rock in den Modefarben Champagner und Staub, winzige Nase und volle Kinderwangen. An die Bedeutungslosigkeit eines solchen Wesens würde man so wenig denken wie an die Bedeutungslosigkeit einer Azalee oder eines Pfauenauges. Bis auf die plumpe Selbstwertfrage unterscheidet sie sich kaum von solchen Naturgebilden in ihrer schönen Passung und Notwendigkeit.
Dennoch, jemand, der so selbstumspannt daherredet und sich so wichtig für bedeutungslos erklärt, wird damit vielleicht nicht ganz im Unrecht sein. Die vorbeugende Selbstverurteilung erreicht jedenfalls nie, was sie sucht, nämlich in den Augen und mit den Worten des anderen glaubhaft widerlegt zu werden. Sie beweist auch keineswegs das kleine überlegene Mehr an Geist, wodurch das Urteil an sich schon aufgehoben wäre. Es handelt sich überhaupt nicht um Urteil oder Begriff, sondern nur um einen eitlen Reiz aus betrübter Selbstbespiegelung – und diese unterbricht den Blick des anderen und beugt seine Zuwendung. Die Worte sagen nämlich auch: ich mißfalle mir, ich bin nicht da für dich, du liebst mich nicht genug. Deshalb reagiert man nicht nur verlegen, sondern auch ein wenig beleidigt darauf. Und wenn man ganz ehrlich ist, so vergilt man einen solchen Augenblick dem Selbstverneiner mit stiller Zustimmung.

Man muß wach leben! Die Lebendigkeit und die propere, gesunde Vernunft, die sich ein älterer Mensch erhält, indem er alle Regungen der Zeit begrüßt und aufmerksam begleitet. Die Lebensbejahung, die Jugendverklärung, ganz gleich, ob etwas falsch und flüchtig ist, er sieht und übernimmt davon nur das Bewegte, das bewegliche Element. Und doch ist es flache Lebensklugheit, die da so helle zu uns plaudert, und die Lebendigkeit, die muntere Altersjugend verdankt sich einem unbedarften Gefühl, einem weitgehend geschonten Verstand. Dieser nämlich kostet vom Zeitgeschehen nur soviel, wie ihm zur Ernährung seiner ›positiven Grundeinstellung‹ dient.
Ein anderer ist indessen mit fortgeschrittenem Alter zum Griesgram geworden. Zeigt alle Anzeichen der Verknöcherung und die deutliche Neigung, von nichts, was sich bewegt, noch etwas wissen zu wollen. Er hat sich immer für einen ›kritischen Kopf‹ gehalten. Übertrieben wachsam ist er gewesen zuzeiten. Wachsam, wie nur ein ordentlicher Skeptiker es sein kann. Bis ihm die kritische Substanz eines Tages auslief, die Spannungen seines Wesens und Bemerkens ziemlich rasch zusammenbrachen. Jetzt ist er unlebendig, und seine Klugheit scheint verbrannt zu einem Klumpen schwarzer Schlacke.
Die beiden Charaktere könnten Frau und Mann sein. Sie, die naturwüchsige Bejaherin aus Selbsterhaltungs-, aus Frischhaltegründen, und nebenan der grollend Unvernünftige, dem vom Denken nur der grieslige Bodensatz der Negation verblieb. Rest einer verbrauchten Tapferkeit. Sie die geschmeidige Zeitgenossin; unketzerisch wie alle Frauen. Bei beiden finden wir einen Mangel an vertrauenswürdiger Zeugenschaft eines langen Lebens – sie geben jeder auf seine Weise zuwenig wieder von so viel Existenz. Jedoch auf Anhieb gehört unsere Sympathie der arglosen Person, dem anspruchslosen Mitmenschen, der wachen Beschränktheit, selbst wenn wir lächeln müssen über die eli-

xierhafte Nutzung der laufenden Gegenwart, die das Alter hier vornimmt, während uns Jüngeren darüber die grauen Haare wachsen. Unsere ungerechte Sympathie unterscheidet die Alten allein nach dem Grad der Lebendigkeit, die sie sich bewahrten. Den ungeselligen Mann erklären wir zum Schreckbild eines Sauertopfs und Grantscherben, ungeachtet daß er vielleicht viel stärker gefordert wurde, viel durchdachter und daher unglücklicher das Seine besorgte. Sobald aus der scharfen, rissigen Masse seiner Züge, dem trüben Rückstand seines Geists ein unverhofftes Lächeln hervorbricht statt Murren oder Schelte, ein Augenblick aufrichtiger Erhellung, dann nehmen wir durch diese kleine Öffnung auch gleich viel mehr Geschichte und Erfahrung wahr, mehr Spuren von gelebter Zeit als sie der immergrüne Zeitgenosse je empfing.

Schwer, nicht wahr, beinahe unmöglich, sich eine Misanthropin vorzustellen. Wohl die rasende, die haßsüchtige, die närrische Frau. Aber kaum doch die gallenbittere, mit verächtlichem Scharfsinn geschlagene. Beinahe schon untergegangen, sehr zerstört, mit wehendem Kleid verliert eine Frau doch nie die Fühlung mit Mutter Gesellschaft. Nie ganz entmütterlicht, wenn auch verirrt und unansprechbar, nie Verräterin am Prinzip des Mitmenschentums. Ist es also männlich allein, einer gegen alle zu sein und am Unglück seinen Ehrgeiz, seine Geisteskräfte zu stärken? Timon und Alceste – tragen sie nicht ein weitaus leichteres Schicksal als Phädra oder Medea? Wären sie nicht feind mit aller Welt, so könnten sie nicht einen einzigen klugen Gedanken fassen. Denn das ist der Halbtod des Mannes, dem sich der Geist schärft, wenn ihm das Herz bricht. Leid, das ihn unleidlich macht. Frauen scheitern mit ganzem Leben. Ihre Größe ist es, unterzugehen mit Geist und Haut und allen Sinnen. Männer lassen dafür ein paar hehre Ideen sterben.

Die Verrückten haben ihre hohe Zeit. Einer in dünnen blauen Trainingshosen drückt einen großen Leiterwagen durch die Straße; am Ende eines breiten, flachen Bretts sitzt ein Kind – ein steifes Wesen im Anorak. Nur daran, daß seine Beine nicht baumeln, erkennt man die Puppe. Dazu meckert der Irre irgendwelche Abzählreime. Der hat also den Leiterwagen-mit-Kind-Tick. Ein anderer steht in voller Kluft als Fuzzy jeden Morgen am Imbißstand. Der dritte ist der Alle-Habe-bei-sich-Mann. Wie einst der Flüchtling aus den Ostgebieten hat er sein Zeug – Töpfe, Decken, Kleider – auf sein Fahrrad geschnallt und um den Kopf ein Bündel Stroh mit einem Lumpen festgewickelt. Wir Verrückte zeigen uns gern! Wir leben jeder in seiner tollen Nachkriegs-Stunde. Wir auf dem Rücken fliegende Vögel.

In einer spröden, abweisenden Aufführung des ›Lear‹ waren die Figuren hüllenlos in ihrer Häßlichkeit und Einsamkeit zu sehen. Unbewegt und hart zusammenstehend, nur zu ihren Auftritten rasch über die Riesenöde der Bühne trippelnd, in schäbiger, auswegloser Verfügung. Am sinnfälligsten wurde die undurchdringliche Sphäre, die unter Menschen besteht, durch den Kind-Narren. Der so überdeutlich sprach und doch ganz unverständlich blieb, da er mehr und anderes wußte als alle übrigen handelnden Personen. Der für seine treue Begleitung geliebt wurde, aber mit dem man kein Wort *wechseln* konnte. Wie sehr gefiele mir ein solcher Kumpan, der unbestechlich bliebe für Kommunikation, mir nicht mit meinen eigenen Worten heimzahlte, sondern stets aus jener ›anderen Sphäre‹ Antwort gäbe!
Die monotone Szene ließ mehr spüren von der Welttrostlosigkeit, von der Tragödie *vor* jeder Tragödie (auch dieser Shakespeares), vom Urstoff des Menschengeschicks als jedes der fürchterlichen Untergangsszenarios, mit denen wir heute überschüttet werden. Welche Größe gewinnt gerade jetzt die Tragödie gegenüber der Humanduselei, mit der wir

im Anblick des Endes uns selber bedauern! Die Alten hatten die Tragödie noch zum Leiden-Lernen. Wir Junge könnten nie soviel ertragen. So ließe sich das Epilog-Wort auf uns abwandeln.

Lear scheint Angst zu haben vor dem Wahn. Wie vor einem bösen Infekt. Und so geschieht es auch: eine Spermie, eine Keimzelle des Schöpfungswahns trifft ihn, das genügt. Das schäbige Familiengeschehen ist nicht der Grund seines Wahns, sondern nur ein Mittel in der lückenlosen Beweisführung, daß die Welt ein Unding ist. Und der dies Erkennende ganz und gar mit ihr eins. Nichts *Besonderes* ist es daher mit der Menschennatur. Nichts erst recht mit der natürlichen Natur. Nichts, gar nichts mit der Über-Natur. Eine solch tolle Allverneinung ist aus der Kunst sonst nie entstanden. Aber man spürt doch zugleich: es ist auch nur eine große Stimmung unter anderen möglichen. Der Dichter und sein Werk sprechen an sich schon gegen jeden Syllogismus der Gesamtschwärze. Die Welt ist radikal schlecht für den, der diesen Beweis führen will und muß. Aber selbstverständlich interessiert sich die Welt nicht für diesen Beweis und richtet sich nicht danach.

Wie unausweichlich sie auch scheinen mögen, das Ende, der Untergang, die Kahlheit – es kann jederzeit auch anders kommen. Oder, wenn man mit Heidegger der Überzeugung ist: die Bombe ist schon längst gefallen, dann ermißt man den Grad des Menschlichen und seiner Zerstörung eben nicht am physischen Existieren. Es ist dann jeweils die Frage des Weltbilds, ob wir vor oder nach der Katastrophe leben. Das Menschliche indes verhält sich gleichgültig gegenüber jeder seiner Bestimmungen. Es verkraftet jedes Urteil und frißt sich weiter durch den Brei von Glorie und Barbarei.

Unsere Unglücke und schlechten Aussichten, Bedrohungen und Kämpfe sind auf schmerzliche, beinahe brutale Weise untragisch. Daher, und so war es immer, dies urtümliche

Verlangen, die Tragödie zu schauen und von der Unermeßlichkeit des Leids berührt und gestärkt zu werden. Der Mensch, selbst nur ein Wurm im Leidwesen, ein kleiner Kriecher des Unglücks, ist der Tragödie bedürftig. Durch sie will er sich zusprechen, daß Menschen eigentlich großartige Leid-Wesen sind – unser Stolz vor den leicht lebenden Göttern. Jede Tragödie ist daher eine aufsässige Handlung, ein kaum verhohlener Frevel. Sie findet nur auf dem Theater statt. In keiner anderen Kunst. Und schon gar nicht in den Wirklichkeiten. Deren Katastrophen streifen nicht einmal unser kultisches Bedürfnis nach Tragödie, die erlöst von allen zwanghaften Erlösungsideen.
Wir werden nicht tapferer dadurch, daß wir die Tragödie nicht zu sehen kriegen.

Oft will man seinen Ohren nicht trauen, wenn jemand von seiner Verzweiflung spricht. Man hat das Gefühl, daß Verzweiflung an sich als existentielle Anfechtung, als Effekt der Individuation überholt und ausgestorben ist wie ein altes Handwerk. Wie die Langeweile so ist auch das Leidwesen durchgreifend sozialisiert worden. Allgemeine und öffentliche Befindlichkeit sorgen, daß es auf den Einzelnen nur in verdünnter Emulsion einwirkt und ihn, der eigentlich verstummen müßte, bloß *mit*reden macht, *mit*fordernd, *mit*klagend auch dort noch, wo Jammer ihn endlich zur langerstrebten ›Selbsterfahrung‹ bringen könnte.
Schließlich leben wir in einer hypochondrischen Gesellschaft, die ihre Wehwehchen unablässig besprechen muß, jedenfalls solange ihr größeres Leid erspart bleibt und sie selbst nichts Größeres mehr vorhat.
Die überreichliche Nahrung ist ungenießbar. Jeder fühlt sich vergiftet. Nur die Kinder essen in großen Batzen den künstlichen Dreck. Wieder bewegt man sich in einem Misch-Gebiet, wo kritische Analyse und der Religionsersatz ›Angst‹ sich lebhaft einigen und gegenseitig antreiben. Man

wird immer mehr Gifte aufspüren und nach immer mehr Reinheit für sich selber suchen. Die heilige Theodora suchte die Reinheit des Glaubens, indem sie nur verfaultes Fleisch aß, verschimmeltes Brot (krebsfördernd), nur Spüllicht trank.

Unsere Ängste wandern und süchteln. Kaum kehren sie heim vom politischen Feld, schon wird Haushalt und persönlicher Bedarf zum gleichen Schreckenskabinett. Hypochondrisch wird man, wenn man allzu viele Gefahren voraussieht – es ist *erwiesen*, aber nicht erfahren. Vielen hat schon falsche Ernährung – zu viel, zu fett, zu gehaltlos – das Leben verkürzt. Einige sind an Fleisch- und Fischvergiftung gestorben. Alles übrige bewegt sich im begierigen Vermuten. Die Konservierungsstoffe oder chemischen Zutaten, die der Nahrung beigemischt sind, radioaktive Bestäubung gar, da gehen die Schädigungen verschlungene Wege; die Toten der Nahrung werden in fremden Statistiken bestattet.

Nur der Betrieb ganzer Heilsbewegungen bewirkt Veränderung, Verbesserung oder Korrektur in den alltäglichsten Wirtschaften. Kritik und rationales Argument bedürfen des Breitenwirkstoffs von Seligmachern und Ideologemen, um in die Allgemeinheit einzudringen. Nur auf Gemütsmoden, Stimmungen, Lebensgefühle in Massendimension antworten die Produzenten von Massenware. Und siehe da, das *gleiche* Leben geht auch ohne Östrogen im Kalbfleisch. Das *gleiche* Leben mit gesunder Kost. Ohne Zucker, ohne Fette, ohne Fleisch, ohne Genußgifte. Das einzige Gift, das solcher Reinheit beigegeben sein kann, ist bekanntlich die Reinheitsidee. Oder die leichte Schmutzpsychose. Man merkt es selbst am ehesten daran, wie einem freundliche Mitmenschen mißliebig werden, wenn sie rauchen oder nach schlechtem Essen riechen. Oder wie man sein Kind bekehren möchte, weil es fast food liebt und schlingt. Die leichten Schauder der Verachtung sind erste Anzeichen. Man sollte nur gesünder essen, wenn es der Charakter auch vertragen kann.

Die Voraussicht, schreibt Rousseau, ist die wahre Quelle all unseres Elends. Kinder kennen keine Zukunft.

Manfred Boehm wurde durch seine erfolgreichen Geschäfte als Besitzer einer Früchte-Import-Firma über zwanzig Jahre an den Tag gepreßt. Hinzu kamen seine vielfältigen Anliegen und Wohltätigkeiten, sei es in Sport und Politik, sei es im Überseeclub oder im Tierschutzverband. Er hatte nie bemerkt, welche Strecke Zeit, welches Leben er bisher zurückgelegt hatte. Aber eines Tages, Mitte seiner vierziger Jahre, betrat er, wie ich es gern nenne, einen stillen Gemeinplatz, der sich sogleich für ihn, für ihn höchstpersönlich mit Leben und Wahrheit füllte und eine kleine Bekehrung seiner Gestimmtheit und Orientierung herbeiführte.
Ein älterer Kaufmann, der gerade von einer Reise nach Peking zurückgekommen war, hatte zu ihm nur nebenbei, mit einem Mundwinkel voll bescheidener Wehmut gesagt... »in China, da gilt nämlich auch heute das Alter noch was...« Und dieser banale Satz, in der Lotion einer leichten Rührung, drang sofort in das Gewebe seiner eiligen Wahrnehmungen und Urteile und lähmte sie für einen Augenblick von tiefer, bewußtloser Geduld. Augenblick der gehabten Wahrheit, in dem sich das Allgemeine zuinnerst des Einzelnen selber erkennt.

So erfährt man von vielen Dingen gerade auf den Höhepunkten des Lebens, daß sie genauso sind, wie es im Buche steht.
Es ist besser, der vielbeschriebenen Lilie noch ein ähnliches Wort hinzuzufügen, als ihrer Würde nicht zu entsprechen.

Schon viel ist gewonnen, wenn einer herausgefunden hat, zu

welcher Art, zu welchem Typ er gehört, in wessen Stammesgeschichte er sich einreihen darf. Das Problem der Selbstfindung erübrigt sich dann. Den Typus muß niemand aus sich selbst erzeugen. Jedem kommt seine Gattung zuhilfe. Es beruhigt mich, zu wissen, daß ich dem Typus des Streuners und Sinnierers zugehöre. Ich muß nicht sorgen, ein anderer zu werden. Das letzte Subjekt, das letzte Ich? Ach nein. Typen sind immerwährend. Nie geh ich aus, endlos setz ich mich fort.

Ein Meister, wer diesen so offenkundig bedeutungslosen Donnerstagnachmittag im späten Oktober, bei sinkendem Licht, fahl mit rosigen Strähnen, beschreiben könnte, von 17.00 angefangen, dem Ereignis der Geschichte. Dieser verbleichende Werktag mit seinen Neonriffen im Dämmer, den erhabenen Schwenkkränen unter grauen Wolken, dem Feierabendlärm der abfahrenden Autos auf dem Parkplatz, mit all diesen Bewegungen und Antrieben und der unbeugsamen Hoffnung, daß der Abend sich lohnen könnte und nicht einer wie jeder andere würde.
Wie aber die wesentliche Ununterscheidbarkeit dieser Stunde von ihrer täglichen Wiederkehr genau erfassen? Die kalte, flaue Strahlung des wahren Alltags oder der Tagtäglichkeit. Zusammengemischt, das ist wahr, aus tausend verborgenen Ungewöhnlichkeiten, die aber nur die Binnenspannung des Grau-Werts, der Fahlung ausmachen.

Die Kastanie und der Ahorn vor dem Fenster sind gerupft bis auf das letzte Blatt. Nur die Platane, wenn auch gelichtet, steht noch mit vielen geschüttelten Blättern, alle noch grün, in den scharrenden Winden.

Fledermaus und Möwe

Das kleine Haus zwischen Kiesweg und Teich, vorzeiten vom Gärtner bewohnt, niedrig und längs, im Gemäuer gekrümmt, von Rosengesträuch bedeckt, das wie eine Larve die kleinen Fenster umgibt, stille Herberge neben dem Herrensitz, dem kühlen, steinernen Gut inmitten des hügligen Parks, Charleston Manor im Muldengrund, Sehenswürdigkeit der South Downs, nah bei der Küste, dicht am Kanal. Winter-Quartier. Um auszukommen mit einem anderen, wenn sonst niemand mehr.

An die zwanzig Meter ragen die Fichten und Eichen hoch vor unserem Haus und auf der Böschung neben der langen Auffahrt. Sie ist an ihrer Grenzmauer mit Zypressen gesäumt wie eine südliche Villenallee. Hinter der Mauer liegt ein größerer Weiher mit flachem abgesunkenem Wasser. Von dort führt der Pfad durch einen Torbogen in den zierlichen, strengen Obstgarten, mönchisch abgeschirmt wieder von einem mannshohen Gemäuer und in der Mitte überwölbt von einem Laubengang, der im Sommer mit Rosen zuwächst. Knorrig und kahl stehen die gedrungenen, beschnittenen Apfelbäume, keiner außer der Ordnung.
Durch alle Sprossenfenster des Hauses fällt der Blick auf ein schmiedeeisernes Gatter, es steht dort in der Aussicht wie im Gedächtnis. Wie in der dunklen Mitte eines Gemäldes von Friedrich. Dahinter steigt in langen Terrassen die Wiese auf bis an den Waldrand. Kurios geschnittene Taxushecken stehen quer, wie Klammerklötze eines Baukastens neben dem Taubenhaus, dem kleinen Rundbau mit Kegeldach, auf den der Vermieter stolz verwies, da er noch aus den Tagen des Normannenkönigs stammt und sogar in den Steuerlisten des ›Domesday Book‹ Erwähnung findet. Oben am Waldsaum kreuzt am ersten Tag ein Fuchs mit prächti-

gem Schweif. Von nun an wird Marthe immer wieder Ausschau halten nach ihm. Doch er zeigt sich nicht wieder. Er kam nur zur Begrüßung.

Menschen kommen hier nicht vorbei. Nur der Gärtner und sein Gehilfe arbeiten von Tagbeginn bis zur frühen Dämmerung im Gehölz, und Rauch steigt über die Mulde, wenn sie das Laub und die gefallenen Äste verbrennen.
Es ist still hier. Nachts der Schlaf holt Stille ein, wie der Beängstigte tief Luft schöpft. Nur wenn die Fasane schreien im Wald, oder im Morgengrauen das Todesquäken eines jungen Karnickels unter dem Beuteschlag einer Eule, die dazu triumphierend heult.
Ein erster Gang durch das Schwemmland am Cuckmere River hinunter zur Küste. Das Meer bei Ebbe, labbernd in der Bucht. Die steilen Kreidewände, sieben erstarrte Wellenkämme, landlaufend bis nach Eastbourne. Seven Sisters. Die weit abfallenden Weiden und Äcker, die mächtigen flachen Hügel, von überall scheint sich das Land nur zögernd zu neigen zum Meer.
Wir gehen durch dünne Regenschleier, vom Wind verwirbelt mit wäßrigem Schnee. Zum Kanal hin erhellt sich ein wenig der verborgene Tag. Später November. Die Landschaft – außer dem Meer ist hier wenig Natur – wirkt eher wie eine erhabene Gewohnheit. Verschweigt ihre Mythen und Lieder. Erzählt lieber von Wirtschaft und Geschichte. Der Wald vor dem Küstenstreifen wurde erst vor fünfundsechzig Jahren angepflanzt. Aber er wuchs doch, wie ein Bauwerk niemals kann, rasch hinüber in jenen unkenntlichen Zeitraum von Blätterrauschen und von Dunkelheit.

Eastbourne am Abend. Die trübe Seepromenade mit den unbewohnten Sommerhäusern, den viktorianischen Hotelpalästen, den langen Reihen geschlossener Fensterläden. Wir, verloren im weiten, fast leeren Speisesaal des ›Cavendish‹, der festlich erhellt wird von drei Kronleuchtern. Auf den Balkons stehen Blumenkästen, aus denen grüne Plastikpflanzen überhängen. Ein kleines Banquett ist hergerichtet für eine Gruppe von jungen Tagungsteilnehmern. Auf der Heimfahrt verirrt zu den Klippen von Beachy Head. Finster, einsam, kahl. Als führe man ins Anderswo.

Eine abgewandte Gestalt tritt aus dem Traum heraus und verlischt zwischen den Vorhängen. Der Tag ist matt, fahl wie schmutzige Milch. Es ist undenkbar, weshalb dieser Mensch, der neben meiner Hand beginnt, wirklich da ist. Anwesend. Greifbar. Als hätten all die Jahre schließlich die Nährlösung gemischt, in der der Kern meines Stolzes sich teilte und doppelte. Ja, wir sind es, überflügelten Sinns, undenkbar.
So sehr du dich auch mühst, wach und wacher zu werden, du erwachst, von Stund an, in ein unerfindliches Gesicht.

Die Bienen schlüpfen aus dem Zimmergebälk, von der Heizungswärme hervorgelockt. Winterschläfrig kriechen sie auf den staubigen Sprossenscheiben wie in Riesenwaben. Sie wissen nichts von ihrem bevorstehenden Tod. Geschuppt von mirabellfarbenem Laub sind die Wege. Am Waldrand riecht die taufrische Fäulnis, nachwachsende Erde. Und hinter den Bäumen, dem sperrigen, kahlen Geäder im wäßrigen Himmelsblau, und hinter dem Teich mit den hochgereckten Gänsehälsen wieder das Meer, das schwach an den Kiesel schlägt wie ein loser Fensterladen im Wind. Das unbeteiligte Meer, dem das verfallende Jahr wenig anhaben kann. Außer daß das Licht selten stark genug ist, um seine Wellen glitzern zu lassen oder seine Untiefen türkis zu färben. Scharen von Eichelhähern, die mit hartem, holzigem Schlag aus den Bäumen fliehen. Wildgänse in der Flußniederung, dem sumpfigen Habitat der Cuckmere-Mündung. Unruhig und quer durcheinander versetzen sie sich in Stimmung, verständigen sich, um dann in mustergültiger Formation aufzusteigen und schnurgerade Phalanx zu bilden im Flug.

Der Cuckmere und sein zögernd langes Schweifen, kurz vorm Meer, die hellen Kurven in der weichen Wiese, als wollte er nicht entgrenzen und sträubte sich zu münden in die Kreidebucht.

Der Krähen Dämmertreff im Friston Forest. Zu Hunderten flogen sie durch den rötlichbraunen Regendunst des Abends, durch das verschmutzte, tiefe Licht, aus den Wiesen herauf unter Gegröl. Ein Schwarm junger Wildgänse folgte aus Neugier und drehte am Rand der Niederung wieder ab. Ich kam von West Dean, der nächsten Ortschaft, aus der kleinen Kirche mit der Büste des Malers, dem in früherer Zeit Charleston Manor gehörte. Neben dem Altar brannte der Lichterbaum. Karg und öd war es, und doch anheimelnd. Keine Menschenseele unterwegs, nur die offene Kirchentür und der geschmückte Baum am Adventssonntag. Sonst ist in dem Flecken öffentlich nur: eine schwach beleuchtete Telefonzelle neben dem Weiher, ein Briefkasten in einer Mauernische. Kein Geschäft, kein Amt, kein Gasthaus. West Dean abseits in der stillen Kuhle. Unter den Krähennestern. Am Weiher verfüttert Marthe häufig unser altes Brot an die zänkischen Gänse, die sie unwirsch am Mantel zupfen.
Ich spür ihre Begleitung, auch wenn ich lange alleine gehe. Ihre Schritte, ihr Schweigen. Sie, die mir entgegenkommt aus einem Hauseingang, aus dem Dunkel einer Kirche, deren Besichtigung ich früher abbrach; aus der Seitenstraße vor einem Café, an dem wir verabredet waren, das aber noch geschlossen hatte; aus einer Tankstelle von der Kasse zurück, während ich hinter dem Steuer warte. Sie, die mir

entgegenkommt und mich anblickt, als träte sie wieder ein erstes Mal auf mich zu oder doch so, als bereite ihr die leichte Entfernung, die kleine Abwesenheit ein prüfendes, wiederanfängliches Auge.

Es ist kalt geworden. Der kleine Goldfischteich vorm Haus ist zugefroren. Die Sonne steht verklärt hinter dem gespreizten Struwwelpetergeäst der kahlen Bäume. Die Sprünge des grauen Eichhörnchens in buschigen Wellen den Hügel hinunter. Die kittweißen Chinesenhühner des Gärtners picken zwischen dem Kies vor der Küche. Stille und Kälte im festen Bund.

Sie sitzt abends am offenen Feuer über ihrem Buch. Das bergende Lesen, wo Buchseiten, zwei schützenden Händen gleich, das verwirrte Gesicht aufnehmen. Das feuchte, glosende Holz muß ich schlagen, ihm die Flamme aus den Fasern schlagen. Das müde Feuer beleckt das neue Scheit gerade so mißtrauisch wie ein Hund einen fremden Menschen beschnuppert.
Nachts vor das kleine Haus treten, wenn der Himmel klargefegt ist von Stürmen, die Plejaden sehen, wunderbares Zeichen, Diadem der unbekannten Fürsprecherin, und unruhig schlafen gehen.

Der weiße Rost, ich roch ihn schon im Schlaf, erster dünner Schnee, und sein heller Schein fiel in den Traum. Dort war es dann halb fünf an einem Nachmittag, irgendwann in der Kinderzeit, das Land hatte die weiße Decke über die Ohren gezogen, die kränkelnde blaublütige Wintersonne lag halbverflossen im eisgrauen Himmel, und die letzte Schlittenfahrt glitt flach aus unter dem Hang, die Schneeschwarten fielen von den Ästen, und der Heißhunger auf ein Kunsthonigbrot...

Haben wir die Fledermaus richtig gesehen am ersten Tag des neuen Jahrs im trüben kleinen Drusilla-Zoo? Eingehakt an einer Kralle hing dies zarte Hündchen, das anfängt mit braunem Pelz und in schwarze Flügelhäute ausgeht, an dem Deckengitter seines Käfigs. Kopfunter, als wärs ein gebundener, hängender Jäger. Ein winziger Fuchs, zum Vogel mutiert. Ein beschwerlich entfaltetes Doppelwesen, so schien es, von Natur aus verkehrt, wenn es sich so aufbog und mit der spitzen Schnauze, der hellroten Zunge, den krallenkrummen Eckzähnen das Bauchfell säuberte. Und sich das kleine anthrazitfarbene Ebending eines männlichen Geschlechts leckte. Seltsame phallische Beschämung, an diesem kleinen Scheusal das eigene Geschlecht in ›naturgetreuer‹ Miniatur zu entdecken! Die gleiche welke, rupplige Haut des Hodensacks, nur schiefergrau, und der erigierte unbehaarte Penis mit der gleichen Vorhaut-Wulst. Und wie es sich um die eigne Achse wand und rekelte, dies Wesen aus zwei Sphären, aus Luft und Untergrund gezwittert, und wie geziert es seine Flatterhäute auslegte! Ebenso anmutig wie unheimlich schaukelte es an seinem Flügelhaken; und doch war etwas Selbstverfangenes und sehr Verletzliches an diesem Tier; man mochte meinen, sein Gehabe sei eigentlich mit Vorsicht und Eitelkeit angewöhnt und keineswegs sicher veranlagt durch den Gattungscode. Wie leicht könnte es mit seinen scharfen Krallen die eigene Takelage ritzen, so wie es sich dauernd wendet, krümmt und spreizt!
Jetzt faltet es das prunkvolle, unterweltstolze, flossenhäutige Gewand groß aus, um damit den ganzen Körper, der sich in erotischer Langeweile gedehnt und gezeigt hat, keusch und herrscherlich zu verhüllen. Mit nachtschwarzem Umhang – wieviele Bewegungen dieses Tiers haben wir uns abgeguckt und für düstere Schaustellungen übernommen! Nur der kleine fuchsige, spitzohrige Kopf steckt wach aus dem Flügelkokon, dem Schlafsack, der mumienhaften Selbstver-

packung hervor. Und immer kopfunter. Ein an der Vogelwelt aufgehängter Erdjäger.
So mag er wohl aussehen, der fliegende Fuchs, der neue Typus des Verfügers und Verwenders. Der Instinktgeist mit show und Schale und nicht allzuviel Bewußtsein. Der die richtige Formel fand, wie ein Zauberer. Der Entertainer-Außenseiter. Der Kopfunter-Denker mit der Eleganz des nachtsicheren, unersichtlichen Gedankenflugs. Mit schwarzem Flügelschlag sich verhüllend-entblößend, blind und apart in seinem schönen Gespür. Ihm fehlt jeder Anstand des Zweifels.

Sturmnacht und Schneetreiben. Das kleine schmiedeeiserne Tor, auf das der Blick fällt vom Tisch, steht aufgerissen.
›Es ist jemand gegangen‹, sagt ein halbgeöffnetes Tor, ›geh nach!‹
Still und ungerührt sitzt der Graureiher auf der Wiese, in seinem kurzen Frack wie aus Stein. Er zeigt den Rücken, blickt mit eingezogenem Kopf, setzt den langen Schnabel ins Profil. Plötzlich erhebt sich das gedrungene Monument, wird hoch und rank, öffnet das Gefieder weit und steigt aus dürren Stelzen mit gebieterischen Schwingen auf.

Frühmorgens im Eastbourne Central District Hospital. Es ist nach Ortschaften unterteilt. Marthe liegt jetzt in Seaford 4, da sie der Meinung war, ein Kind und ich würden ihr womöglich zuviel.
Der Frost, der Mann, die Frau. Nie gelebte Szene. Aber da kommen wir her, das ist unsere Herkunft: ich bin meine Zeit vor einem dicken Vorhang auf und ab gegangen. Und hinter diesem Vorhang... Nie dahintergekommen. Nie hinter nur einen einzigen Menschen gekommen.

...›irgendwo heißt es einmal‹ –

ja, dort, irgendwo in schimmernder Ferne. Wohin sich die Schrift verzog, das scheue Rudel Wissen. Bald werden wir abreisen von hier. Wir haben lange genug Ausschau gehalten. Wir haben entlegene Winkel erkundet. Wir haben es nicht zu Gesicht bekommen.
Nahe der Küste, dort in den unzugänglichen Klippen, vielleicht...
Was also schlägst du vor?
Die Winde nutzen und dahingleiten wie die Möwe, nur ohne ihr stures Beuteschema im Kopf?
Ach, nicht einmal die Möwe gibt dem Blick Freiheit genug – nur die Idee, nur die sich selbst entfliegende Möwe lieben wir und bilden sie uns ein. Dahingleiten kann nur der entlastete Mensch.
Nun, ganz so ist es doch nicht. Auch die instinktgefesselte Natur leistet sich das Nutzlos-Schöne. So jedenfalls sehen es die neueren Zoologen. Weshalb sollte also die Möwe, der Segler über den Wellen, nicht ein Wohlgefühl genießen beim Flug?
Das macht es uns nicht leichter. Früher waren wir doch sicher, daß nur durch unseren eignen Wunsch zu fliegen der Vögel Flug so schön und frei erschien. Und sein Anblick diente allein nur *unserem* Wohlgefühl. Jetzt heißt es: sie sind selber froh. Mein Gott! Es ist also wirklich so unermeßlich schön, zu fliegen! Und wir beherrschen es nicht, und dieses Glück hängt nicht mal ab von uns und unserem Sehnen! Welch ein Abfall vom Reich der menschlichen Empfindungsmacht! Wie sich noch nach einer selbstvergnügten Möwe sehnen? Ja, als sie noch blank war für Metapher und Vergleich, noch ein Knecht-Geschöpf der Poesie... Aber jetzt, ein befreites Tier, emanzipierte Kreatur, der wir nichts mehr hinzuzufügen haben.

Das Meer ist ruhig. Die Frachtschiffe weit draußen auf dem Kanal ziehen langsam wie Barken dahin. Schon fern sind die späten Tage des Jahres, als es dunkel war an der Küste und in den leeren Straßen von Eastbourne. Marthe, die sich schön machte abends für den Ausgang, die Ohrringe anlegte, Heiligabend nach der Bescherung, das vermeintlich vornehme Restaurant, in dem dann Sonnenschirme um die Tische standen und Palmendekoration. Zeit der Verzweiung.

Gehen wir ein letztes Mal den gewohnten Gang am Cuckmere hinunter zur Bucht. Die Schwäne haben in den zugefrorenen Flußarm ein Loch geschlagen. Der grüngraue Schneehimmel hängt tief über dem Wasser. Die Hasen huschen auf den weißen Hügeln hin und her, die Lämmer tragen im zottigen Fell Reste vom Gestrüpp, in das sie sich niederdrückten. Wenig Besonderes, fast nichts, und doch eben der gewohnte Weg, den wir bei Regen, bei offenem Himmel, bei warmem Wind und in eisiger Kälte täglich gegangen sind.

Inhalt